LE BRUIT DES SILENCES

Après avoir travaillé dix ans dans la publicité, Valérie Gans se lance dans l'écriture. De cette aventure naîtront plusieurs romans où l'amour, le couple et la famille occuperont une place privilégiée. Elle est aujourd'hui journaliste au *Figaro Madame* et chroniqueuse pour LCI.

VALÉRIE GANS

Le Bruit des silences

ROMAN

JC LATTÈS

© Éditions Jean-Claude Lattès, 2013.
ISBN : 978-2-253-17815-6 – 1re publication LGF

À ma mère et à mes filles.

« J'ai toujours suivi une idée
qui se termine autrement. »

GEORG BASELITZ

Le colis arriva à la fin du mois d'août 1968.

Amari ne se souvenait pas précisément de la date, mais c'était dans ces eaux-là. Les orages avaient commencé à éclater en début de soirée, faisant se réfugier dans les hangars, où l'on mettait à sécher le tabac, les chats apeurés. L'odeur forte des feuilles, exhalée par l'humidité, marquait la fin de l'été.

Amari était dans la cuisine, en train de préparer les coings pour la confiture, lorsque le facteur lui déposa le paquet. Intrigué par la taille et la provenance de l'envoi – il venait de la capitale, et ce n'était pas tous les jours, dans le petit village périgourdin de Saint-Vincent-de-Cosse, que l'on recevait ce genre de courrier –, il resta là quelques instants à se trémousser, espérant qu'Amari ouvre le colis et en révèle le contenu. Ce qu'elle se garda bien de faire. Toute à ses confitures, elle le posa négligemment sur une chaise et continua d'éplucher les fruits comme si de rien n'était.

Ce n'est que beaucoup plus tard, lorsque les pots furent tous fermés et rangés la tête en bas dans l'armoire du cellier, qu'elle se souvint du paquet. Elle le monta dans sa chambre, et l'observa longuement avant de déchirer le papier d'emballage avec une vague appréhension. Avait-elle eu à ce moment-là un pressentiment ? Après avoir lu avec attention la lettre qu'il contenait, elle la jeta au feu. Elle posa sur le manteau de la cheminée le tableau qui l'accompagnait ; c'était un nu de femme dont la poitrine lourde et le ventre bombé affichaient une maternité triomphante, sauf que là où aurait dû être le bébé figurait un oiseau et que le ventre lui-même était représenté par une cage. Puis elle ne prononça plus une parole.

Depuis ce jour-là, depuis cette lettre-là, Amari, de nature pourtant si volubile, devint muette. Elle ne dit plus un seul mot. Jamais.

À quarante ans, Lorraine se retrouvait sur le marché.

« Sur le marché », c'était en tout cas la manière dont elle voyait les choses à l'époque, tant elle avait été marquée par la dictature du binôme selon laquelle une femme ne peut pas exister sans un homme à ses côtés. « Sur le marché », c'était ainsi qu'elles se considéraient, elle et ses amies, éternelles célibataires ou fraîchement divorcées, ce qui revenait au même : qu'elles appellent cela solitude ou liberté, ces filles-là dormaient seules, choisissaient seules la couleur de leur canapé et des capsules de café, quand ce n'était pas le nom de leur chat pour les cas les plus durables ou les plus désespérés. « Sur le marché », ces femmes, pour trouver un homme, « le bon », comme elles disaient, s'offraient inconsciemment à la concupiscence de tous les autres. Comme si c'étaient eux qui avaient l'apanage du choix. Pourtant, il faut être deux pour danser.

Son divorce à peine prononcé avec Arnaud, le père de ses enfants, celui-ci avait disparu à l'étranger avec une nouvelle conquête, avec qui il s'était empressé de

« refaire sa vie » comme on dit. Si vite que Lorraine ne pouvait s'empêcher de se demander si ce n'était pas précisément à cause de cette conquête – pas si nouvelle, du coup – que son mari l'avait quittée.

Lorraine était désormais « sur le marché », mais aussi seule ou presque pour élever Louise et Bastien, âgés respectivement de quatorze et quinze ans, et pourvus qui d'une mèche carrément rebelle cachant ses yeux et la plupart de ses pensées, qui d'une capillarité galopante à tendance verticale dont l'implantation basse cachait, par un effet de visière, également ses yeux. Et la plupart de ses pensées.

— Mais à quoi tu penses ! s'exclama Lorraine en ouvrant la porte, et en tombant nez à nez avec sa fille qui venait de faire brûler dans le grille-pain de minuscules rondelles de baguettes qu'à l'aide d'un couteau en inox elle tentait maintenant de récupérer. Combien de fois je t'ai dit qu'on ne mettait pas de métal dans le grille-pain ! Surtout quand il est branché !

Laissant tomber les plants de roses anciennes – des Constance Printy qu'elle avait dénichées non sans mal en Belgique, et qu'elle comptait faire grandir dans la courette qui jouxtait l'appartement avant de les ramener à la boutique pour en faire les petits bouquets ronds et parfumés qu'affectionnaient ses clients –, Lorraine tira sur le fil pour arracher la prise, et posa un baiser sur la joue de Louise. Elle s'en voulait déjà de son bref accès d'énervement. Mais elle redoutait plus que tous les accidents ménagers. Elle culpabilisait de devoir laisser aussi souvent ses enfants se débrouiller seuls à la maison. Ses journées étaient longues et elle n'avait pas les moyens de faire appel à une baby-sitter, et puis ils étaient presque grands, et elle avait l'impression qu'elle avait beau les mettre en garde, rien n'y faisait. La preuve : combien de fois avait-elle expliqué à Louise et à Bastien que… Oui, bon, O.K. Elle inspira profondément en se forçant à sourire, se disant qu'il ne servait à rien de continuer à s'énerver. L'incident était clos. Inutile d'en rajouter.

— Ha ha ! Je te l'avais bien dit ! jubila Bastien, qui ne ratait pas une occasion d'en rajouter, à l'intention de sa sœur.

Mimant des guillemets avec ses deux mains, imitant à la perfection les inflexions de sa mère, il récita d'un air docte :

— On ne met pas…

— Oh, ça va, tu me soules ! rétorqua Louise en le bousculant.

Et elle partit s'enfermer dans sa chambre avec le pot de Nutella.

— Doucement avec le Nutella, Loulou. Je te rappelle qu'on dîne dans une heure ! cria Lorraine, assez fort pour couvrir le groove de Lady Gaga qui enflait sous la porte.

— Qu'est-ce qu'on mange ?

— Poulet et brocolis !

— J'aime pas !

La musique monta de plus belle, laissant les basses prendre possession des murs de la maison qui se mirent à vibrer, dangereusement imités par les verres rangés dans le vaisselier vitré. Lorraine se dirigea vers la chambre de sa fille, avant de changer d'avis et de revenir sur ses pas en haussant les épaules. Si elle n'avait pas envie d'entendre ce boucan, elle avait encore moins l'énergie d'affronter Louise sur un sujet d'altercation récurrent. Pas ce soir.

— Tu veux que je lui dise de baisser sa musique de pouffe ? fayota Bastien en se balançant d'un pied sur l'autre.

Il détestait Lady Gaga. D'ailleurs, par principe, il méprisait systématiquement les goûts de sa sœur, qu'il qualifiait au mieux de « trucs de fille », mais plus communément et pour bien marquer son dégoût de « trucs de pouffe » : fringues de pouffe, films de pouffe, livres de pouffe, voix de pouffe, rire de pouffe et même pouf de pouffe le jour où Louise était tombée en arrêt devant un fatboy rose assorti à ses rideaux... Tout y passait. Et ce soir : musique de pouffe.

— Ne parle pas comme ça, le gronda gentiment Lorraine. Tu sais que j'ai horreur de ça.

— Tu as l'air crevée, ma petite maman...

Bastien avait le chic pour détourner la conversation. Il n'était pas un garçon pour rien. Lorraine lui sourit, et se sentit fondre lorsqu'il vint l'entourer de ses grands bras maladroits. D'une main, elle l'ébouriffa, comme elle le faisait depuis qu'il était tout petit.

— Bah nan ! gémit-il d'un air exagérément désolé, en se dégageant. Mes cheveux !

Il resta quelques secondes à regarder sa mère, en se dandinant, sans savoir aborder la question qui le préoccupait. Finalement, il décida de se jeter à l'eau :

— Dis, M'man... tu n'aurais pas quelques euros pour me dépanner ?

— Encore ! s'exclama sa mère en sortant le poulet du réfrigérateur. Mais ça fait la deuxième fois en trois jours ! Tu les manges, ma parole !

Elle sortit quelques pièces de sa poche. Pas tout à fait dix euros.

— Tiens ! Et tâche de finir le mois avec !

Bastien prit l'argent et envoya un baiser à Lorraine. Puis il sortit de la pièce pour aller faire la morale à sa sœur.

— Combien ? demanda Bastien dès qu'il eut refermé derrière lui la porte de la chambre de Louise.

Toute à sa musique et à sa pâte à tartiner qu'elle suçait sur ses doigts en suivant le rythme de *Poker Face*, Louise ignora son frère, ce qui, elle le savait, avait pour double effet de l'agacer prodigieusement et de le fragiliser suffisamment pour lui donner, à elle, la main dans la négociation qui s'ensuivrait. Car, fine mouche, elle avait deviné pourquoi il était entré.

— Combien ? répéta Bastien un ton au-dessus.

Mais sa sœur faisait celle qui n'entendait rien.

Bastien resta un moment les bras ballants, avant de faire mine de tourner les talons.

— Cinq pour la musique ! annonça tranquillement Louise en tapotant sur son portable.

— Deux ! contra son frère. Ça fait deux fois cette semaine…

— Trop pas. Trois !

Pour montrer sa bonne volonté, Louise baissa la musique et s'absorba dans une discussion sur MSN, signifiant ainsi à son frère qu'en ce qui la concernait la négociation était terminée. Il n'avait plus qu'à envoyer la monnaie.

— O.K., trois…, capitula Bastien. Mais c'est la dernière fois cette semaine, et pour ce prix-là tu manges des brocolis !

— Deux pour la musique, et deux pour les brocolis. C'est cher les brocolis… c'est vraiment, vraiment dégueu…

— Oui mais au moins ça rend aimable !

— Pas du tout ! Ça rend vert !

La gamine avait vraiment réponse à tout.

— Trois avec les brocolis, ma vieille, insista néanmoins Bastien. C'est à prendre ou à laisser.

Sans laisser à Louise le temps de répondre, il jeta trois pièces d'un euro sur le lit, qu'elle s'empressa de mettre dans son porte-monnaie Hello Kitty.

— T'es vraiment relou…, maugréa-t-elle, plus pour le principe que parce qu'elle le pensait vraiment.

Elle adorait son grand frère, qu'elle menait par le bout du nez – elle n'arrivait pas à croire que ses petits arrangements financiers continuent de fonctionner –, et sur qui elle testait toutes ses techniques de femme fatale en herbe. À l'avenir, cela lui servirait.

— Et tu pourrais être un peu plus sympa avec maman, de temps en temps ! renchérit Bastien. C'est pas facile pour elle, tu sais !

***

Il y a des jours où cette maison aurait vraiment besoin d'un homme, se dit Lorraine avant de refouler l'idée. Même si, parfois, une autorité masculine eût été la bienvenue auprès de ses deux ados – surtout auprès de sa fille –, elle ne s'était pas sortie d'un mariage raté pour replonger. Les joies du quotidien avec un mâle dominateur et exigeant dans son terrier, elle avait donné !

Elle apporta ses rosiers dans la courette, qui donnait à son rez-de-chaussée de la rue Marcadet des airs de petite maison et entreprit de les planter dans l'espace qu'elle avait dégagé à côté des Belles de Crécy. Au soleil une grande partie de la journée, ils y seraient bien et donneraient dans quelques mois des fleurs roses et doubles en forme de coupe au parfum délicieusement épicé. Idéales pour les bouquets de mariée, nota-t-elle dans un coin de sa tête, se promettant d'en parler dès le lendemain à son amie Maya qui, depuis qu'elle l'avait embauchée plus pour la dépanner au moment de son divorce que parce qu'elle avait vraiment besoin de quelqu'un à plein temps au magasin, n'avait pas eu à se plaindre de son talent ni de sa curiosité. Il faut dire que les fleurs avaient toujours été la passion de Lorraine. Une passion qui se transmettait de génération en génération, sa grand-mère ayant toujours adoré cultiver toutes sortes de variétés, et son père en ayant fait son métier. Lorraine espérait que l'un de ses enfants reprendrait le flambeau, ne serait-ce qu'à titre de hobby, mais ni Louise ni Bastien ne semblaient pour l'heure manifester à ses plantations le moindre intérêt.

Biologiste de formation, Lorraine avait aimé plus que tout les missions où, jeune chercheuse au CNRS, elle était envoyée sur l'île d'Amboine dans l'archipel des Moluques pour traquer l'auguste *Papilio priamus*, ornithoptère endémique aux larges ailes d'un noir velouté et d'un vert doré qui assurait à lui seul la pollinisation des espèces les plus rares. Quand les enfants étaient nés, elle avait dû renoncer aux voyages et avait stagné à un poste sédentaire qui, outre un salaire de misère, ne lui apportait plus de quoi satisfaire sa soif de découverte. Chaque année en effet, les budgets alloués à la recherche fondaient comme neige au soleil, ce qui en avait dégoûté plus d'un. Le labo était devenu un terrain de guerre où l'on jouait perso, plus préoccupé par le fait de garder son job que par celui de faire avancer la science... Les chercheurs cherchent, mais ils ne sont pas obligés de trouver !

Du coup, la proposition de Maya, qui s'était fait offrir par son nouveau – et vieux – mari la boutique de fleurs dont elle avait toujours rêvé, avait été pour Lorraine une aubaine. Et l'occasion de montrer ce dont elle était capable. On reconnaissait désormais entre mille ses bouquets de plantes odoriférantes et de fleurs du potager, et une clientèle de plus en plus abondante n'hésitait pas à traverser Paris pour se les arracher. Si ses nouveaux rosiers tenaient leurs promesses, elle allait en plus truster le marché des bouquets de mariée. Décidément, cette idée lui plaisait !

Cyrille n'arrêtait pas de pleurer. Assis, comme tous les membres de la famille, au premier rang dans la nef de l'église Sainte-Clotilde, il écoutait d'une oreille distraite l'homélie du père Anselm, orateur pourtant émérite qui n'avait pas son pareil pour embellir la vie d'un mort, l'œil sans cesse attiré par le cercueil où reposait son beau-père. L'homme qui gisait là, le père de Bénédicte, sa femme, avait été pour lui un ami, un mentor et, plus encore, le père qu'il n'avait jamais eu. C'est pourquoi, en dépit des regards furieux de son épouse, pour qui un homme ne devait pas pleurer quelles que soient les circonstances, Cyrille ne parvenait pas à retenir ses larmes. Il y avait d'ailleurs renoncé. Il avait renoncé également à faire passer ses reniflements pour les symptômes d'un rhume imaginaire, qui pourtant auraient été crédibles tant, entre ces murs et immobiles sur ces bancs, il faisait froid et humide. Il soupçonnait d'ailleurs la sœur du défunt d'user de ce stratagème, de même que sa propre femme qui, si elle n'avait pas de cœur ou si peu, avait encore des larmes. Cyrille pleurait ouvertement. Il était triste à mourir.

— Mais arrête ta comédie ! lui chuchota Bénédicte en lui lançant un regard noir. Que vont penser les gens ?

Cyrille haussa les épaules et se moucha bruyamment. Il s'en moquait bien, de ce que les gens pouvaient penser. Son beau-père, il en était sûr, aurait lui-même pleuré sans se cacher. C'est d'ailleurs ce qu'il avait fait lorsque, quelques années plus tôt, il avait incinéré son épouse adorée, respectant ainsi ses dernières volontés. Peut-être le faisait-il encore, de là-haut, lui qui avait tellement aimé la vie, peut-être pleurait-il le fait qu'elle se fût arrêtée brusquement… il n'avait même pas eu le temps de finir son livre ! « Il te faut toujours avec toi une lecture que tu as envie de poursuivre, disait-il, comme ça, tu sais pourquoi tu te réveilles le lendemain. » Un matin pourtant, il ne s'était pas réveillé, un volume des tragédies de Shakespeare ouvert sur sa table de chevet. *Le Roi Lear*, acte III, scène 1.

Bénédicte soupira avec impatience. Quelques têtes se tournèrent vers eux.

Un bruissement de gêne parcourut la foule. D'aucuns en profitèrent pour tousser, et une vieille pour dépiauter un bonbon que, de sa main gantée de noir, elle fourra dans sa bouche en baissant la tête d'un air coupable. À la droite de leur mère, Jules et Lucrèce, les jumeaux, commençaient à s'agiter tandis qu'Octave, leur grand frère, piquait du nez, non par tristesse ou par dévotion, mais pour raconter à ses copains par le menu *via* BBM la cérémonie « grave relou » à laquelle il n'en pouvait plus d'assister. Seul le Kleenex avec lequel il se tapotait distraitement les yeux pouvait faire illusion, et encore : plus que des larmes, c'étaient des traînées de fond de teint qu'il essuyait, Octave versant avec précocité dans la tendance métrosexuelle qui voulait qu'il emprunte à sa mère ses produits de beauté.

— Tu aurais pu t'en occuper, poursuivit Cyrille à l'adresse de sa femme. De ton père. Tu n'avais que ça à faire de tes journées ! Mais non ! Tu as préféré l'abandonner…

— Qu'est-ce que tu me chantes ? Il était très bien, dans cette maison ! Il pouvait, remarque, pour ce que ça m'a coûté !

— Chut ! fit quelqu'un dans l'assemblée.

Cyrille regarda sa femme. Seule héritière de la fortune de son père, et de ses parts dans la société de cosmétologie médicale qu'il avait créée et que depuis quelques années Cyrille dirigeait, Bénédicte devenait actionnaire majoritaire. Et, *de facto*, tout DG qu'il fût, son mari devenait son employé. Bientôt, avec le contrôle de la société, elle allait reprendre le siège de son père à la présidence du directoire. Un poste plus honorifique qu'opérationnel : bien qu'ayant fait ses études de pharmacie avec succès, elle n'avait jamais travaillé et ne connaissait pas grand-chose au métier. Cela avait toujours été son père, secondé de Cyrille, qui avait fait tourner la boutique, la hissant à force de recherche, d'ingéniosité et de combativité à la place qu'elle occupait aujourd'hui sur le marché. Et maintenant, c'était Bénédicte qui, sans vraiment la diriger, aurait toujours son mot à dire… Et, là encore, toujours le dernier.

— Et maintenant je vous invite à vous lever pour accompagner François de Monthélie, notre cher ami défunt, dans sa dernière demeure.

Tandis que l'organiste massacrait les premières notes de l'*Ave Maria* de Verdi, grand air de Desdémone à présent éructé par une soprane sonorisée, Bénédicte se déploya, imposante et droite, pour aller prendre sa place près du cercueil et recevoir la cohorte des condoléances. Placé à sa gauche, Cyrille lui pressait le bras en signe d'apaisement, tout en hochant la tête aux manifestations de sympathie le plus souvent feinte, qui défilaient. Les enfants étaient sortis les attendre dehors.

Le regard de Cyrille alla se perdre dans la foule, cherchant ailleurs un refuge, une consolation, ou peut-être, inconsciemment, tentant d'apercevoir la fille qui avait livré les fleurs avant la cérémonie. Du coin des lèvres, il lui avait souri. Quelque chose dans son allure lui avait paru familier.

Puis ses yeux revinrent se poser sur la silhouette chevaline de sa femme. La mort de François avait donné l'estocade à leur histoire. Il s'aperçut qu'il ne l'aimait plus.

Bénédicte était perturbée.

Ce n'était pas tant à cause de la mort de son père – certes, elle lui faisait de la peine mais elle s'y était préparée –, que du fait de la nouvelle configuration familiale que celle-ci induisait. Elle héritait de tout, ce qui lui donnait la main à la fois financièrement et professionnellement. Si, jusqu'à présent, Cyrille avait réussi à faire bonne figure face à la supériorité financière de sa belle-famille, qu'en serait-il maintenant ? Ce n'était plus la famille qui avait l'argent mais sa propre femme, ce qui était une autre paire de manches, et Bénédicte réalisait qu'il avait été de sa part maladroit de le lui faire sentir. Il n'en faut pas plus pour castrer un homme, et beaucoup le seraient à moins.

Mais Bénédicte était de ces femmes qui avaient besoin de tout diriger et qui, n'ayant pas de carrière pour s'épanouir ou se défouler, ont fait de leur foyer leur seul champ de bataille, et de leur partenaire leur unique adversaire. Plus puissante désormais par la force des choses, elle allait pourtant devoir mettre de l'eau dans son vin, et se tenir en retrait. Le paradoxe était loin de l'enchanter.

— Tu sais…, commença-t-elle en entrant dans leur chambre et en allant se lover contre son mari qui lisait sur le lit. Ce n'est pas parce que j'hérite de la boîte que les choses vont changer pour toi.

Plongé dans son roman, Cyrille ne prit pas la peine de répondre, soit qu'il n'y eût, à son sens, rien à répondre, soit qu'il n'eût pas entendu. La deuxième option paraissait improbable.

— Non, parce que…, hésita Bénédicte. Je me disais pendant la messe que tu pourrais mal le vivre, même inconsciemment, tu vois… le fait que j'ai en quelque sorte le pouvoir, alors je préfère en parler pour éviter tout malentendu.

Elle lui caressa le visage et l'embrassa doucement derrière l'oreille. Comme elle le faisait à ses enfants.

— Tu comprends ?

— Hum…, grommela Cyrille, qui clairement n'avait pas envie d'en parler.

— On continue comme avant, c'est toi qui gères, je ne m'en mêlerai pas, O.K. ? De toute façon, j'y comprends rien à ce métier ! Et puis j'ai nos enfants à élever…

Cyrille se leva d'un geste plus brusque qu'il ne l'aurait voulu, et posa le livre ouvert sur la table de chevet. Il jugeait le ton de sa femme condescendant, et ses propos déplacés.

— Tu trouves vraiment que c'est le moment pour en parler ?

Il sentit les larmes lui monter aux yeux, et détourna la tête pour les cacher. Elles n'échappèrent pas cependant à la perspicacité de Bénédicte, qui réprima un geste d'agacement.

— Mais on ne va pas rester là à se lamenter ! Il faut avancer !

— On ne peut pas attendre que tu sois effectivement nommée à la tête du bouclard pour voir comment on fait ? rétorqua Cyrille d'une voix que la tristesse et une pointe de colère aussi rendaient mal assurée. Parce que oui, tu as raison, je n'y avais pas pensé ou plutôt, je n'avais pas *voulu* y penser avant que tu ne me le brandisses sous le nez, mais tu deviens mon boss, en plus d'être le tyran domestique que l'on sait. Et tu vois, il va me falloir un peu de temps pour me faire à l'idée !

Sur quoi, il sortit de la pièce en claquant la porte.

— Mais…, cria Bénédicte, estomaquée.

Son mari était plutôt un calme, et ne l'avait pas habituée à de telles sorties. La traiter de « tyran domestique » pour commencer, elle qui ne remplissait que son devoir de femme au foyer et de mère en faisant tourner du mieux qu'elle pouvait – il est vrai que cela n'allait pas sans un peu de discipline, mais de là à la traiter de tyran ! – une maisonnée avec trois enfants et un homme. Et puis c'était la première fois, elle en était presque certaine, qu'il claquait une porte devant elle. Non. C'était la première fois qu'il claquait une porte tout court. D'ordinaire, Cyrille savait se maîtriser.

L'affaire allait être plus corsée qu'elle ne l'aurait imaginé. Si elle voulait préserver son couple, et le bien-être de sa famille, elle allait devoir apprendre la diplomatie. Son père aurait été parfait pour la lui enseigner, la diplomatie, mais il était parti maintenant. Elle ne le verrait plus, ne lui parlerait plus. Cyrille avait raison : ces derniers temps, elle l'avait négligé, elle n'avait pas su profiter de ses derniers instants, ou pas voulu admettre que c'étaient les derniers, comme si en niant sa mortalité elle lui offrait un surcroît de vie... et ces moments-là ne reviendraient jamais. Entre le père et la fille, les non-dits, les griefs, les culpabilités ne pouvaient désormais plus qu'être des regrets. Il n'y avait plus rien à faire.

Gagnée – enfin – par le chagrin, qu'elle s'était jusque-là efforcée d'ignorer, réalisant qu'elle venait de perdre l'homme de sa vie et que celui qui restait n'en avait pas exactement toutes les qualités, Bénédicte plongea la tête dans son oreiller. Elle se sentait vraiment seule.

***

Ignorant la femme qui tentait de traverser avec sa poussette sur le passage clouté, Lorraine se gara en trombe devant la boutique de Maya. Elle n'avait pas l'habitude de griller ainsi la priorité aux piétons en général et aux mères de famille en particulier, mais la question qui la taraudait depuis qu'elle avait quitté l'église ne pouvait plus attendre.

Derrière le comptoir, Maya composait des timbales de pois de senteur, qui emplissaient l'air de leur parfum délicat.

— Ça sent bon, dis donc !

Ne pouvant résister, Lorraine prit une branche et

la porta à son nez. L'odeur de miel légèrement poudrée était une chose qu'elle adorait.

— Les *Latyrus odoratus* ! Ils ont fini par arriver !

— Il y a une heure ! J'ai cru que nous ne les aurions jamais à temps, avec toutes ces grèves… Enfin, heureusement que tu es là, toi aussi : on a trente timbales à livrer dans (elle consulta sa montre) exactement quarante-cinq minutes.

Lorraine avait déjà noué son tablier, et entrepris de trier les fleurs par couleur afin de composer les bouquets.

— Tu te souviens de Cyrille euh…

Incapable de se remémorer le nom de famille de leur ami d'enfance, Lorraine fronça les yeux.

— Cyrille Gournet ? demanda Maya, qui tressait maintenant des feuilles de lierre autour des gobelets. C'était ton amoureux au collège ! Comment pourrais-je l'oublier ?

— Ne te fiche pas de moi, la rabroua gentiment Lorraine en rougissant. Tu crois que c'est possible qu'il ait été à l'enterrement ?

— Dans le rôle du mort ?

— Dans le rôle du mari. Ne fais pas l'andouille Maya, s'il te plaît… Tu crois que c'est possible ?

Maintenant qu'elle avait remis un nom sur ce regard qui avait croisé le sien, l'espace d'une nanoseconde, dans la nef de Sainte-Clotilde, elle n'avait plus de doute. Il s'agissait bien de Cyrille, leur ami d'enfance et amoureux transi de la sixième au milieu de la cinquième. Trente ans qu'ils ne s'étaient pas vus. Et pourtant – elle en était certaine – ils s'étaient reconnus.

Maya parcourut son carnet de commandes avant de trancher :

— Impossible. La facture est au nom de Monthelie. Rien à voir avec Gournet. Tu as dû te tromper, ma chérie ! Ou alors, parmi les invités...

Les invités... C'est ainsi que, par pudeur, Maya appelait les personnes qui assistaient aux enterrements sans faire partie de la famille. Comme s'il s'était agi d'une réception, au même titre qu'un mariage ou qu'un déjeuner sur l'herbe. Sa manière à elle de considérer la mort, comme un passage et non comme une fin. Elle mettait d'ailleurs un point d'honneur à confectionner, pour les couronnes et le cimetière, des arrangements qui « tenaient », afin que le cher disparu puisse longtemps en profiter.

— Non, non, persista Lorraine. Il était à côté de la femme qui recevait les condoléances. Ça, j'en suis certaine !

— Sa sœur ?

Lorraine secoua la tête.

— Mais non ! Tu te souviens de lui avoir connu une sœur, toi ?

— Non... sa femme, alors ?

C'était la seule solution. Si l'homme qu'elle avait cru reconnaître était bien leur ami d'enfance, alors le grand cheval blond qui était à ses côtés, et qui de toute évidence n'était pas sa mère, devait être son épouse.

— Dis donc le pauvre vieux ! Si j'étais un homme, pour rien au monde je ne voudrais d'une femme comme celle-là ! On aurait dit un travelo !

Une image revint soudain à l'esprit de Lorraine, celle de l'homme versant des larmes qu'il ne prenait même plus la peine de cacher, et de la femme debout près de lui, droite, sévère, les lunettes noires et les lèvres pincées. Terriblement froide, ou terriblement maîtrisée.

— De toute façon, la question ne se pose pas, tu n'es pas un homme, souligna Maya, hilare. Allez hop, tu m'aides à charger les bouquets, qu'on en finisse avec cette journée ?

Elle ouvrit le hayon de la fourgonnette, et, sans se soucier de son pull qui remontait, laissant apparaître un bourrelet auquel elle avait fini par s'habituer, commença à placer délicatement les centres de table les uns à côté des autres. D'origine iranienne, avec sa peau mate et ses yeux très bleus, Maya avait toujours bien vécu avec ses rondeurs, les considérant comme un gage supplémentaire de féminité et de douceur.

— Tu veux que j'y aille ? proposa Lorraine, tout en espérant que son amie refuserait.

Il était déjà dix-neuf heures, elle n'avait pas eu le temps de faire les courses pour le dîner, et, occupée ces derniers temps par les nocturnes de la boutique et ses nouvelles plantations, elle ne se souvenait plus quand elle avait pris un repas complet et digne de ce nom avec ses enfants.

— Non, t'inquiète ! sourit Maya. Je vais m'en charger. C'est juste à côté de la maison.

Elle attrapa son sac et se glissa au volant.

— Ferme plutôt le magasin et file acheter quelque chose de bon pour ta marmaille. Allez, ciao, ma belle ! À demain !

Sur quoi elle démarra en trombe, laissant Lorraine et ses remerciements sur le bord du trottoir. Perspicace, Maya avait deviné que Lorraine n'avait qu'une envie ce soir : filer chez elle retrouver ses enfants, et reconstituer avec eux un semblant de vie de famille. Déjà ils n'avaient plus de père ou si peu ; elle n'allait pas en plus les priver de leur mère. Elle savait trop, pour avoir elle-même élevé seule sa fille adolescente, combien il était important que le parent d'une famille « monoparentale » soit présent.

En rentrant les seaux de fleurs coupées et en les rangeant dans la chambre froide, Lorraine consulta son portable et s'aperçut qu'il y avait trois textos. Deux de Louise, et un dernier de Bastien, qui lui intimait de rentrer de toute urgence. « Grouille, M'man, c'est trop le seum, t'expliquerai. » Son fils était le roi de l'ellipse. Elle tenta de l'appeler, mais ni son portable ni celui de sa sœur ne répondaient.

Lorraine ferma le magasin aussi vite qu'elle put, puis se précipita vers le métro. En entrant dans la rame, elle essaya une nouvelle fois de joindre ses enfants, sans y parvenir. Cinq stations la séparaient de chez elle. Elle sentit la panique monter.

— Mais qu'est-ce que tu fais là ? demanda Lorraine à sa sœur aînée lorsque, déboulant dans la cuisine, elle vit celle-ci installée autour de la table avec les enfants.

Les trois faisaient des têtes d'enterrement. Décidément, c'est le jour, constata Lorraine *in petto*. Elle remarqua que sa sœur avait pleuré.

— Vous m'avez flanqué une de ces frousses ! ne put-elle se contenir, soulagée pourtant de voir que, si l'ambiance n'était pas tout à fait rock'n' roll, rien de grave n'était arrivé. Fais attention, Bast, quand tu envoies des messages comme ça. Tu sais que quand vous êtes tout seuls à la maison je m'inquiète au quart de tour !

D'un adroit coup de pied, tout en embrassant ses enfants et sa sœur, Lorraine se débarrassa de ses escarpins. Quelle idée, aussi, d'aller travailler en escarpins ! Mais il y avait eu l'enterrement, elle ne se voyait pas en bottes de caoutchouc liberty dans une église, et elle n'avait pas pensé à emporter une paire de rechange.

— Julie a raté son train…, commença Bastien d'une voix lugubre.

Du haut de ses quinze ans et au milieu de toutes ces filles, il sentait que le rôle de l'homme lui incombait. En l'occurrence, ni sa sœur ni sa tante ne firent la moindre tentative pour le débarrasser de la corvée de devoir expliquer la situation. Louise écoutait son iPod d'une oreille, l'autre écouteur pendouillant dans son dos pour lui permettre d'entendre la conversation – une première pour elle qui avait l'habitude de s'isoler vingt-quatre heures sur vingt-quatre dans une bulle hermétique de musique, indifférente à tout ce qui pouvait bien se passer alentour. Quant à Julie, elle émiettait méthodiquement un reste de baguette, tapotant de temps en temps la table d'un mouvement nerveux qui ne parvenait pas à masquer ses tremblements. Peut-être la situation était-elle plus grave qu'il n'y paraissait, tout compte fait.

— Oui et alors ? intervint Lorraine sur un ton qui se voulait apaisant. Elle se tourna vers sa sœur : tu préviens Patrice que tu dors ici et tu rentres demain matin, où est le problème ?

Le problème, Lorraine s'en était doutée dès qu'elle avait aperçu les yeux rougis de sa sœur, était que celle-ci avait probablement déjà prévenu Patrice, qui l'avait mal pris. Jaloux et colérique, le compagnon de Julie, qui savait par ailleurs se montrer charmant, réagissait parfois de manière démesurée à des événements qui n'en valaient pas la peine. Comme rater un train, par exemple. Cela arrivait à tout le monde, à lui-même cela était certainement arrivé à maintes reprises, mais lorsqu'il s'agissait de Julie il pouvait se mettre dans des colères noires et, ce qui était plus préoccupant, incontrôlées.

— Il l'a mal pris, c'est ça ? demanda Lorraine en ouvrant un paquet de Kleenex.

Julie hocha la tête en prenant un mouchoir, et Lorraine l'entoura de ses bras. Depuis qu'elles étaient toutes petites, c'était toujours elle, bien qu'elle fût la cadette d'une année, qui consolait sa sœur aînée.

— Il... il m'a dit que si c'était comme ça, ce n'était pas la peine que je rentre... du tout ! bégaya Julie, avant de fondre de nouveau en larmes.

— Passe-moi ton portable.

Très calme, Lorraine tendit la main pour attraper le téléphone, et appuya sur la touche bis. Le numéro de Patrice s'afficha, mais elle tomba directement sur le répondeur. Sans laisser de message, elle raccrocha, avant de tenter sa chance une nouvelle fois. « Vous êtes sur le répondeur du docteur Pichard. En cas d'urgence vous pouvez joindre mon secrétariat au 06 19 88 25 29, ou laisser un message sur ce répondeur. Je vous rappellerai dès que possible. » Lorraine laissa passer quelques secondes avant de se lancer. Elle n'aimait pas beaucoup l'homme avec lequel vivait sa sœur, et elle avait besoin de ce sas pour que sa voix ne laissât transparaître aucune animosité. « Patrice, Julie est avec nous et je ne sais pas ce que tu lui as dit mais elle est en larmes. Tu serais gentil de lui passer un coup de fil dans la soirée pour la rassurer. Elle rentre demain matin, mais je ne la laisse pas partir avant que vous ne vous soyez parlé. Rater un train, ça arrive à tout le monde, y a pas de quoi en faire un cheesecake non plus ! Ciao ! » Pas terrible, mais pas mal. Au moins Lorraine avait-elle résisté à la tentation de l'insulter. Pourtant, une ribambelle de noms d'oiseaux, plus fleuris les uns que les autres, lui brûlaient les lèvres.

— Gros nase ! commença Bastien comme s'il lisait dans les pensées de sa mère. Il fut immédiatement suivi par Louise.

— Connard !

— Oh ! Loulou ! la rabroua gentiment Lorraine avant de s'y mettre elle aussi. Pauvre type, oui !

— Vieux con ! murmura Julie, avec un sourire en coin. La bonne humeur de sa famille lui réchauffait le cœur.

— Espèce de beauf ! renchérit Bastien en lui adressant un clin d'œil.

— Enc... euh... foiré ! jubila Louise, trop contente de pouvoir proférer des horreurs pour la bonne cause, et en toute impunité.

Les gros mots étaient autorisés en cas de force majeure, comme exutoire. Le reste du temps, Lorraine les traquait dans la bouche de ses enfants avec acharnement, allant même jusqu'à les sanctionner d'une amende ou d'une portion supplémentaire de brocolis. Et certains, pires que d'autres, n'étaient en aucun cas tolérés.

— Bon allez, ça suffit comme ça ! lança Lorraine en sortant des assiettes et des couverts. On prépare le dîner. Juju, tu te charges de l'omelette !

— Beurk ! J'aime pas ! couina Louise.

Bastien regarda sa sœur droit dans les yeux et lui fit de la main un geste avec deux doigts levés. Louise secoua la tête, et en brandit trois.

— Même pas en rêve, ma vieille ! lui souffla son frère. C'est à prendre ou à laisser.

De mauvaise grâce, Louise acquiesça, se rapprochant de son frère pour qu'il glisse discrètement la monnaie dans sa poche.

— Qu'est-ce que vous complotez, tous les deux ? demanda Lorraine, à qui rien n'échappait.

Bastien vint l'entourer de ses grands bras.

— T'inquiète, M'man. C'est entre Loulou et moi...

Il l'embrassa sur la joue.

— Je t'aime ma petite Mamounette !

— Fayot..., maugréa sa sœur, avant d'observer, d'un air ostensiblement dégoûté, sa tante casser les œufs dans un grand saladier.

Deux euros l'omelette, se disait-elle, ce n'était pas cher payé.

***

Ce n'est que vers minuit que, d'un texto laconique, Patrice donna à Julie son absolution. Et encore, comme il le faisait toujours lorsqu'il s'était emporté, par une voie détournée. « Tu prends le train de quelle heure ? » demandait son message, sans faire référence à ce qu'il avait pu dire précédemment, ni au fait qu'il avait gardé son portable éteint toute la soirée. Sans le moindre mot d'excuse non plus, ni la moindre gentillesse. Patrice logeait sa virilité dans sa grossièreté.

Soulagée, Julie, qui avait consulté le téléphone une centaine de fois dans la soirée, voulut l'appeler pour lui dire de vive voix à quelle heure elle rentrait, et tenter de lui extirper l'assurance qu'il l'aimait, qu'il ne lui en voulait pas, qu'il lui pardonnait... mais le portable sonna en vain. Elle le savait à l'autre bout du fil, il venait à peine d'envoyer son message, mais, cruel, il laissait son appel sans réponse. Pour la punir encore.

Sans laisser de message, elle raccrocha, les yeux de nouveau emplis de larmes. Lorraine observait le manège d'un air désolé. Depuis un an que sa sœur était sous l'emprise de ce type, car il n'y avait pas d'autre mot pour désigner la coupe sous laquelle il la tenait, elle avait assisté à ce genre de scènes des dizaines de fois. Patrice piquait une colère pour un oui ou pour un non, puis il disparaissait, laissant cette pauvre Julie, qui la plupart du temps n'y était pour rien, dans les affres du doute et de la culpabilité. Comme s'il prenait un plaisir malsain à la malmener. Tous les prétextes étaient bons dès lors qu'il avait décidé de piquer sa crise, et s'il n'en trouvait pas il en inventait : cela pouvait aller de la taille des mandarines à la couleur du chat de la voisine – il disait noir si Julie disait gris, et vice versa –, en passant par l'odeur de l'adoucissant et le réglage du rétroviseur de la voiture qu'ils partageaient. Et ce dans le but unique de rabaisser Julie, de sorte qu'elle se sentît inutile et incapable, voire grosse et laide les jours où il avait envie de pimenter l'exercice d'un peu plus de méchanceté. Ce qui, Lorraine s'en rendait compte, arrivait de plus en plus souvent.

— Mais pourquoi tu ne l'envoies pas bouler ? demanda Lorraine à sa sœur en la prenant dans ses bras. Tu as vu comment il te traite ?

Julie soupira en s'essuyant les yeux sur le T-shirt de sa cadette.

— C'est pas de sa faute. Il est crevé en ce moment, tu sais, il bosse comme un dingue ! Pas étonnant qu'il pète les plombs. Et puis il a besoin de moi à ses côtés et moi qu'est-ce que je fais ? Je vais me balader à Paris et je ne suis même pas foutue de choper mon train pour rentrer. Je suis nulle…

Incapable d'en entendre plus, Lorraine repoussa sa sœur d'un air excédé, et planta ses yeux dans les siens.

— Ah non ! Je ne veux plus jamais t'entendre dire une chose pareille !

Devinant que ces scènes à répétition contribuaient à nourrir chez Julie une culpabilité assassine, Lorraine voulait à tout prix l'en préserver.

— Tu n'es pas nulle ! poursuivit-elle avec vigueur. Tu as parfaitement le droit de t'échapper de temps en temps, et ce n'est pas parce que tu rates ton train que tu dois culpabiliser. Tu n'es pas nulle parce que tu rates ton train, O.K. ? Ça arrive à tout le monde. Ce n'est pas grave. O.K. ?

Julie secoua la tête. Bien sûr, elle comprenait. Mais Patrice avait besoin d'elle, surtout en ce moment, avec l'ouverture de sa clinique et tout le stress que cela impliquait, il avait juste besoin de sa présence. Il ne demandait pas grand-chose et même ça, elle n'était pas capable de le lui donner. C'était le deal, pourtant : il lui offrait une vie confortable, elle avait pu arrêter de travailler, mais, en échange, elle devait être là pour lui. Pas la mer à boire, non plus.

Et même en cela, elle faillissait.

— Dis donc, Juju, je me demandais…, commença Lorraine en prenant des pincettes. Tu n'as jamais eu envie de te remettre à travailler ?

— Je...

Lorraine avait touché une corde sensible. Julie adorait son ancien métier d'infirmière, et avait longuement hésité avant d'accepter la proposition de Patrice de l'abandonner. Il faut dire qu'il s'était montré convaincant, lui promettant que, si vraiment cela lui manquait, il pourrait toujours l'engager dans son cabinet. Mais l'occasion ne s'était jamais présentée, et bien que parfois l'envie de renouer avec le monde du travail et de sortir de la maison la démangeât, elle n'avait jamais osé lui en parler. Désormais, ce n'était plus d'actualité. Patrice parlait, avec de plus en plus d'insistance, de lui faire un enfant. Jamais il ne la laisserait retravailler.

Sans plus d'explication, Julie se leva, embrassa sa sœur et alla déplier le futon que les enfants lui avaient préparé. Elle ne savait pas quoi répondre à Lorraine ou plutôt si, elle ne le savait que trop bien. Mais à quoi cela servait-il de rêver ?

Lorraine l'aida à s'installer, réfrénant la tentation de l'interroger encore. Elle sentait que Julie n'était pas très à l'aise avec ses questions, et décida non pas d'abandonner l'affaire, mais d'aborder le sujet une autre fois, calmement. Elle vérifia que Louise et Bastien n'étaient pas scotchés à leurs écrans d'ordinateur mais bel et bien dans les bras de Morphée – à l'instar de tous les adolescents, ils accusaient ces derniers temps une fatigue chronique et Lorraine redoutait que celle-ci n'affecte leurs résultats scolaires, déjà limites. Puis elle ferma les volets de la grande fenêtre de la salle de bains où grandissait, au milieu des variétés rares qu'elle destinait aux terrasses de ses clients, sa collection d'orchidées épiphytes, caressa les cattleyas « Purple emperor » qui lui avaient donné tant de fil à retordre, mais qui s'épanouissaient maintenant dans la douche en de grosses corolles fuchsia et alla se coucher.

Bien qu'épuisée, elle eut du mal à s'endormir. Sa sœur l'inquiétait. Peut-être devrait-elle en parler à leur mère ? Elle était encore en train de tergiverser quand le sommeil l'emporta.

« Je suis sûre que c'était lui », se dit pour la énième fois Lorraine en repensant, pour la énième fois également, à l'homme qui avait accroché son regard alors qu'elle disposait les gerbes pour la messe d'enterrement. Depuis plusieurs jours qu'elle revoyait la scène dans sa tête, les traits de l'homme se fondaient dans ceux de l'enfant dont elle se souvenait, jusqu'à coïncider parfaitement. Plus fins, plus beaux, plus aboutis, comme si le temps avait embelli l'esquisse, mais c'étaient les mêmes : après toutes ces années, Cyrille se ressemblait trait pour trait.

Le même sourire à onze ans qu'à… oh ! au moins quarante ! Sauf que celui-ci ne s'ouvrait plus sur des dents baguées, formant une sorte de clavier de piano vu de l'intérieur. Mais c'était bien le même, à peine ébauché et déjà disparu, un sourire des lèvres alors que, perclus de tristesse, les yeux gardaient tout leur mystère.

Cyrille était devenu un homme magnifique.

Arrête de fantasmer, ma vieille, tenta-t-elle de se raisonner. Et puis quand bien même ce serait lui, qu'est-ce que cela changerait ? Il était manifestement marié… qu'allait-elle imaginer ? Le problème était là. Depuis qu'elle avait croisé le regard de Cyrille, Lorraine s'imaginait des tas de choses. La première étant qu'elle se voyait très bien nue dans un lit en train de batifoler avec lui.

Elle en avait parlé à Maya qui, après lui avoir copieusement ri au nez et ajouté que, si elle en était à ce point-là, il était urgent qu'elle lui présente tous les mâles célibataires – ou pas, lorsqu'il s'agissait de rendre service à ses amies Maya n'était pas regardante – qui figuraient dans son carnet d'adresses, avait consenti à lui prouver par A plus B, livre de commandes et factures à l'appui, qu'il ne pouvait pas s'agir de ce Cyrille-là. Si tant est qu'il se fût agi d'un Cyrille, d'ailleurs. Lorraine avait dû admettre qu'elle n'en savait rien. Personne ne l'avait appelé par son prénom et elle ne l'avait vu que de loin ; pourtant c'était lui, elle en était sûre. Seule cette histoire de nom la turlupinait. Si c'était bien lui et s'il était marié, la commande aurait dû être à son nom. À moins… lui susurrait une petite voix de plus en plus insistante, qui portait l'arc de Cupidon et les cornes du Malin. À moins qu'il ne le soit pas, marié ! Un fol espoir explosa dans la poitrine de Lorraine, qui décidément caressait bien des idées. « Et en même temps…, poursuivit la petite voix, quand bien même il le serait… qu'est-ce que ça peut faire ? »

Qu'est-ce que ça peut faire ? Lorraine en était là de ses réflexions pas très catholiques lorsque retentit le carillon de la boutique. Elle se retrouva nez à nez avec Cyrille.

— Bonjour ! Vous êtes Maya ? demanda celui-ci en prenant dans un seau une rose de jardin de couleur pourpre qu'il approcha de son nez. Hum, ça sent bon, dites donc. Il reposa la rose. C'est vous qui avez appelé ?

Lorraine se sentit rougir, dans les tons de la rose.

— Euh… Ah bon, Maya vous a appelé ? Je…

— Elle m'a dit qu'il fallait que quelqu'un passe à la boutique pour re-créditer la carte avec laquelle nous avons effectué le paiement… il hésita et baissa la voix. Pour l'enterrement. Il paraît qu'elle s'est trompée dans le total…

— Ah ! Et… euh…

Merde, se dit-elle, furieuse contre elle-même. Pas capable d'aligner trois mots !

— Peut-être Maya pourrait vous aider mais euh…, Lorraine fit un geste désignant la pièce, vide. Comme vous voyez, elle n'est pas là. Elle ne devrait plus tarder, remarquez. Si vous voulez l'attendre…

Elle prit sur elle et regarda l'homme droit dans les yeux.

— Moi, je suis Lorraine !

— Cyrille ! répondit-il en lui tendant la main. Cyrille Gournet.

Lorraine sentit un frisson lui parcourir le dos. Et voilà, elle le savait ! Elle avait raison. Ses antennes – et sa mémoire – ne l'avaient pas trompée. Une foule de questions vinrent se presser contre ses lèvres, qu'elle parvint à contenir dans un effort surhumain.

Cyrille la regarda avec attention. De nouveau, elle se sentit rougir. Elle aurait donné cher pour que son corps n'eût rien à dire.

— On se connaît, non ?

Les yeux plissés, il l'observait maintenant d'un air amusé. Comme s'il venait de remettre un nom sur la bouille rousse de Lorraine, qui depuis l'école n'avait guère changé. Mûri, oui, peut-être même vieilli – certainement vieilli ! Mais pas bougé d'un iota pour ce qui était des expressions, et des constellations de taches de rousseur. Une rousse s'oubliait moins qu'une brune ou qu'une blonde.

Dans un réflexe de coquetterie inconsciente, Lorraine rentra le ventre et cacha dans son dos ses mains qui, selon elle, affichaient son âge quand son corps pouvait encore donner le change. Des mains de vieille, pensa-t-elle, qu'en dépit de la *cold cream*, dont elle gardait toujours un pot à proximité, l'eau et la manipulation permanente des fleurs n'étaient pas près d'arranger.

— C'est vous qui étiez à la messe, l'autre jour... Je vous ai vue.

Lorraine sentit une bouffée de déception. Mais non, il ne l'avait pas reconnue ! Son cerveau masculin ne voyait pas plus loin que Sainte-Clotilde. Encore une fois, elle s'était trop vite emballée.

— C'est une drôle d'idée, quand même, de mettre des escarpins aussi hauts pour transporter des fleurs dans une église. Certes, cela vous donne une jolie démarche mais... ça ne vous arrive jamais de vous casser la figure ? Moi, je ne pourrais pas...

Il avait tout de même remarqué ses escarpins. Et sa démarche. De là à imaginer qu'il s'était attardé sur ses jambes, il n'y avait qu'un pas. Hum...

De nouveau, Cyrille prit une rose et la tendit à Lorraine.

— Tenez. Vous ne voudriez pas me faire un bouquet qui sent bon en attendant votre amie ? Quelque chose de joli, comme si c'était pour vous. Je vous fais confiance.

Il lui sourit, et elle se retrouva d'un coup plus de trente ans en arrière, dans une salle de classe où virevoltaient de petites particules de craie qui la faisaient éternuer. Choisissant les fleurs avec application, le plexus étrangement noué à l'idée qu'il allait offrir le bouquet à sa femme, elle se concentra sur sa composition, pas mécontente cependant d'avoir là un moyen de se donner une contenance. Se sentant de nouveau rougir, elle laissa tomber ses cheveux sur son visage.

— Vous voulez écrire un mot ? demanda-t-elle lorsque les roses furent emballées.

Il prit un bristol vierge sur le comptoir, écrivit quelque chose qu'il enferma promptement dans une enveloppe, et tendit celle-ci à Lorraine. Puis il régla, et s'enfuit presque en oubliant son bouquet.

— Vous direz à Maya que je repasserai, pour la facture…

— Mais vous oubliez votre bouquet !

La main déjà posée sur la poignée de la porte, Cyrille se retourna et sourit.

— Il est pour vous ! Mais attendez au moins que j'aie disparu au coin de la rue avant de lire la carte !

— Mais…

La porte se referma dans un carillon. Lorraine s'approcha de la vitrine, le regardant marcher – vite – vers la rue des Martyrs, où il se perdit dans la foule pressée qui faisait ses dernières emplettes avant de rentrer. Il était tard, on était entre chien et loup bien que les jours aient commencé à rallonger. Maya ne viendrait plus. Lorraine hésita entre l'appeler avant d'ouvrir la lettre accrochée au bouquet, ou d'abord ouvrir la lettre : elle aurait plus de choses à raconter. Elle opta pour la lettre, dont elle déchira fébrilement l'enveloppe, noyant son nez dans le bouquet. Elle en huma le parfum en fermant les yeux, avant de se résoudre à lire ce que Cyrille avait écrit : « Pour ma petite Lolo jamais oubliée… et qui n'a pas changé. Content de t'avoir retrouvée ! xx » Signé d'un double baiser.

Son cœur se mit à battre la chamade, elle sentit son visage prendre la couleur des pivoines et ses yeux se mouiller de larmes. Mis à part le jour de la naissance de ses deux enfants, elle ne se souvenait pas avoir jamais éprouvé une telle émotion.

Elle regarda le bouquet, dans lequel elle avait mis ses roses préférées bien qu'elle eût cru qu'il s'adressait à une rivale, et, sous le coup de sentiments forts et mitigés, elle se mit à pleurer.

— Alors ? demanda Maya sans préambule lorsque, après une journée passée à mettre en place la décoration florale pour un mariage dans une ferme en Normandie, elle arriva enfin à la boutique.

Un sécateur à la main, Lorraine était en train de couper les tiges d'un arrivage de roses Piaget d'Équateur qui, après douze heures d'avion, avaient besoin de se requinquer.

— Hello ma belle ! dit gentiment Lorraine, ignorant la question de son amie. Tu n'étais pas obligée de passer, tu sais, j'aurais pu me débrouiller toute seule aujourd'hui… Et puis tu dois être crevée !

Maya posa ses affaires et vérifia le cahier de commandes.

— J'avais un dernier truc à faire… – Elle passa un tablier en lin vert bouteille, qu'elle attacha soigneusement autour de sa taille ronde. – Bon, alors ?

— Alors quoi ?

Lorraine n'était pas dupe : la soi-disant erreur de règlement, et le fait que Maya se fût arrangée pour ne pas être là précisément au moment où Cyrille devait passer… tout cela sentait le coup monté ! Et le petit sourire en coin de son amie, qui creusait une fossette dans son visage plein, dépourvu de la moindre ride, en disait plus long que n'importe quelle confession. Elle avait beau s'en être défendue à cor et à cri, Maya savait depuis le début qui était Cyrille et elle avait sciemment organisé les retrouvailles.

En repensant au bouquet qui trônait maintenant sur la table de sa cuisine, Lorraine se sentit submergée d'une vague d'émotion. La même qui, la veille, l'avait laissée plantée derrière la caisse alors que la porte se refermait.

— Il m'a offert des fleurs, articula finalement Lorraine.

On aurait dit que les mots avaient du mal à franchir ses lèvres, qui s'étaient mises à trembler.

— Des fleurs à une fleuriste ! Il ne manque pas d'humour, ce garçon ! Maya regarda son amie avec attention. Tu n'es pas en train de tomber amoureuse, au moins ?

— Mais non, s'empressa de répondre Lorraine, beaucoup trop vite pour être crédible. Je ne le connais même pas, enfin je veux dire... je ne connais pas l'homme qu'il est devenu...

Elle laissa sa phrase en suspens. Car si Lorraine n'était pas en train de tomber amoureuse – son amie avait cette manie de faire des conclusions hâtives –, elle n'en était pas moins bouleversée. Elle qui n'attendait personne dans sa vie était peut-être sur le point de le trouver. Et l'idée lui déplaisait.

— Mais vous allez vous revoir ?

Maya disparut dans la réserve, d'où elle ressortit avec une gerbe de menthe et des feuilles de cassis, et entreprit, en les mêlant habilement à une botte d'hémérocalles d'un blanc pur, de composer un bouquet. Silencieuse, Lorraine la surveillait du coin de l'œil, s'attendant de la part de son amie à une nouvelle offensive, qui curieusement ne venait pas. Pourtant, elle n'était pas du genre à lâcher l'affaire : on ne badinait pas avec les histoires de cœur. À moins que, sentant la gravité de la situation, Maya ne fît pour une fois preuve de délicatesse.

— Non mais sérieusement ? renchérit Maya, faisant voler en éclats les illusions de Lorraine. Vous vous revoyez quand ?

Depuis le temps, celle-ci aurait dû le savoir : la curiosité de Maya finissait toujours par l'emporter.

— Parce que je ne me suis pas donné tout ce mal pour rien, moi !

— Ah ! Parce que tu es complice ! explosa Lorraine, mi-figue, mi-raisin. J'en étais sûre !

Que son amie, forte de ses convictions personnelles sur la nécessité du couple, lui rebatte les oreilles sur l'urgence de se recaser était une chose. Qu'elle organise ses rendez-vous, et s'en vante par-dessus le marché, en était une autre. Même si cela partait d'une bonne intention.

Maya ne releva pas. Nouant les fleurs d'un lien de raphia, elle les emballa dans plusieurs feuilles de papier de soie violet avant de les entourer de kraft brut. Elle y agrafa une enveloppe, consulta son registre avec une feinte ostentation et tendit le paquet à Lorraine.

— Ça ne t'ennuie pas de les déposer ? C'est sur ton chemin...

Se croyant tirée d'embarras, et voyant dans la fuite la chance de pouvoir éluder une question à laquelle de toute façon elle n'avait pas de réponse – elle ne savait pas quand, ni même *si*, elle allait revoir Cyrille, ils n'en avaient pas parlé bien sûr ; et elle s'en voulait, ils auraient dû en parler, elle aurait dû le lui demander au lieu de le laisser filer… –, Lorraine s'empressa d'accepter.

En lisant le nom et l'adresse inscrits sur l'enveloppe – les siens –, elle réalisa, tandis qu'un immense sourire éclairait son visage, que ses ennuis ne faisaient que commencer.

***

— Tu crois que maman a un nouveau mec ? demanda Louise à son frère en découvrant les fleurs posées dans un vase de fortune à côté de l'évier. Non parce que deux bouquets en deux jours, quand même…

Lorraine avait dû les déposer en coup de vent, avant de ressortir faire les courses pour le dîner. Sans quitter des yeux son devoir de maths, auquel à vrai dire il ne comprenait pas grand-chose, Bastien émit un grognement. Louise ouvrit le placard où sa mère rangeait les confitures, les céréales et tout le nécessaire du petit déjeuner à la recherche du Nutella. Ne le trouvant pas, elle haussa les épaules et disparut dans sa chambre, d'où elle revint avec un pot d'un kilo largement entamé.

— Réserve personnelle, dit-elle à son frère alors que celui-ci s'emparait d'une cuillère et s'apprêtait à plonger dans la pate à tartiner. Pas touche !

Pour souligner ses propos, elle fit glisser le pot d'un geste brusque, laissant Bastien et sa cuillère en carafe.

— Oh allez, Loulou ! Fais pas ta relou !

Bastien tenta une nouvelle fois d'approcher le pot, mais Louise l'entourait maintenant d'un bras possessif, tandis que l'autre main s'activait pour en déguster le contenu. Il ne lui fallut pas plus de quelques minutes pour avoir le visage maculé, et des moustaches chocolatées tout autour de la bouche.

— Trois euros ! proposa-t-elle soudain à son frère qui la regardait avec envie. C'est à prendre ou à laisser.

— T'es folle ? C'est plus que le prix du pot !

Louise plongea deux doigts dans le Nutella, qu'elle suça avec délectation en haussant les épaules.

— Ouais... mais il a l'avantage d'être là. Enfin c'est toi qui vois... – Bruits de succion. – T'es con, c'est vachement bon.

Bastien posa son crayon et se leva. Pensant qu'il allait dans sa chambre chercher de la monnaie, Louise réprima un sourire. Décidément, elle le menait par le bout du nez. Mais, à la grande surprise de sa sœur, il s'approcha de l'évier et détacha l'enveloppe qui se trouvait encore accrochée au bouquet. Heureusement, elle n'était pas cachetée.

— C'est quoi ? demanda Louise, les yeux pétillants de curiosité.

Sans répondre, Bastien sortit la carte qui s'y trouvait et s'absorba de manière un peu exagérée dans sa contemplation.

— Oh ! Ça alors... c'est chelou ! s'exclama-t-il, histoire d'exciter un peu plus la curiosité de Louise.

Abandonnant son pot, celle-ci tendit la main.

— Montre !

— Dans tes rêves, meuf ! Ou alors... Il sortit du buffet la plus grosse cuillère qui s'y trouvait. C'est donnant donnant !

Louise regarda successivement le visage décidé de son frère, la cuillère, l'enveloppe, et son pot de Nutella qu'elle allait devoir sacrifier.

— Bon, allez, vas-y... Mais doucement, quand même !

L'enveloppe toujours dans la main, la cuillère dans l'autre, Bastien se servit largement, dégustant à la fois son butin et sa victoire. Des deux, il n'aurait pu dire lequel était le plus délicieux.

Sa sœur s'apprêtait à lire la carte lorsqu'ils entendirent le bruit de la porte d'entrée.

— Pas de chance, Miss !

D'un bond, ignorant les protestations muettes de sa sœur, Bastien récupéra le message, qu'il s'empressa de remettre dans son enveloppe et à sa place sur le bouquet. Puis il se rassit devant ses maths, prenant un air très concentré. De son côté, Louise enfouit le Nutella dans son sac et fit mine de s'absorber dans la lecture du premier cahier venu. Histoire.

— Coucou tout le monde ! claironna Lorraine en posant les sacs sur la table. Ça bosse dur, dites donc ! C'est bien !

— Tu veux que je t'aide à déballer ?

Bastien s'était déjà levé, et commençait à ranger les légumes dans le frigo.

— Fayot…, vrombit sa sœur, qui dut se résoudre à donner, elle aussi, un coup de main. Oh non ! Elle sortit avec dégoût un sac en plastique mouillé. Ne me dis pas qu'on a encore du poisson !

— C'est bon pour la mémoire ! rétorqua Bastien.

— J'aime pas !

Son frère la fusilla du regard.

— Pas grave, ma Loulou ! intervint Lorraine en remplissant un vase où elle disposa le bouquet. Tu n'auras qu'à te faire autre chose !

Les deux adolescents la regardèrent avec stupéfaction : c'était bien la première fois que leur mère, habituellement intransigeante sur les menus – « on doit manger de tout, disait-elle, il n'y a pas de j'aime pas qui tienne » –, faisait preuve de la moindre souplesse. Décidément, elle devait avoir un nouveau mec !

Lorsque Lorraine s'éclipsa dans sa chambre en chantonnant pour y déposer son bouquet, Bastien et Louise se ruèrent comme un seul homme vers l'emballage abandonné. L'enveloppe n'y était plus. Lorraine l'avait emportée.

Deux semaines à peine après l'enterrement de son père, Bénédicte était élue présidente du directoire de la société familiale, dont elle était désormais l'actionnaire majoritaire. Même si elle avait insisté sur le fait que Cyrille continuerait comme par le passé d'en assurer la direction, elle avait ressenti comme une gêne de la part de certains membres du conseil. Bénédicte était la fille de son père et la propriétaire de l'affaire, et chacun savait en son for intérieur – et son mari le premier – qu'il faudrait lui rendre des comptes. Ne fût-ce que par loyauté à l'égard du fondateur de l'entreprise, auquel, durant de longues années, ils avaient voué amitié et respect. De son vivant François de Monthélie avait été un grand homme ; la mort en faisait une icône. Si personne autour de la table ne contestait les talents de chercheur et de gestionnaire indéniables de Cyrille, on se demandait ce que deviendraient les laboratoires Monthélie sans un Monthélie à leur tête. Une succession que, bon an mal an, et en dépit de son ignorance totale du métier, Bénédicte allait devoir assumer.

Conscient qu'il faudrait un peu de temps à chacun pour s'habituer à cette nouvelle situation, Cyrille décida de remettre à plus tard ce qui pour lui était un point crucial de l'ordre du jour, mais demandait un minimum de concentration : la levée de fonds pour financer les derniers tests d'un produit qui, s'il tenait ses promesses – ce dont Cyrille ne doutait pas une seule seconde –, allait révolutionner le marché des compléments alimentaires. Or, la concentration, il n'était pas sûr que quiconque fût ce jour-là capable d'en faire preuve. Il proposa donc d'ajourner la séance, et de reconvoquer une assemblée dans le mois. Une fois que tout cela serait digéré.

— Pourquoi n'as-tu pas abordé l'ordre du jour ? attaqua Bénédicte dès qu'ils se retrouvèrent en tête à tête pour dîner.

Elle s'était promis d'attendre le dessert et de poser la question avec légèreté, mais la curiosité l'avait emporté. Quant au ton qu'elle avait employé, elle s'en était rendu compte au moment même où les mots sortaient de sa bouche – trop tard, donc, et c'était bien là le problème avec Bénédicte, elle réalisait les choses toujours trop tard –, il était le même que celui avec lequel elle tançait ses enfants lorsqu'ils n'avaient pas respecté ses instructions ou fait de travers quelque chose qu'elle leur aurait demandé. Un ton de mère de famille nombreuse, ou de maîtresse d'école.

— Tu ne vas pas commencer à me parler sur ce ton, réagit instantanément Cyrille, que les événements de la journée avaient blessé.

Il avait pris sur lui pour faire bonne figure et mener le conseil et l'assemblée comme il l'avait toujours fait du temps de son beau-père. Mais, Bénédicte avait eu beau assurer le contraire, les choses avaient changé. S'ils avaient accepté le poulain du vivant de François de Monthélie, désormais leur loyauté se dirigeait, de manière certes imperceptible, vers son héritière. Cyrille l'avait ressenti, et il en était meurtri.

Heurtée par la violence de la réaction de son mari, Bénédicte hésita entre quitter la table et mettre de l'eau dans son vin. Ce pour quoi elle opta finalement, se donnant du courage avec une longue gorgée de chardonnay glacé.

— Hum…, commença-t-elle en se raclant la gorge. Excuse-moi, je…

Elle laissa sa phrase en suspens. Bénédicte n'était pas bonne pour les excuses. Son ego le lui interdisait.

— Non mais c'est bon. Tu n'as pas à t'excuser. Tu es mon boss, tu me demandes des comptes. C'est logique après tout.

Comme à son habitude lorsqu'il se trouvait pris au piège dans une situation qui le dépassait, Cyrille tentait d'ironiser. Pourtant sa voix coupante, dans laquelle vibrait un tremblement qu'il ne parvenait pas à maîtriser, le dénonçait. Cyrille était sur le point d'exploser.

Reconnaissant les symptômes, dans une vaine tentative pour apaiser son mari – même si elle ne manquait jamais une occasion de le déclencher, le plus souvent par maladresse, Bénédicte détestait le conflit –, Bénédicte renouvela ses excuses. Mais elle ne fit que s'enferrer.

— Écoute, madame la présidente, éructa Cyrille en regardant sa femme dans les yeux d'un air peu amène.

Soit tu me laisses gérer la boîte comme je l'ai toujours fait, et tu évites de me poser des questions au dîner…

— Mais…

— Tu me laisses parler ! Ou bien tu me laisses faire, et s'il y a des questions à poser et des décisions à prendre qui outrepassent mes prérogatives de DG les assemblées et les conseils sont là pour ça, ou bien tu persistes comme ce soir dans ton attitude intrusive et contre-productive… – il vida son verre d'un trait avant de continuer – et je te flanque ma démission. Et là on va commencer à rigoler.

— Mais ce n'est pas ce que je voulais dire…, entama Bénédicte d'une toute petite voix.

Elle savait que l'emportement de son mari était excessif, mais elle ne voulait pas rajouter d'huile sur le feu. Pour l'instant, il ne lui restait qu'à avaler la couleuvre. L'avenir de la société en dépendait. Elle finit son assiette en silence, et resservit du vin. Cyrille but sans un mot.

Ils étaient là à se regarder en chien de faïence, terminant leur dîner sans plus communiquer, comme le vieux couple usé qu'ils étaient, quand un grand bruit les fit se retourner. Le ballon de Jules venait de se fracasser contre la bibliothèque, emportant dans sa chute les photos encadrées qui s'y trouvaient.

— Jules ! Tu ne peux pas faire attention, non ? cria Cyrille, un ton plus haut que la situation ne l'exigeait. Combien de fois je t'ai dit que ce ballon ne rentrait plus dans la maison ? Il se leva et s'empara du jouet. Allez hop ! Confisqué !

Surpris par le ton de son père, le garçon se mit à pleurer. Bénédicte se précipita vers lui pour le consoler.

— Et toi, tu ne peux pas le laisser ? Tu veux aussi en faire une tapette, de ce gosse ?

La phrase était mal tournée, et Cyrille s'en aperçut à peine la prononçait-il. Mais il digérait mal le goût de son aîné pour les cosmétiques – il avait maintenant sa propre trousse de crème hydratante, anticerne, lait raffermissant pour le corps et autres sérums – et, bien qu'ils n'aient jamais abordé la question, il savait que Bénédicte partageait ses préoccupations.

— Bon, maintenant, tu nous lâches !

Les efforts que faisait depuis le début Bénédicte pour se contenir volèrent en éclats. Elle ne supportait pas la sévérité de son mari à l'égard des jumeaux, ni ses allusions concernant Octave. Et sa réaction excessive n'avait rien à voir avec le ballon. Cyrille passait sa colère sur son fils, et ça, elle n'allait pas le tolérer.

— Que tu places ton ego dans la société, soit. Mais à la maison, c'est moi qui commande !

Sur quoi elle prit la main de Jules, celle dont il ne s'était pas servi pour s'essuyer le nez, et l'entraîna hors de la pièce. Mieux valait rester hors champ, le temps pour Cyrille de se calmer. Depuis l'enterrement, il n'était pas à prendre avec des pincettes.

Une fois seul, Cyrille enleva ses chaussures, se resservit un verre de vin et alla le savourer dans le canapé. Les pieds sur la table basse envahie de beaux livres et de revues d'art qu'ils n'ouvraient jamais mais que sa femme tenait à mettre en exposition sous prétexte que « cela se faisait » et qui le plus souvent servaient de sous-verres – la fine couche de poussière qui les recouvrait et les traces un peu collantes les trahissaient –, il se mit à observer d'un œil critique son intérieur. Les bibelots, leur photo de mariage dans son cadre dont l'argent noircissait, le guéridon recouvert d'un boutis ocre et encore des photos, toujours des photos, les sourires heureux et forcés d'une famille qui, à la vérité, commençait à s'essouffler. Typique de Béné, pensa Cyrille, de mettre partout les témoignages d'un bonheur dont on ne savait plus ce qu'il en était. Nous-sommes-une-famille-heureuse, scandaient ces clichés, à la manière d'un mantra, ou plutôt d'un diktat. Comme pour conjurer le sort. Nous sommes une famille qui tient – que l'on *fait* tenir – bon an mal an, dont le noyau central, le couple, ne se nourrit plus que de ressentiment.

Cyrille savait que, ces derniers jours, il s'était montré irritable, et pas toujours à bon escient. Il s'en voulait d'avoir été si dur avec son fils, mais il avait été incapable de se contenir. La perte de François lui avait fait réaliser qu'il avait aimé la famille de Bénédicte plus qu'il ne l'avait aimée elle-même, ou plus exactement que s'il l'avait choisie c'était en grande partie pour la famille qui l'entourait. Il avait adoré sa belle-mère et vénéré son beau-père, et, sans eux, il était désorienté.

Inconsciemment et de manière confuse et désordonnée, il en voulait à sa femme pour la mort de son père et le pouvoir que, du jour au lendemain, celle-ci lui donnait. Elle le mettait lui, désormais, dans une situation où il serait pieds et poings liés. Dans sa cage dorée dont il savait pertinemment ne pas détenir la clef, Cyrille étouffait.

Une autre chose aussi le perturbait, qu'il ne voulait pas s'avouer : il y avait maintenant exactement sept jours qu'il s'était arrangé pour donner à Lorraine ses coordonnées, avec le deuxième bouquet, et elle ne s'était toujours pas manifestée. Il luttait pour ne pas appeler Maya et lui demander si elle n'avait pas oublié la carte, mais c'était une femme fiable et il ne doutait pas qu'elle l'avait fait. D'autant qu'elle avait été plus que complice dans cette affaire ! Non, si Lorraine n'avait pas bougé, c'était à l'évidence qu'elle ne souhaitait pas le revoir. Peut-être avait-elle quelqu'un dans sa vie ? Cyrille grimaça : l'idée ne lui plaisait pas.

Il finit la bouteille qui, en dehors du seau à glace, s'était réchauffée, dégageant des arômes de pêche et d'acacia plus puissants et pas désagréables. Une erreur finalement, se dit-il, de boire le chardonnay trop frais. Puis il se leva, et, sans prendre la peine de remettre ses chaussures qu'il abandonna là où il les avait enlevées – Bénédicte ne manquerait pas de lui faire une réflexion acerbe le lendemain matin, mais à l'heure qu'il était il s'en moquait –, monta dans la chambre de son fils pour l'embrasser. Les jumeaux dormaient, et il caressa le front de Jules en prenant soin de ne pas le réveiller. Venant de la pièce à côté, il entendit le son assourdi de la chaîne d'Octave. Il regarda sa montre, hésita à aller, comme presque tous les soirs, lui imposer d'éteindre sur-le-champ musique et lumière, et décida finalement de laisser passer. Il n'avait ni la force ni l'envie de s'opposer à son fils aîné. Pas après la manière dont il venait de s'emporter avec le cadet.

Il préféra se rendre dans son bureau où, en compagnie d'une grappa de Sasicaia, il attendit que, sous la porte de sa propre chambre, le rai de lumière se fût éteint pour aller se coucher.

— Allez, les enfants, dépêchez-vous, vous allez être en retard !

Dans la cuisine qui sentait le chocolat et le pain grillé, Louise et Bastien regardaient la radio d'un air absorbé. Comme si le fait d'avoir les yeux posés sur l'appareil leur permettait de mieux écouter.

— Chut…, intima Louise en posant un doigt sur les lèvres de sa mère. C'est une émission sur Patrice.

S'attendant à entendre la voix du chirurgien et se disant que ce n'était vraiment pas ce dont elle avait besoin le matin au petit déjeuner, Lorraine tendit la main pour baisser le son. Elle suspendit son geste lorsqu'une série de sanglots éclata, vite réprimés et suivis d'une voix de femme, brisée.

Après les mots, il y a eu les gestes, disait la femme. *Il a commencé à me frapper. Jamais en public, jamais devant les enfants, les enfants n'ont jamais été les témoins de la violence de leur père, non. Comme ça, pour eux, je passais pour la déprimée, la parano, celle qui faisait tout mal et était tout le temps en train de pleurer. Je ne pouvais en parler à personne, je ne voyais plus ma famille, je n'avais plus d'amis… il s'était arrangé pour que je sois complètement isolée.* Elle soupira. *Il ne me frappait jamais sur les parties visibles de mon corps : il me battait là où ça faisait mal, mais où ça ne se voyait pas... La première fois, je m'en souviendrai toute ma vie, j'étais dans la cuisine en train de préparer le dîner. La viande n'allait pas, ce n'était pas ce qu'il avait envie de manger... alors il m'a poussée contre la cuisinière et je me suis brûlée... j'ai encore la marque...*

Mais vous n'êtes pas partie..., disait le commentateur.

Je ne pouvais pas. Je ne pouvais plus. Je l'aimais à la folie et puis c'était de ma faute, c'était moi qui ne faisais pas les choses comme il fallait... Je n'avais plus d'énergie...

— On dirait Julie, murmura Louise. Tu crois qu'il la bat, Julie ?

— Mais non, ne dis pas de bêtises ! Lorraine éteignit promptement la radio et tendit leurs sacs aux enfants. Allez, oust, filez !

Elle les embrassa, les serrant un peu plus fort que d'habitude – le témoignage de la femme l'avait bouleversée –, et attendit qu'ils aient disparu au coin de la rue pour reprendre le cours de l'émission.

Un psychiatre expliquait maintenant le fonctionnement et l'évolution du processus de harcèlement moral. Inconsciemment les victimes en étaient l'objet consentant et même inducteur, nourrissant par la peur et la culpabilité, la névrose du pervers narcissique, générant une violence qui allait crescendo et aboutissait inexorablement aux coups. Après une période où les mots étaient les seules armes, le pervers commençait à battre sa victime, et pouvait parfois aller jusqu'à la tuer.

Lorraine aurait aimé entendre la femme raconter comment elle s'en était sortie, *si* elle s'en était sortie d'ailleurs, car rien ne disait qu'elle n'allait pas en rentrant chez elle prendre une dérouillée. Si le cas ici était extrême, le schéma n'était pas sans rappeler, comme l'avait fait observer Louise dans sa grande perspicacité, le comportement de Patrice et celui de sa sœur, et ce qu'elle venait d'entendre lui faisait froid dans le dos.

« Les journalistes ont tendance à tout exagérer », se dit-elle pour se rassurer. Mais cela ne la rassura pas.

Cette carte lui brûlait les mains. Les yeux aussi. Et le cœur, un peu.

Après l'avoir délicatement sortie de l'enveloppe qui accompagnait le bouquet, au nez et à la barbe de ses enfants, empêchant – mais cela, elle ne le savait pas – sa fille de satisfaire sa curiosité, elle avait commencé par la cacher dans le tiroir où elle rangeait sa lingerie. Drôle d'endroit pour conserver une carte de visite, s'était-elle dit en refermant la commode en bois cérusé qu'elle adorait. Le lendemain matin, elle l'avait glissée dans la poche de son jean, où elle l'avait sentie toute la journée. Une présence, une brûlure. Une tentation lancinante, là, tout contre sa fesse, qu'elle ne parvenait pas à ignorer tout à fait. Elle l'avait posée sur sa table de nuit le soir, avant de s'en servir comme marque-page de *La Princesse de Clèves*, un de ses livres fétiches qui n'était jamais loin d'elle et qu'elle relisait régulièrement. Mais lorsqu'elle partait au magasin, elle ne pouvait se résoudre à l'y laisser ; elle emportait alors soit le roman avec la carte dedans, soit la carte seule, qu'elle glissait dans son sac. La carte était là maintenant, bristol corné et sali par tous ces allers-retours, posée sur la paillasse où Lorraine composait des timbales de gentianes bleues et de phlox blancs, et les chiffres dansaient sous ses yeux, comme s'ils la narguaient.

Plusieurs fois durant cette semaine Lorraine avait commencé à composer le numéro, sans jamais aller jusqu'au bout. À quoi bon ? se raisonnait-elle. Cet homme a une femme, une famille… à quoi bon s'embarquer dans une aventure qui ne mènerait nulle part et serait encore pour elle source d'angoisses et de larmes ? Son mariage lui avait laissé du chromosome Y un souvenir suffisamment amer pour qu'elle y réfléchisse à deux fois avant de replonger. Chat échaudé craint l'eau froide, comme on dit… Alors un homme marié, qui plus est…

Oui mais…, susurrait la petite voix de plus en plus insistante. Et alors ? À quoi bon se priver d'une aventure, justement ? Et puis, la petite voix ne manquait pas d'arguments, rien dans la vie n'était jamais figé, et les choses pouvaient toujours évoluer.

— Hello ! claironna Maya en ouvrant la porte du magasin d'un coup de pied.

Ses mains étaient occupées par une énorme gerbe d'iris – il devait y en avoir plus d'une centaine –, derrière laquelle son visage et une partie de son corps disparaissaient.

— Regarde ce que j'ai déniché !

Maya posa son fardeau sur le comptoir et commença à délicatement les trier. La moitié des fleurs étaient d'un blanc pur et portaient une bordure violet foncé de la même couleur que la multitude de veinules qui les striaient. Les autres étaient plus extraordinaires encore : caramel au lait lavé de brun violacé, elles dévoilaient à qui savait les observer de délicates barbes jaune orangé. Lorraine reconnut sans peine l'Autumn Leaves, ce que lui confirma Maya.

— Sens ça ! La fleuriste brandit quelques tiges sous le nez de Lorraine, qui dégageaient un parfum envoûtant reconnaissable entre tous. Autumn Leaves ! Les autres sont des Autumn Circus. C'est tellement rare d'en trouver... je n'ai pas pu résister !

— Et ceux-là ? demanda Lorraine en désignant les plants qui étaient restés à l'arrière de la voiture, abandonnée n'importe comment, à un bon mètre du trottoir, dans l'espace de livraison devant la boutique.

Une forte pluie commença à tomber, et Maya se précipita pour aller récupérer les fleurs afin de les protéger, et du même coup fermer la fourgonnette. Elle la garerait mieux plus tard.

— Des Conjuration. Je me suis dit que c'était exactement ce que recherchaient les Dumont pour leur terrasse. Anna adore le bleu. Et vu l'exposition, ils ne devraient pas être trop difficiles à cultiver. Tu y vas bien demain, c'est ça ?

Lorraine consulta le carnet, faisant mine de vérifier. Mais elle savait que Maya ne se trompait pas. Cette fille avait un ordinateur dans la tête. Et puis Lorraine s'en souvenait. Avec sa glycine, ses plantes aromatiques, ses bambous exotiques et ses petits fruitiers, la terrasse des Dumont était, en plus de la première qu'elle avait plantée, l'une de ses préférées. C'était toujours pour elle une fête que d'aller s'en occuper.

Elle prit les iris avec précaution, et alla les ranger dans l'arrière-boutique qui, avec ses murs épais et son sol en graviers, tenait lieu de chambre froide improvisée. Et aussi de cave. Maya conservait là, à l'insu de son vieux mari qui buvait volontiers mais n'y connaissait rien, quelques crus de bordeaux qu'elle réservait aux grandes occasions. Et que, le plus souvent, elles se partageaient.

— Bon. Maya s'essuya les mains sur son tablier. Tu t'es finalement décidée à l'appeler ?

— Qui ça ? Lorraine répondit du tac au tac.

D'un geste du menton, Maya désigna la carte de Cyrille, que Lorraine avait tenté de dissimuler en l'enfouissant sous les feuilles. Manifestement sans succès.

— Oh, lui…

Lorraine prit un ton désinvolte, immédiatement démenti par le rouge qui lui monta aux joues et enflamma son décolleté. Rien à faire, ragea-t-elle intérieurement : son langage corporel, qu'elle ne maîtrisait pas et qui se manifestait sans prévenir, le plus souvent à mauvais escient, la trahissait toujours. Et sa translucide peau de rousse, sous laquelle on aurait pu voir le sang courir, ne lui était d'aucun secours. Parfois Lorraine se faisait l'impression d'être un gecko, à la carnation si transparente qu'elle offrait aux yeux de tous une impudique fenêtre sur ses émotions.

Son amie planta dans ses yeux un regard bleu et curieux. Un regard qui n'admettait pas que l'on se défaussât.

— Pour tout te dire…

Maya, qui brûlait de savoir, commençait à s'impatienter. Mais elle prit sur elle pour ne pas le montrer.

— Pour tout te dire… La voix de Lorraine se fit étranglée. Je n'ose pas.
— Comment ça tu n'oses pas ?

Maya serrait maintenant les poings sur ses hanches, des hanches qu'elle avait rondes et larges, des hanches faites pour enfanter et porter des fratries entières, elle qui n'avait pourtant eu qu'une fille.

— Comment ça tu n'oses pas ? répéta-t-elle, comme pour chasser de la chose toute son absurdité. Je t'apporte l'homme de tes rêves sur un plateau, et toi tu n'es même pas fichue de le rappeler ?
— Il est marié, je te rappelle.
— Oh, alors ça… Maya fit un geste vague de la main. Doudou aussi, quand je l'ai rencontré, il était marié et tu vois…

Doudou, qui en fait s'appelait Michel, tout comme le premier mari de Maya, et que celle-ci s'était empressée de rebaptiser, avait, après leur rencontre, divorcé en un temps record pour lui passer la bague au doigt. Comme s'il n'attendait que l'occasion qui ferait de lui le larron, et lui donnerait la porte de sortie d'un mariage qui était de toute façon au bord de l'explosion. Maya aimait dire, non sans une certaine tendresse – car même s'il lui arrivait parfois de le traiter avec désinvolture, elle l'adorait, son vieux Doudou –, qu'elle avait été le coup de pouce à son bonheur.

— Non, mais sérieux. Qu'est-ce qu'il faut que je fasse ? Que je prenne mon téléphone et que je m'en charge à ta place ?
— Non, non…, protesta Lorraine. Tu en as assez fait comme ça.

Lorraine ne voulait surtout pas d'une nouvelle intervention de son amie. Pas maintenant. Pas après sept jours de silence. Elle se doutait bien que Cyrille devait commencer, à juste titre d'ailleurs, à se vexer ou du moins à s'interroger. Maya avait raison : si elle voulait le revoir, elle devait le contacter, et vite. Et c'était à elle et à personne d'autre de le faire.

— Je le fais cet après-midi.

Maya observa Lorraine comme si elle n'en croyait pas un mot.

— Hum…, émit-elle, dubitative.

— Si, je te promets. On parie quoi ?

Maya fit le tour de la pièce du regard, et avisa la porte de la réserve.

— Un Montrose 79 en apéritif. On ira acheter rue des Martyrs quelques trucs à grignoter.

— Si tu me prends par les sentiments…

Lorraine ne résistait pas à un bon bordeaux, et le déguster en compagnie de son amie parmi les fleurs avec quelques copeaux de serano de l'espagnol d'à côté était tout ce qu'elle aimait.

— Mais attention ! proféra Maya. Je te préviens : mon offre ne tient que pour aujourd'hui. Demain, elle sera tombée !

Et c'est ainsi qu'à l'appel de la gourmandise Lorraine se résolut à téléphoner à Cyrille. Qui, bien entendu, ne répondit pas.

Lorsqu'elle poussa la porte de la courette qui menait à son appartement, Lorraine fut assaillie par de délicieux effluves : les roses commençaient à s'ouvrir, et dans l'air encore chargé d'humidité, elles embaumaient. Elle se pencha sur les parterres et vérifia que l'eau ne les avait pas endommagées. Mais les corolles étaient à peine entrouvertes : dès le lendemain matin, elle pourrait cueillir et apporter au magasin de quoi faire deux ou trois bouquets. Elle compta le nombre de boutons et calcula que, dans les quinze jours, elle pourrait en réaliser une douzaine. Un début, se dit-elle, avant de trouver un endroit plus grand pour les cultiver. La cour derrière la boutique ferait l'affaire, si la copropriété acceptait de leur en concéder la jouissance, mais pour l'instant Maya, qui, à sa demande, avait déposé une requête, n'avait toujours pas obtenu de réponse. Lorraine coupa une rose plus avancée que les autres, qu'elle décida de garder pour la maison. Elle y ajouta quelques fleurs de rhododendron, et entra dans la cuisine mettre dans une timbale son bouquet improvisé.

Louise faisait ses devoirs à sa place habituelle, iPod sur les oreilles et la main qui n'écrivait pas plongée dans le Nutella. Bastien aussi avait devant lui un livre ouvert. Mais, en guise de cahiers, il était entouré de légumes, et tenait un économe au lieu d'un crayon.

— Bah qu'est-ce que tu fais ? demanda Lorraine, qui n'en croyait pas ses yeux.

Son fils en train d'éplucher des légumes ! Jamais elle ne l'aurait imaginé.

— C'est Bastien qui fait sa cuisine de pédé ! se moqua Louise, sans même enlever ses écouteurs de ses oreilles.

— Pot-au-feu ! lança Bastien, content de lui, en adressant un grand sourire à sa mère.

— J'aime pas..., Louise, du tac au tac.

— Je me suis dit que tu pourrais avoir besoin d'un coup de main, de temps en temps. Bastien vint entourer Lorraine de ses grands bras maladroits. Tu en fais trop, ma petite Mamounette.

Lorraine, qui déjà culpabilisait de ne pas avoir assez de temps à consacrer à ses enfants, en eut les larmes aux yeux. Non seulement son fils ne lui en voulait pas, mais il avait pris le taureau par les cornes et décidé de l'aider. Avec la complicité du maraîcher et du boucher, qu'elle connaissait bien pour s'approvisionner toujours chez eux, sans succomber aux sirènes – et aux prix, mais souvent les prix étaient au détriment de la qualité et, sur la qualité des produits, Lorraine était intransigeante – des grandes surfaces, il avait réuni de quoi préparer le dîner. La viande, du gîte et du plat de côte, cuisait déjà doucement dans un bouillon d'herbes agrémenté d'une carotte et d'un oignon clouté de girofle, comme il avait dû voir sa grand-mère le faire en Dordogne ; la recette ne mentionnait pas le clou de girofle. Ni l'os à moelle astucieusement ficelé. Mais ça, Lorraine savait que c'était une intention du boucher.

— C'est moi qui lui ai commandé le livre ! sourit Louise entre deux tubes de Shakira, pour montrer qu'elle aussi avait collaboré.

Sur le site de la Fnac et suivant les conseils avisés de Christiane, qui s'était fait une joie de garder le secret et de ne rien dévoiler à sa fille, Louise avait commandé un livre de cuisine facile pour son frère – c'était un garçon, tout de même, il ne fallait pas trop lui en demander ! – et un ouvrage de pâtisserie pour elle.

L'horloge du four se mit à sonner. Louise se leva et alla planter un couteau dans le gâteau qui y cuisait. La lame ressortit nette.

— C'est cuit, non ? demanda-t-elle en brandissant le couteau sous le nez de sa mère.

Sans laisser à Lorraine le temps de répondre, d'un geste preste elle démoula le gâteau sur une grille. On aurait dit qu'elle avait fait ça toute sa vie.

— Quatre-quarts au Nutella ! annonça-t-elle fièrement en plongeant son nez sur son œuvre encore chaude.

— Tu nous gaves avec ton Nutella ! maugréa son frère en plongeant les légumes dans la marmite. Merde ! J'ai oublié d'enlever les trucs du bouillon !

S'emparant d'une écumoire, il alla repêcher l'oignon, qu'il écrasa, et se débarrassa des herbes et de la carotte recuite. Puis il couvrit la marmite, sortit de la pièce et revint éparpiller sur la table ses affaires de cours. Poussant juste de côté épluchures et ustensiles. Mais, comme l'avait fait remarquer sa sœur, c'était un garçon !

Complètement abasourdie, et fière de ses rejetons, elle les prit tous les deux dans ses bras, savourant la satisfaction de ne devoir qu'à elle-même et à l'éducation qu'elle parvenait à leur donner d'avoir des enfants aussi débrouillards et attentionnés. Elle ne réussissait pas si mal dans son rôle de mère célibataire.

— Il pourrait ranger, quand même…, commença Louise.

Sa mère lui mit un doigt sur les lèvres pour la faire taire, et entreprit de nettoyer la table. En cinq minutes à peine, la cuisine était reluisante, une bonne odeur de pot-au-feu se répandait dans la pièce, mélangée à celle, plus sucrée, du quatre-quarts qui refroidissait.

Lorraine contempla la scène et se dit qu'elle était heureuse.

***

— Maman ! Téléphone ! hurla Louise de sa chambre, d'où elle finit par sortir en brandissant le combiné.

Lorraine avait entendu la sonnerie, et commençait déjà à pester contre les enfants qui ne replaçaient jamais le téléphone sur sa base, attendant qu'il soit complètement déchargé pour s'en préoccuper.

— C'est Juju…, annonça sa fille. Puis, plus bas, posant sa main sur l'écouteur pour qu'au bout du fil sa tante ne l'entendît pas : elle a pas l'air au top de sa coolitude.

Lorraine grimaça et s'empara du combiné, tandis que Louise tirait sur le minuscule T-shirt Hello Kitty dans lequel elle dormait depuis qu'elle avait douze ans et qui désormais lui couvrait à peine les fesses, et alla dans la cuisine se couper une dernière part de gâteau. Elle adorait faire des provisions pour la nuit, qui laissaient dans son lit une multitude de miettes, quand ce n'était pas carrément des carrés de chocolat fondu ou des bouts de pomme oubliés. Louise avait dû être souris dans une autre vie.

— Salut ma Julie ! s'exclama Lorraine d'une voix exagérément enjouée, comme pour conjurer les nouvelles que sa sœur risquait de lui annoncer.

Pourvu qu'elle ne se soit pas encore une fois pris le bec avec son horrible chirurgien ! pensa Lorraine, que le souvenir de l'émission qu'elle avait entendue à la radio taraudait. Ou plutôt, pourvu qu'il ne lui ait pas fait subir l'une de ces horribles scènes dont il avait la spécialité, à propos de rien, et qui laissaient Julie pétrie de culpabilité sans savoir de quoi elle était coupable. Le café était trop froid, le café était trop chaud, Patrice ne buvait plus de café elle aurait pu s'en rendre compte ! Elle était trop maigre, elle était trop grosse, elle était trop maquillée, elle n'était pas assez maquillée… Lorsqu'il avait décidé de s'emporter, l'homme faisait feu de tout bois avec la plus parfaite mauvaise foi.

Pleine de ses propres préoccupations sentimentales, Lorraine ne se sentait ni la force ni le courage d'entendre sa sœur lui raconter pour la énième fois les mêmes malheurs, et c'est d'un air contrit qu'elle emporta le téléphone dans la salle de bains en jetant un coup d'œil à sa montre : il était tard, la journée avait été longue et elle rêvait d'un bain chaud avant d'aller se coucher.

— Maman a appelé pour savoir quand on comptait venir à La Chartreuse cet été.

La Chartreuse était le nom de leur maison familiale. Lorraine se détendit : pour une fois, l'objet du coup de fil de sa sœur n'était pas ce qu'elle craignait.

Penchée au-dessus de la baignoire, le portable coincé contre son épaule, elle entreprit de transvaser provisoirement dans le lavabo les nénuphars Blue Beauty, une espèce rare bleue et parfumée qu'elle avait fait pousser dans sa salle de bains, les maintenant en permanence dans quatre-vingts centimètres d'eau, avant de les planter dans le bassin d'un de ses clients. Ils étaient assez grands maintenant, se dit-elle en souriant, et assez résistants. Le week-end prochain, elle irait les « lâcher » en milieu naturel. Elle ressentit comme un pincement, le même qu'elle éprouvait chaque fois qu'elle rendait à la nature des plantes fragiles qu'elle avait fait grandir, et qu'elle considérait un peu comme ses enfants.

— Lorraine, tu m'écoutes ?

Sa sœur la ramena à la réalité. Prenant le combiné d'une main, elle rinça de l'autre la baignoire puis commença à la remplir d'eau chaude, à laquelle elle ajouta quelques gouttes d'essence de géranium. Sûr qu'elle dormirait bien avec ça.

— Oui, je t'entends, ma puce ! Mais c'est un peu tôt pour savoir quand on va dans le Périgord, non ? On n'est qu'en mai…

Avant les vacances, il y avait la longue période des mariages, des fêtes champêtres, des salons, il y avait la Fashion Week avec ses soirées et ses défilés… Deux mois et demi d'intense activité. Fixer ses dates de vacances dès à présent n'était pas pour Lorraine une priorité.

— Non, mais tu connais maman, renchérit Julie. Il faut toujours qu'elle prévoie tout longtemps en avance…

Lorraine éteignit les robinets, enleva ses vêtements et, ignorant délibérément le miroir en pied qui lui faisait face, se coula dans l'eau. Elle avait observé sur sa silhouette quelques signes de relâchement ces derniers temps, qu'elle préférait refouler jusqu'à ce qu'elle ait le temps de se remettre au sport, ce qui, pour l'instant, avec tout le travail qu'elle avait, n'était pas d'actualité. D'où le boycott du miroir.

Elle écouta sa sœur en s'observant les doigts de pied.

— Maman aimerait qu'on s'organise pour y être tous au même moment, pour une fois. Tu sais à quel point elle adore les grandes tablées…

Née en Dordogne dans la vieille chartreuse du XVIIe restée dans son jus, et qui se transmettait dans la famille de génération en génération, Christiane s'y était mariée avec un horticulteur du cru, à la grande joie d'Amari qui avait été rassurée quant à « la relève », comme elle disait, du temps où elle acceptait encore de parler. Toute à sa passion pour la cuisine – ça, Amari la lui avait bien transmise –, Christiane ne manifestait en revanche aucun intérêt pour les champs de noyer, le tabac et surtout les cultures de roses chères à la grand-mère, dont pourtant il fallait bien s'occuper. À cet égard, en épousant sa fille unique, Jean avait revêtu l'habit de lumière du gendre idéal, espèce déjà à l'époque en voie de disparition. Entre le métier de son mari, le soudain mutisme de sa mère que tout le monde avait fini par considérer comme une infirmité, et la naissance de ses filles, Christiane n'avait pour ainsi dire jamais quitté leur maison de famille. Et sa plus grande joie, car il fallait bien avouer que les jours au pays se suivaient et se ressemblaient tous, était de recevoir pendant les vacances sa tribu au grand complet, et de cuisiner pour elle les produits de son potager.

— Oui, enfin l'année dernière, c'est toi qui n'as fait que passer, je te rappelle ! Tu es venue, quoi… quatre jours, cinq ? Même pas le temps de voir sur ta balance les effets de la cuisine de maman. Et, en plus, tu étais toujours collée à ton portable.

— Je venais de m'installer avec Patrice ! Tu sais très bien qu'il a horreur que je ne réponde pas à ses textos ou à ses coups de fil dans la seconde. Entre nous, c'est un miracle que j'aie même réussi à me dégager !

Julie s'interrompit brusquement. Lorraine entendit une voix d'homme assez proche de l'aboiement, puis celle de sa sœur, étranglée.

— Bon, il faut que je te laisse. Je te rappelle.

On l'aurait dit au bord des larmes. Lorraine n'eut pas le temps de lui demander si leur mère lui avait donné des nouvelles d'Amari, ce qu'elle ne manquait jamais de faire. Julie avait déjà raccroché.

— Il est pas cool avec elle, hein ? fit remarquer Louise.

Sans que sa mère s'en soit aperçue, plongée qu'elle était dans sa conversation avec sa sœur, elle était venue se lover comme un chat dans le grand panier ouvert où l'on mettait le linge sale. Particulièrement garni – et confortable – ces jours-ci : Lorraine n'avait pas eu une seconde pour faire des machines, et les enfants avaient trop peur de mélanger les couleurs – une excuse, certes, mais une excuse valable – pour s'y risquer.

— Il lui parle mal, il ne la respecte pas, il l'humilie. On dirait que ça lui fait plaisir…

Louise jouait avec une mèche qu'elle enroulait autour de son index, signe qu'elle était préoccupée.

— Je ne comprends pas pourquoi elle accepte ça. Qu'est-ce qui va se passer, après ? Quand il l'aura bien démolie, qu'est-ce qui va se passer ?

Tout en faisant couler de l'eau chaude dans son bain qui commençait à refroidir, Lorraine observa sa fille avec tendresse. Et une certaine admiration, aussi. La justesse de l'analyse de Louise quant à la relation de sa tante avec son compagnon – Dieu merci ils n'étaient pas mariés, bien que Patrice commençât là aussi une sorte de chantage pour y arriver –, cette acuité et cette pertinence de la part d'une adolescente de quatorze ans la sidéraient.

— Un jour, elle en aura marre et elle va le quitter, dit Lorraine comme pour se convaincre elle-même.

C'était ce qui devrait arriver, si Julie avait la force de s'échapper. Mais Lorraine doutait de plus en plus qu'il lui restât suffisamment de confiance en elle et de volonté. Le travail de sape était déjà largement entamé.

— Elle pourra pas. Louise leva de grands yeux bleus sur sa mère. Tu le sais très bien, maman. Tu as entendu ce qu'elle a dit, cette meuf, à la radio… Il y a un moment où on ne peut plus. Elle ne pourra jamais.

Elle sortit du panier et tendit une serviette à sa mère. Elle paraissait toute petite dans son T-shirt rose, malgré ses paroles de grande et ses seins qui commençaient à pointer.

— On va devoir l'aider, maman !

Louise planta un baiser sur les joues de Lorraine, et disparut dans sa chambre. L'adolescente avait raison : Julie n'allait pas bien, et, si on ne voulait pas qu'elle subisse le même enfer que cette femme qui les avait tant bouleversées, il fallait à tout prix l'aider.

Lorraine appellerait leur mère dès le lendemain matin. Christiane saurait ce qu'il faudrait faire. Elle avait toujours su ce qu'il fallait faire.

Anna et Louis Dumont vivaient dans un appartement moderne du seizième arrondissement, sans grand charme n'étaient les trois terrasses qui l'entouraient. Architecte, Louis avait entièrement repensé l'endroit en le tournant vers l'extérieur, de telle sorte qu'été comme hiver, ils avaient l'impression de vivre dans un jardin. Les fenêtres s'ouvraient sur des massifs foisonnants, œuvre de Lorraine, les encadrant comme des tableaux : vu de dehors, on était dans un véritable jardin ; vu de dedans, c'était une atmosphère paisible et neutre dans les tons taupe et tilleul, où les murs semblaient troués de grandes fresques de nature. Anna, qui ne reculait devant aucune facétie, collectionnait les DVD de chants d'oiseaux et autres bruits de la nature pour donner à l'ensemble encore plus d'authenticité. C'est un concerto pour crapauds et grillons qui accueillit Lorraine ce soir-là.

— Tu as vu ce temps ! s'exclama Anna en ouvrant la porte à celle qui, à force d'enchanter sa terrasse de sa créativité, était devenue son amie.

Pieds nus et déjà bronzée, Anna portait un short beige et un simple débardeur blanc, qui ne cachait pas grand-chose de sa poitrine trop parfaite pour être honnête. Un peu d'été avant l'été, qui semblait vouloir prendre ses quartiers.

— Regarde ce que j'ai trouvé ! Lorraine déballa les iris qu'avait rapportés Maya. Des Conjuration. Ils vont monter jusqu'à 90 centimètres de hauteur, et ne vont pas tarder à donner des fleurs presque blanches suffusées de violet. Je me disais qu'on pourrait les installer du côté de la glycine…

— Tu crois que les différents bleus vont aller ensemble ? demanda Anna, pour qui tout devait toujours être assorti.

Lorraine lui décocha un sourire. Pour mélanger souvent les deux plantes dans des bouquets, qu'elle agrémentait parfois de menthe à grandes feuilles ou de branches de cassis, et même, si elle en avait sous la main, de clématites pour leur gamme de bleus et de violets profonds, elle savait qu'elle ne prenait aucun risque. Les couleurs se rehausseraient mutuellement et seraient en parfaite harmonie.

— Comment vont les aromatiques ? demanda Lorraine comme elle aurait pris des nouvelles d'un couple d'amis.

— Bien, bien, tu vas voir ! s'enthousiasma sa cliente en rentrant dans son jeu. Tellement bien que Louis n'a pas résisté à la tentation de s'installer un fauteuil juste devant les lavandes, en plein milieu du thym et de la marjolaine. Et je me fais engueuler chaque fois que j'ose prendre une branche pour la cuisine. Il dit que je détruis son aire de méditation ! Non mais je te jure !

Haussant les épaules, Anna désigna à Lorraine un grand parterre dont l'odeur reposante embaumait l'air du soir. Au milieu duquel, en effet, trônait une sorte de tabouret en bois qui tenait plus de la souche que du siège à proprement parler. Mais peut-être l'inconfort physique faisait-il pour Louis partie de son rituel de méditation. Contraindre le corps pour libérer l'esprit... le concept avait ses adeptes.

— Justement, quand on parle du loup...

D'un geste machinal, un réflexe de séductrice qui ne laisse jamais rien au hasard, Anna regonfla ses cheveux avant de se précipiter pour accueillir son mari. Elle avait entendu la porte claquer, et son pas familier résonner dans l'entrée.

Mariés depuis maintenant cinq ans, après des expériences ratées de part et d'autre, ces deux-là s'étaient trouvés. Et même s'il ne l'avouerait jamais, clamant haut et fort qu'il avait divorcé pour lui-même et n'était pas parti pour quelqu'un d'autre, Louis avait bel et bien quitté son ex-femme peu de temps après avoir rencontré Anna. Un homme courageux, qui avait décidé de vivre sa vie plutôt que de se laisser vivre ; une qualité que Lorraine, qui avait plus souvent tendance à appréhender les événements comme ils se présentaient au risque de se laisser déborder, ne pouvait s'empêcher d'admirer. Prendre la main sur sa vie, voilà une chose que Lorraine ne savait pas vraiment faire. Même si ces derniers temps, elle s'était améliorée.

— Mais c'est notre belle jardinière ! s'exclama Louis en ébouriffant ses cheveux blonds.

Il vint embrasser Lorraine, cueillant au passage un brin de lavande qu'il broya dans ses doigts avant de les humer. Lorraine sourit ; propre aux amoureux de la nature et de ses essences, ce geste lui rappelait sa grand-mère.

— C'est une merveille, ce coin des odeurs que tu nous as concocté. Il désigna sa souche. Tu as vu, je me le suis approprié ! C'est mon havre de paix...

Dans son dos, Anna lui fit une grimace, qu'elle assortit d'un clin d'œil à l'intention de Lorraine. Celle-ci enfila ses gants et entreprit de s'occuper des plantations, non sans un regard en coin à son amie pour signifier qu'elle la comprenait. Vraiment ce couple la mettait en joie.

Toute à son ouvrage, elle n'entendit pas la sonnerie de la porte d'entrée, ni ne vit qu'on s'approchait. Soudain une grande ombre vint couvrir le massif qu'elle désherbait.

— J'ose vous proposer un verre de rosé, dit une voix familière, ou vous êtes du genre à ne jamais boire pendant le service ?

Lorraine sursauta et prit le temps de vérifier que son décolleté n'était pas en train de se couvrir de taches rouges comme il avait pris la fâcheuse habitude de le faire aux moments les plus inappropriés, avant de se retourner.

— Décidément..., dit Cyrille en souriant, un verre dans chaque main. On ne s'est pas vus depuis trente ans, et là, en dix jours...

Il laissa sa phrase en suspens. Lorraine s'aperçut que sa main tremblait. Elle accepta avec un sourire qu'elle jugea niais – mais elle n'y pouvait rien – le verre qu'il lui tendait, incapable de trouver la moindre repartie. Elle sentit ses joues brûler. Cyrille souriait aussi, tenant son verre sans y toucher, comme s'il s'était agi d'un plumeau ou d'une souris morte. D'un objet incongru en tout cas, qui se retrouvait entre ses doigts comme par miracle et dont il ne savait que faire.

En parfait maître de maison, ou en très bon copain, Louis vint les tirer d'affaire.

— On trinque à l'été qui s'annonce, alors !

Ils firent tinter leurs verres. Cyrille regarda Lorraine droit dans les yeux, si intensément qu'elle rougit encore et détourna le regard.

— Mais… vous vous connaissez ?

Incrédule, Louis regarda Lorraine, puis Cyrille. Comme s'il venait de se rendre compte de leur complicité.

— On a été à l'école ensemble ! répondirent-ils d'une seule voix.

Puis ils se regardèrent à nouveau et éclatèrent de rire.

— Non mais le truc incroyable, c'est qu'on ne s'était pas vus depuis… oh, pas loin de trente ans. Et là, depuis quelque temps, je n'arrête pas de tomber sur elle. Cyrille posa une fois encore les yeux sur Lorraine. Pour mon plus grand bonheur, d'ailleurs.

Louis sirotait son verre.

— C'est fou comme le monde est petit…, commenta-t-il comme pour lui-même.

— Mais… Et vous vous connaissez comment ? demanda Lorraine, à la fois mue par la curiosité et pour se donner une contenance.

Elle avait posé son verre sur le muret et terminait en vitesse de nettoyer le parterre. C'était un drôle de sentiment de se retrouver accroupie, aux pieds de ces hommes qui buvaient. Sentant sa gêne, Cyrille s'assit à côté du verre, imité par Louis qui, s'il n'était pas très doué pour deviner ce genre de chose, était bien élevé.

— On se connaît depuis la fac ! claironna Louis en donnant une bourrade à Cyrille. J'étais en archi, Cyrille en bio, et... On était des *fuck buddies* !

— Pardon ?

Lorraine se redressa en ouvrant des yeux ronds. Elle n'était pas particulièrement bégueule, mais maîtrisait bien l'anglais.

— C'est fini, oui ? fit la voix d'Anna, qui arrivait avec la bouteille et des olives. D'après ce que j'ai compris, ces deux voyous ont fait les quatre cents coups ensemble, genre courir après les filles et tout ça, tu vois ? Alors ça fait beaucoup rire Loulou de dire qu'ils ont été des...

— Bon, ça va ! Louis enlaça sa femme, qui se lova contre ses pectoraux musclés en gloussant de plaisir.

Cette famille avait un culte de la poitrine.

— Vous resterez bien dîner tous les deux, non ? proposa Anna en ébouriffant avec tendresse les cheveux de son mari. J'ai fait un poulet au citron.

Cyrille et Lorraine échangèrent un regard.

— C'est que..., commença Lorraine, sur le point de rétorquer qu'elle devait aller rejoindre ses enfants.

Elle avait le chic pour refuser des propositions qui lui plaisaient, et le regretter après.

— Je venais juste de proposer à Lolo euh... Lorraine de l'emmener dîner en amoureux...

— Ah ! Alors… Si vous avez prévu de dîner en amoureux, là, mon poulet au citron ne fait pas le poids. Une autre fois, peut-être…

— Non, mais…, bredouilla Lorraine d'une toute petite voix.

Anna lui lança un clin d'œil pour lui intimer de se taire, qu'elle assortit d'un geste discret mais éloquent qui voulait dire « vas-y ! ».

Une demi-heure plus tard, tandis que Bénédicte fustigeait par texto son mari qui avait annoncé qu'il « finirait tard » et qu'il « ne fallait pas l'attendre pour dîner » – Lorraine pourrait plus tard faire un glossaire complet des petites phrases toutes faites de l'homme volage à l'intention de sa femme à cornes –, Lorraine et Cyrille se retrouvaient en tête à tête dans un italien de la rue des Martyrs où Cyrille avait ses habitudes, et où l'ambiance était tamisée. Reprenant l'histoire là où, trente ans auparavant, ils l'avaient laissée.

— Et tu te souviens du prof de musique à qui on avait enlevé sa perruque avec une canne à pêche ? demanda Lorraine en s'esclaffant.

Ils attaquaient leur deuxième bouteille de rosé, un vin de Toscane à la fraîcheur framboisée, et le moindre souvenir les faisait glousser, comme les adolescents qu'ils étaient redevenus. Il faut dire que celui de ce pauvre professeur de musique était particulièrement cocasse, et avait fait se gondoler des promos entières bien après qu'ils étaient tous entrés au lycée.

— Le pauvre ! Tu sais qu'il a dû partir à cause de ça. Plus moyen de se faire respecter !

— Comment tu sais ?

Lorraine ouvrit des yeux ronds. Elle se rappelait ce bon Mr Caldwell comme si c'était hier, et était à mille lieues de s'imaginer que leur plaisanterie, certes un peu poussée, et même de mauvais goût, avait eu raison de sa carrière. Dans cet établissement en tout cas. Les enfants sont cruels, se dit-elle en espérant que Louise et Bastien ne se livrent jamais à ce genre de facétie. Mais elle n'avait aucune illusion : les chiens ne faisaient pas des chats.

— Ma sœur. Elle aurait dû l'avoir et pffft... à la rentrée, il avait disparu.

— Oh, le pauvre !

Lorraine fit une mimique tellement exagérée, roulant des yeux tout en plissant le nez, que Cyrille s'étrangla sur sa gorgée de vin et eut toutes les peines du monde à ne pas la recracher.

— Je ne savais pas que tu avais une sœur... L'esprit de Lorraine carburait à toute vitesse. C'était...

Oh ! Si seulement ! Prise d'un fol espoir, Lorraine vida son verre d'un trait.

— C'était... Lorraine toussota. C'était elle à l'enterrement ?

À l'ombre qui passa dans les yeux de Cyrille, elle sut la réponse avant même qu'il ne l'ait formulée.

— Ma sœur est morte il y a dix ans. C'était ma femme, à l'enterrement.

Bang bang.

— Oh ! Je suis désolée.

De quoi Lorraine était-elle désolée ? De la disparition de la sœur de Cyrille, ou de l'existence de sa femme ? Lorraine prit la main de son ami, qui ne la retira pas.

— Parle-moi d'elle, dit-elle d'une voix douce qui cachait mal le tumulte qui l'agitait.

Cyrille la regarda d'un air accablé, et resservit du vin.

— Elle s'appelle Bénédicte. Nous sommes mariés depuis presque dix-sept ans, depuis que j'ai commencé à travailler dans la boîte de son père, en fait. Nous avons un fils de seize ans, Octave, et des jumeaux de onze ans, Jules et Lucrèce. Elle était enceinte quand nous nous sommes mariés…

Cyrille faisait des boulettes avec sa mie de pain, qu'il balayait ensuite d'un geste de la main comme pour les effacer.

— Je crois que c'est comme ça qu'elle m'a eu…, poursuivit-il d'une voix morne.

En disant ces mots, Cyrille savait qu'il énonçait une vérité que, pendant seize ans, il avait refoulée. Par culpabilité, pour ne pas charger son fils de la responsabilité d'un mariage raté. Il n'avait pas le droit de dire ni même de penser ces choses-là, mais il savait au plus profond de lui que si Octave n'avait pas été là, ou en tout cas en route à ce moment-là, jamais il n'aurait épousé Bénédicte. « Tu n'as pas le droit d'avoir de rancœur vis-à-vis d'un enfant », lui avait un jour dit son beau-père, voyant, comme Octave le sentait lui-même et le lui reprochait assez souvent, qu'il ne traitait pas son aîné avec la même tendresse que les jumeaux. S'il n'en avait jamais rien dit, le vieux renard avait certainement tout compris. Le souvenir de François de Monthélie, et des bons moments qu'il avait passés avec cet homme qui lui avait tout appris, éclaira ses sombres pensées, mais ce fut pour disparaître l'instant d'après. Il était parti lui aussi, et Cyrille se demandait à quoi allait désormais ressembler sa vie. Il avait commencé à en avoir un aperçu, et cet aperçu ne lui plaisait pas.

— Nous venons de perdre son père, poursuivit-il, de plus en plus sombre.

Sans un mot, Lorraine lui pressa les doigts. Quelle idiote elle avait été, aussi, de poser ce genre de question alors que la soirée était aussi bien engagée ! Elle était une championne pour plomber l'atmosphère !

— Et tu ne l'as jamais trompée ?

Cyrille la surprit en lui rendant sa pression, un peu plus fort peut-être, et assortie d'une brève caresse.

— Pas vraiment. C'est ma femme. Nous avons un contrat. Nous avons des enfants et…

On aurait dit qu'il récitait une leçon. Quant au « pas vraiment », il pouvait vouloir dire tout et son contraire. On trompait quelqu'un ou on ne le trompait pas, mais « pas vraiment »… Décidément, les hommes savaient trouver les mots qui les arrangeaient.

— Tu as raison, le coupa Lorraine.

Elle ne savait pas si elle était vexée ou blessée. Mais elle l'était.

— Moi c'est pareil. Je veux dire… Je respecte trop la famille pour… Jamais je ne regarderais un homme marié !

Cyrille posa sur elle un regard amusé. Au cours de cet échange, leurs doigts ne s'étaient pas quittés.

— Et tu te souviens, enchaîna-t-il avec cet art qu'il avait toujours eu de passer du coq à l'âne. Tu te souviens que, quand j'étais en cinquième, j'étais très, très amoureux de toi ?

Il s'était penché vers elle, et l'observait maintenant avec un grand sourire. Toute trace de mélancolie avait disparu. Et ses bonnes résolutions aussi.

— Mais…

Lorraine n'eut jamais l'occasion de répondre. Il avait déjà pris son visage dans ses mains, et était en train de l'embrasser.

Puis il demanda l'addition, et il la raccompagna à pied.

— Bon. Si on était dans un film, dit Cyrille lorsqu'ils furent arrivés devant chez Lorraine, tu me proposerais d'entrer pour boire un dernier verre...

— Et toi, tu me dirais que tu ne peux pas parce qu'il est déjà deux heures du matin et que tu as une femme qui t'attend... Lorraine finit sa phrase avec un sourire mélancolique. Et chez moi, il y a les enfants. J'ai bien peur que nous ne soyons dans la vraie vie, pas dans un film...

Sans un mot, Cyrille la serra contre lui.

— On fait comment ? demanda-t-il au bout d'un moment, les lèvres dans ses cheveux flamboyants.

Lorraine leva sur lui ses yeux de chat. Ils brillaient dans la nuit, de mille questions dont elle n'avait pas les réponses.

— Peut-être...

Parcourant le dos de Lorraine d'un geste léger qui la fit frissonner, la main de Cyrille jouait avec la fermeture de son soutien-gorge, qu'il faisait un effort surhumain pour ne pas dégrafer. Il ne savait que trop où cela allait les emporter, et ils n'avaient pas le temps. Pas ce soir.

— Peut-être pourrais-je t'inviter à déjeuner... demain ?

— Où ça ?

Cyrille eut un geste discret mais déterminé vers la porte d'entrée.

— Là... chez toi ?

Lorraine lui pressa la main et, tout en se glissant dans la pénombre de sa petite cour que les fleurs embaumaient, lui montra douze doigts.

— À demain, souffla-t-elle.

Puis elle entra dans la cuisine, et referma la porte sur elle en lui envoyant un baiser.

Cyrille resta quelques secondes dans le noir, avant de se résoudre à rentrer chez lui. Lorraine le regarda s'éloigner. Elle sourit en réalisant qu'il dansait.

***

— Tu n'es pas couchée ? Mais tu as vu l'heure qu'il est ?

La phrase à ne pas dire. Mais qui échappa à Cyrille lorsque, coupable de ce qu'il n'avait pas encore fait et passablement aviné – et peut-être même portant sur lui le parfum de Lorraine –, il tomba dans le salon sur Bénédicte qui lisait.

— Évidemment que j'ai vu l'heure.

Bénédicte fit un signe du menton vers le gros réveil de la cuisine, qu'elle avait disposé sur la table basse pour plus de théâtralité. Une horloge rouge et ventrue dont chaque seconde qui s'écoulait faisait un bruit assourdissant. Bénédicte avait un sens aigu de la mise en scène.

— Cela fait des heures que j'ai vu l'heure. Il est trois heures quinze exactement.

Le ton de Béné était froid, aussi métallique que le réveil. Cyrille était désemparé. Jamais il n'avait été confronté à ce genre de situation, et, à trois heures quinze exactement et avec toutes les émotions de la soirée, il n'était pas sûr de pouvoir gérer. À vrai dire, il était plutôt persuadé du contraire. Mieux valait fuir le conflit et le remettre à plus tard – même s'il arrivait à s'en tirer pour ce soir, il était certain que sa femme ne lâcherait pas l'affaire.

— Si on allait se coucher…, tenta-t-il de négocier en enlevant ses chaussures et en se dirigeant en bâillant vers le couloir qui menait à leur chambre.

À son grand soulagement, Bénédicte se leva. Mais ce n'était que pour venir se dresser tout près de son mari, comme un serpent sur le point de frapper.

— Tu as bu ? siffla-t-elle, péremptoire.

La question n'en était pas une, et Cyrille n'avait aucune réponse à lui apporter. Il s'apprêtait à battre en retraite, mais Bénédicte vint se coller dos à la porte, l'empêchant de passer.

— Alors ?

Elle chancela, se retenant à la poignée pour ne pas tomber. Interdit, Cyrille observa son épouse, puis ses yeux firent un tour rapide de la pièce, avisant par terre à côté du canapé une bouteille de whisky largement entamée.

— *Tu* as bu ! gronda-t-il, heureux de trouver dans cette attaque lâche mais implacable un moyen de contourner le problème.

Bénédicte eut un hoquet, et, une main plaquée sur la bouche, courut s'enfermer dans la salle de bains. Dégoûté, mais soulagé d'avoir évité une joute dont, eût-elle été sobre, il ne serait pas sorti vainqueur, Cyrille se déshabilla et se glissa dans leur lit. Il éteignit la lumière de son côté, essayant d'ignorer les borborygmes de sa femme qui vomissait ses verres, et avec eux sa jalousie exacerbée.

Profondément endormi lorsqu'elle le rejoignit, il ne se rendit pas compte qu'elle pleurait.

Toute à la joie de sa rencontre, Lorraine avait complètement oublié d'appeler sa mère pour organiser les vacances. C'était loin de ses préoccupations d'autant plus que son aventure en devenir ne lui donnait pas du tout envie de s'éloigner de Paris. Mais elle devait sans attendre dire à Christiane ce qui se passait entre sa sœur et son abominable chirurgien. Voir Julie dans cet état de dépendance et de souffrance affective lui était insupportable, et si quelqu'un pouvait intervenir c'était leur mère et personne d'autre. Même si elle savait qu'elles avaient fait mouche, touchant chez Julie un point sensible, profondément – et volontairement – enfoui en lui parlant de son métier d'infirmière, elle n'avait pas réussi à raisonner sa sœur. Julie se complaisait dans un déni qui chaque jour, et à son insu, la consumait un peu plus.

— Maman ! s'exclama Lorraine lorsque, au bout d'une bonne vingtaine de sonneries, celle-ci finit par décrocher.

C'était la saison des fraises, et ceux qui connaissaient Christiane savaient que pour la joindre à cette période de l'année il fallait insister, le temps pour elle de revenir du fond du jardin aussi vite que sa corpulence le lui permettait.

— Ah ! Te voilà, toi ! Heureusement que j'ai demandé à ta sœur de te dire de me rappeler asapeu !

En entendant sa mère, Lorraine sourit. Elle adorait ses anglicismes, prononcés avec un accent du Périgord chantant et rocailleux qui n'appartenaient qu'à elle. Longtemps Lorraine s'était demandé où elle était allée les pêcher, elle qui sortait rarement d'un périmètre d'une vingtaine de kilomètres autour de sa maison – la distance pour aller au marché de Sarlat d'un côté, et au Buisson de l'autre, où elle achetait, l'hiver, ses oies pour les foies gras –, avant de surprendre Christiane devant la saison 3 de *Docteur House*, qu'elle se passait en boucle et en VO sous-titrée sur le PC d'ordinaire destiné à la comptabilité. En creusant le sujet, et en farfouillant un peu dans les affaires de ses parents, Lorraine s'était aperçue qu'ils étaient tous les deux fans de séries américaines, qu'ils avaient pratiquement toutes, y compris les derniers épisodes qu'ils podcastaient avant même leur sortie en France. C'était ainsi, semblait-il, qu'ils avaient appris l'anglais.

— Justement ! C'est de Julie que je voulais te parler.

— Vous arrivez quand ? demanda Christiane, qui estimait qu'elle avait suffisamment patienté – plus de deux jours ! – pour ne pas s'encombrer de mondanités.

— Je ne sais pas encore. Mais Julie, elle...

— Laisse ta sœur là où elle est ! Je te demande quand toi et les enfants vous arrivez. Il faut que je m'organise, moi, tu comprends !

En soupirant, Lorraine enclencha le haut-parleur et posa le combiné sur la table. Quand sa mère se lançait dans ses diatribes, il était inutile d'essayer de dire quoi que ce soit avant qu'elle ait terminé. Elle consulta ses mails en attendant, ne prêtant qu'une oreille distraite aux « pas que ça à faire » et autres « si je le fais, c'est pour vous ! ». Ce n'est qu'en entendant « non mais si ça vous embête, vous pouvez aussi ne pas venir ! » que Lorraine reprit le téléphone et la conversation en main. Cette phrase, toujours la même et proférée d'un petit air pincé qui s'entendait malgré les centaines de kilomètres qui les séparaient, était toujours le mot de la fin. Et il appelait une réponse.

— Mais non, maman, tu sais très bien que nous sommes toujours très heureux de venir ! dit Lorraine du ton du comédien fatigué de donner pour la centième fois la réplique, mais qui doit convaincre tout de même un auditoire qui, lui, ne l'a pas encore entendue. C'est juste que Julie…

— Mais quoi, Julie ! Je l'ai eue au bout du fil pas plus tard qu'avant-hier, et elle avait l'air d'aller très bien !

— C'est exactement ça ! s'emporta Lorraine. Elle *a l'air* d'aller très bien… mais en fait elle ne va pas bien du tout !

La voix de Lorraine s'assombrit. Christiane le ressentit immédiatement, et réagit comme elle l'avait toujours fait pour apaiser les angoisses de ses filles. Elle nia avec véhémence. Ignorer les problèmes était sa manière à elle de protéger ses enfants, et, espérait-elle, d'exorciser le danger au point de l'écarter.

— Mais qu'est-ce que tu vas t'imaginer. Ta sœur est en pleine forme ! Ça faisait même longtemps que je ne lui avais pas entendu une aussi bonne voix !

Christiane savait qu'elle en rajoutait. Si sa fille aînée ne lui avait pas paru aller mal lorsqu'elles s'étaient parlé, elle ne lui avait pas non plus donné l'impression d'aller aussi bien qu'elle le prétendait. Il y avait effectivement dans le ton de Julie, et dans l'hésitation qu'elle marquait dans le choix de ses mots, quelque chose qui montrait qu'elle était perturbée. Ou en tout cas, qu'elle ne parlait pas librement. Peut-être Christiane aurait-elle dû essayer de l'interroger ?

— Mais merde, maman, regarde les choses en face pour une fois ! Julie ne va pas bien. Je l'ai récupérée en larmes l'autre jour à la maison ! Et tout ça à cause de ce connard avec lequel elle vit et qui la harcèle moralement !

— Tu ne vas pas commencer, Lo ! Tout le monde sait que tu n'aimes pas le petit ami de ta sœur, et c'est ton droit ! Mais de là à employer les grands mots... Ta sœur ne m'a pas donné l'impression d'être « harcelée moralement », comme tu dis...

— Son mec est un pervers narcissique, maman ! Je sais de quoi je parle ! J'ai entendu une émission...

Lorraine était hors d'elle. Plus elle y pensait, plus elle reconnaissait les symptômes. Crevaient-ils à ce point les yeux que sa mère en était déjà aveuglée ?

— Comme tu y vas, ma chérie ! Ce n'est pas parce que les pervers narcissiques sont à la mode et qu'on en parle partout qu'il faut en voir à tous les coins de rue. Je m'étonne même que ton ex y ait échappé !

Si Christiane n'avait jamais particulièrement apprécié le père de Louise et Bastien, qu'elle trouvait mou et velléitaire – « cela lui arrive parfois de faire l'homme ? » demandait-elle à sa fille sans oser l'alpaguer, lui, directement –, elle n'avait pas non plus pardonné à Lorraine d'avoir divorcé. Pas parce que cela ne se faisait pas, elle n'était pas bégueule à ce point et puis il fallait vivre avec son époque, mais parce qu'elle n'aimait pas l'étiquette de « femme seule » que son statut de divorcée conférait à sa fille. Dans son esprit, comme dans celui de beaucoup d'épouses d'ailleurs, une femme seule était au mieux peu recommandable, et au pire dangereuse.

Du coup, elle ne ratait jamais une occasion de le mentionner.

— Ne mêle pas Arnaud à cette histoire ! Lui, c'était un schizophrène, ça n'a rien à voir !

Comme chaque fois que sa mère lui rappelait l'échec de son mariage, Lorraine prit la mouche. Même après toutes ces années, le souvenir du père de ses enfants la faisait grimacer. Toujours à cheval entre deux personnalités, il n'était à l'aise dans aucune. Ce qui en avait fait au début un compagnon de vie amusant par son excentricité – il était capable des plus grandes folies, qu'après coup il regrettait – était devenu au quotidien compliqué à gérer. Pour d'autres raisons, Lorraine, comme sa sœur, n'avait jamais su, au cours de son mariage, sur quel pied danser. Et pas vraiment compris pourquoi, entre eux, les choses n'avaient pas marché.

— Non, poursuivit Christiane. Patrice est sans conteste un peu macho, mais c'est plutôt une qualité par les temps qui courent. C'est juste un homme, un vrai – et pan pour Lorraine. En aucun cas un pervers...

— N'empêche qu'il se conduit de la même manière !

— C'est ce que tu crois, ma chérie ! C'est ce que tu crois parce que tu compares ça à ton vécu à toi. Allez, je t'embrasse, ma chérie, les fraises m'attendent ! Et cesse de te faire du mouron !

— Comment va Amari ? demanda Lorraine juste avant que sa mère n'ait le temps de raccrocher.

Depuis qu'elle était toute petite, elle adorait cette grand-mère muette dont le regard contenait le monde. Elle la considérait presque comme une divinité, son silence lui conférant quelque chose de sacré. Elle aimait sa présence de chat, qui, à quatre-vingt-neuf ans, vaquait encore d'un endroit à l'autre, laissant derrière elle le sillage sucré des confitures ou des gâteaux qu'elle confectionnait. Et des fleurs aussi, dont elle emplissait la maison par dizaines, avec la complicité de son gendre, qui les lui entretenait.

— Oh, tu sais...

Lorsqu'il s'agissait de sa propre mère, Christiane restait évasive. Depuis longtemps elle avait renoncé à la faire reparler, et après être passée par toutes les phases de la rage et de l'exaspération, il lui arrivait désormais, en dépit du fait qu'elle la croisait tout le temps dans la maison et prenait tous ses repas avec elle, de l'oublier. Amari était là sans y être, et, sans se l'avouer, Christiane lui en voulait, en renonçant à la parole, de l'avoir abandonnée.

— Bon, je te laisse, conclut Christiane. Et surtout, tu arrêtes de te mettre martel en tête et de t'imaginer des choses !

Et si sa mère avait raison ? se demanda Lorraine en raccrochant. Si, en effet, elle diabolisait le comportement de Patrice, juste parce qu'il était exactement le contraire de l'homme auquel elle avait été mariée ? Et si cela la rassurait de voir dans le couple que formaient sa sœur et le chirurgien comme un négatif du sien, et qu'elle était réconfortée par l'idée inconsciente que sa sœur ne réussirait pas plus là où elle-même avait échoué ?

Peut-être y avait-il un peu de tout cela à la fois. Mais en repensant aux larmes de Julie, et à la manière dont elle n'avait plus osé dire quoi que ce soit au téléphone lorsque Patrice était entré dans la pièce la dernière fois qu'elles s'étaient parlé, Lorraine sut qu'elle ne se trompait pas. Pas complètement en tout cas. Si le compagnon de sa sœur n'était pas le monstre qu'elle se plaisait à imaginer, il n'était pas tout blanc non plus. Patrice était un homme gris, avec un penchant pour le noir complet.

La première fois, ils ne dépassèrent pas la table de la cuisine.

À midi pile, et après une matinée à s'envoyer des textos sous prétexte de se mettre d'accord sur l'heure du rendez-vous, mais dont l'effet avait été d'accroître leur impatience de découvrir la peau de l'autre, Cyrille était passé prendre Lorraine à la boutique, sous le regard à la fois curieux et triomphant de Maya qui avait eu le bon goût de disparaître dans la réserve lorsqu'ils avaient commencé à s'embrasser. À se dévorer plutôt, tant il existait entre eux une animalité qu'il était urgent de rassasier.

Ils ne se touchèrent pas dans la voiture, ni n'échangèrent une parole. Lorraine essayait de garder les yeux braqués droit devant elle, sans pouvoir les empêcher toutefois d'aller se fixer sur la bosse qui la narguait avec de plus en plus d'insolence dans le pantalon de Cyrille. Elle dut prendre sur elle pour ne pas y poser la main, imaginant par anticipation la douceur de soie qui s'y lovait.

Dans la rue qui conduisait chez Lorraine, ils furent bloqués par une benne à ordures qui chargeait avec une lenteur exaspérante les poubelles, pour les remettre ensuite bien en rang sur le trottoir. Cyrille posa un doigt en haut de la cuisse de Lorraine, dont elle s'empara nerveusement pour le faire glisser sous sa jupe, ignorant le sourire franchement grivois d'un des éboueurs qui, perché sur son camion, avait sur ce qui se passait dans la voiture une vue panoramique et ne se privait pas de regarder. Agacé, Cyrille se gara dans le premier espace venu, une livraison devant un rideau de fer tiré. Il prit la main de Lorraine et c'est en courant et en riant qu'ils parcoururent les derniers mètres qui les séparaient de la courette, et de la porte d'entrée.

— Tiens ! dit Cyrille, s'arrêtant soudain devant l'un des rosiers. Il cueillit une fleur et l'offrit à Lorraine.

Elle l'attira dans la cuisine, et, le poussant contre le frigidaire couvert d'aimants, de listes et autres pensebêtes, l'embrassa avec fureur pour tout remerciement. D'un pas chancelant, Cyrille l'entraîna doucement vers la table et c'est là, au milieu des livres scolaires et des restes de petit déjeuner, qu'il la prit dans un cri qui ressemblait à un déchirement, sans qu'ils se soient donné le temps de se déshabiller. Puis il la regarda, hébété, avant de s'affaler sur elle et de se mettre à ronfler.

Quelque chose s'était ouvert en lui, qu'il n'était pas près de savoir endiguer. Quant à Lorraine, elle était déçue : ce moment, sur lequel elle avait tellement fantasmé, s'était déroulé si vite qu'elle ne l'avait pas vu passer.

***

— Ça ne va pas ?

Depuis qu'elle était rentrée de son « déjeuner » avec Cyrille, Lorraine était d'humeur sombre. Elle s'était murée dans un silence boudeur, presque hostile, qui l'avait jusque-là protégée des questions de Maya. Mais celle-ci, après avoir maintes fois tourné autour du pot, sans succès, avait fini par mettre les pieds dans le plat.

— Ça s'est mal passé ?

Lorraine haussa les épaules, et alla dans la chambre froide chercher des dahlias. Elle avait besoin de couleurs vives pour retrouver la sérénité et la joie de vivre qui, tout l'après-midi, l'avaient désertée. Maya la suivit, et réitéra sa question.

— Je ne sais même pas si ça s'est passé du tout. Enfin moi, en tout cas, je n'ai rien vu passer...

Une phrase de sa mère, qu'elle tenait d'Amari du temps où celle-ci acceptait encore de parler – une époque que Lorraine n'avait jamais connue, sa grand-mère ayant déjà perdu la voix lorsqu'elle était née –, revint à l'esprit de Lorraine. « Le meilleur moment, c'est quand on monte l'escalier. » Elle aurait donné cher pour que cet escalier-là ne finît jamais.

— Tu sais, le meilleur moment c'est quand on monte l'escalier, dit Maya, comme si elle lisait dans ses pensées.

La sagesse des femmes était universelle. Et leur abnégation aussi.

— Pourtant, vous aviez l'air de bien vous entendre..., poursuivit l'Iranienne avec malice.

— Avant, oui. Et puis c'est retombé comme un soufflé. Ou plutôt, ça a explosé un grand coup et puis... plus rien !

En repensant au trajet du retour, dans un silence aussi gêné qu'il avait été chargé d'électricité à l'aller, Lorraine sentit son estomac se serrer. Elle raconta la scène à son amie, autant pour satisfaire sa curiosité que pour se soulager elle-même, sans omettre le moindre détail. Un grand ratage, conclut-elle, dépitée. Et pas la moindre perspective de se rattraper. Cyrille l'avait embrassée sur la joue, et avait démarré comme on prend la fuite. Et depuis, bien sûr, il ne s'était pas manifesté.

Maya regarda Lorraine longuement, sans cacher son amusement.

— Non mais c'est pas drôle ! Lorraine était au bord des larmes.

Sans un mot, Maya se mit à composer une énorme gerbe de lys blancs.

— Tu sais, Lolo…, hasarda-t-elle au bout de plusieurs minutes. Moi je crois que c'est plutôt bon signe, ton truc. C'est quand un homme a très faim qu'il se met à manger comme un cochon.

Comme Lorraine la fixait sans comprendre, Maya se mit à lui expliquer. Décidément, en matière de relations humaines, son amie avait complètement perdu la main, déplora-t-elle *in petto*, gardant pour elle ses observations. Lorraine était suffisamment accablée : il était inutile d'en rajouter. Pour l'instant.

— Ce que je veux dire, reprit Maya sur le ton qu'elle employait lorsqu'elle s'adressait à sa fille, c'est que si Cyrille t'a… sauté dessus de la sorte, c'est qu'il ne doit plus se passer grand-chose sous la couette entre lui et sa femme. Il est affamé. C'est très bon signe, au contraire !

Vu sous cet angle... Lorraine sentit l'étau dans sa poitrine se desserrer un peu.

— Je ne demande qu'à te croire ! Mais ça n'explique pas pourquoi il est parti comme un voleur, me laissant sur le trottoir sans un mot et avec à peine un baiser.

— La honte, ma vieille ! Il sait très bien qu'il t'a déçue. Alors il préfère s'enfuir. – Maya emballa son bouquet dans du papier de soie. – Mais il va réapparaître ! Quand les loups ont faim, ils sortent de la forêt.

Au même moment, le portable de Lorraine se mit à vibrer. Elle se rua dessus, et consulta le message qui s'était affiché, un sourire grandissant sur son visage.

« Excuse-moi pour tout à l'heure, lut-elle à haute voix, c'était trop pour un seul homme. Dîner ce soir pour me faire pardonner ? »

Lorraine s'apprêtait à accepter, mais Maya fit « non » de la tête. Comprenant l'intention, elle répondit : « Malheureusement je ne peux pas ce soir. Demain ? » Elle appuya sur envoi avant de changer d'avis. Ce soir, elle n'avait rien à faire, mais son amie avait raison : elle devait faire preuve d'un minimum de stratégie.

La réponse vint en retour, immédiate. « Demain, 19 h 30. Je passe te chercher. » Suivie, quelques secondes plus tard, d'un autre texto, plus explicite, et que Lorraine garda pour elle. Elle avait besoin de conseils, certes, mais aussi de ménager son jardin secret.

— Alors, ma rousse ! Ta mère me dit que vous venez tous nous voir cet été !

Lorraine reconnaissait bien là le forcing de sa mère. Envoyer son père en éclaireur, avec qui elle savait que Lorraine partageait une complicité particulière, pour avoir à ses questions les réponses qu'elle souhaitait. Des questions qui n'en étaient plus, d'ailleurs : si son père disait qu'ils venaient, ils venaient. Lorraine ne pouvait rien lui refuser, et Christiane le savait.

Il était encore tôt, Lorraine venait de passer avec Cyrille une moitié de nuit délicieuse cette fois-ci, bien qu'elle n'ait été qu'une moitié, qui lui avait laissé l'esprit embué et les membres endoloris. Elle aurait volontiers dormi une heure de plus, d'autant que ce matin les enfants n'avaient pas cours – une journée pédagogique, disaient-ils. Mais, même si le coup de fil de Jean l'avait réveillée, elle était de bonne humeur : Lorraine adorait son père, et elle était contente de l'entendre.

— Quand vous viendrez, je te montrerai une chose que tu vas apprécier…

Quand Jean employait ce ton, à la fois mystérieux et gourmand, c'était qu'il venait de découvrir une nouvelle culture de rose. Il y avait justement, depuis quelque temps, cette rose hybride sur laquelle il travaillait. Était-il enfin parvenu à ses fins, trouvant le moyen de la faire se reproduire ? Car s'il gérait l'exploitation familiale d'une main de maître – des hectares de noyers, de tabac et depuis peu de colza qui étalaient çà et là leur immense tapis jaune dans la vallée –, c'était, comme sa belle-mère avant lui et sa fille cadette, vers les fleurs qu'allait tout son intérêt. Les variétés anciennes en particulier, et, depuis quelque temps, celles qu'il inventait.

— La rose ? Lorraine ne pouvait cacher son excitation.

— Oui, la rose ! Jean triomphait. Ça y est, j'ai vu le papillon ! C'est ta grand-mère qui me l'a montré.

Lorraine sourit. Souvent, Amari accompagnait son gendre dans les rosiers. Il avait pris l'habitude de lui installer un pliant et un coussin sous un parasol afin qu'elle puisse l'observer confortablement pendant qu'il travaillait. Elle confectionnait de la limonade fraîche parfumée de feuilles de menthe hachées, qu'ils partageaient en devisant avec les yeux. Il existait entre eux une grande connivence, et il n'était pas rare qu'elle mette le doigt sur un détail qui avait échappé à son gendre.

— Il a volé tout autour de nous, puis il s'est posé en plein cœur, pile au milieu de la corolle, poursuivit Jean. Hier après-midi. S'il fait son boulot correctement, c'est parti ! Il faudra que tu me dises ce que c'est, d'ailleurs, comme papillon pour mes tablettes.

Jean avait raison d'être satisfait. Si les papillons commençaient à s'intéresser à la fleur, ils allaient la polliniser et sa reproduction en milieu naturel était assurée. Il en avait fallu, des années de recherche et d'expériences pour arriver à fabriquer une fleur susceptible de les attirer ! Lorraine se souvenait des heures qu'elle avait passées avec son père, dans la serre et au téléphone, à essayer de déterminer quelle variété odoriférante mettre en bouture pour obtenir un résultat qui plairait aux lépidoptères. Car si les femmes se parfument pour attirer les hommes et se reproduire – ou en tout cas faire les gestes de la reproduction –, il en est de même pour les plantes : elles sentent bon pour attirer les papillons.

— Je pensais l'appeler Rousse de Lorraine, poursuivit Jean. Rigolo, pour une rose, non ? Ça te dirait ?

— Bien sûr que ça me dirait…

Lorraine était émue. Que son père choisisse entre tous son nom pour le donner à sa création était la plus belle preuve d'amour que cet homme bourru et par ailleurs peu enclin à montrer ses sentiments pouvait lui offrir.

— Mais que va penser Julie ? demanda-t-elle à contrecœur. C'est l'aînée… peut-être que c'est son nom à elle que tu devrais donner à ta fleur…

— Mais elle te ressemble ! s'emporta Jean. La rose. Elle est rouge et flamboyante comme tes cheveux. Si elle avait été noiraude, je ne dis pas, mais là… Elle est taillée pour toi ma cocotte, j'y peux rien. C'est la nature qui en a décidé ainsi !

La nature, hum… Lorraine n'était pas dupe. Son père avait travaillé essentiellement avec des variétés rouges et orangées, et les seules qui ne l'étaient pas avaient des gènes récessifs qu'il ne pouvait ignorer. Ce n'était pas tout à fait un hasard si le résultat était ce qu'il était.

— Tu ne peux pas savoir comme ça me fait plaisir, papa ! La voix de Lorraine était mal assurée. Je…

— Pleure pas, ma grande ! Je voulais te faire plaisir, moi. Pas te faire pleurer.

— Mais tu sais très bien que les filles, quand elles sont très, très heureuses, ça pleure !

Gêné, comme il l'était chaque fois qu'une personne se laissait aller à une démonstration trop sentimentale, Jean écourta la conversation. Il embrassa sa fille, et raccrocha.

En reposant le combiné et en essuyant ses larmes, Lorraine se souvint que cette nuit, alors que Cyrille la prenait doucement les lèvres noyées dans ses cheveux, elle avait pleuré aussi.

***

Cyrille n'avait pas la tête à ce qu'il faisait.

Pourtant, dans moins d'une heure, il allait présenter au conseil la formule révolutionnaire qu'il avait élaborée, et qui allait remettre en question tous les dogmes de la cosmétologie alimentaire. Plutôt que de pallier des déficiences dues au vieillissement cutané, ou de ralentir ce dernier, Cyrille avait mis au point une capsule – qu'il avait baptisée Cyrinol – dont les composantes, par leur interaction, inversait le processus. Les premiers tests avaient montré des résultats spectaculaires : au bout de huit semaines et à raison de deux fois trois comprimés par jour les femmes avaient visiblement rajeuni. Non seulement leur visage mais tout leur corps semblait repulpé et plus ferme. Restait maintenant à entreprendre la longue série de contrôles pour obtenir l'homologation du produit et les accords des institutions sanitaires, et préparer en amont la commercialisation, afin d'être prêts à entrer sur le marché dès que le feu vert serait donné. Or là était le hic : Cyrille n'était pas du tout certain que ses actionnaires soient prêts à engager les sommes nécessaires avant d'être sûrs que le produit serait effectivement homologué. Mais attendre signifiait perdre la longueur d'avance qu'ils avaient, et risquer de se faire doubler par un concurrent plus téméraire et bien informé. Le monde était petit, surtout celui où ils évoluaient, et un secret industriel n'en était plus un pour personne dès lors qu'on était obligé de présenter des échantillons pour obtenir les autorisations.

L'autre préoccupation de Cyrille était l'état d'esprit de Bénédicte. Après sa demi-nuit avec Lorraine, il était rentré à trois heures du matin et avait été plus qu'évasif sur ce qu'il avait fait de sa soirée. Si, cette fois, sa femme ne l'avait ni attendu ni n'avait émis la moindre critique lorsqu'il l'avait malencontreusement réveillée en se glissant dans le lit, le plus loin possible d'elle pourtant et sans se déshabiller – ce qui en soit était déjà un aveu –, son silence ce matin avait été plus qu'éloquent. Elle avait préparé les céréales des jumeaux, et, sans un mot, était partie les accompagner à l'école. Plus tard dans la matinée, elle lui avait juste envoyé un texto pour décommander le déjeuner qu'ils avaient prévu de prendre ensemble pour préparer l'assemblée, disant qu'elle le retrouverait directement en salle de réunion avec les autres actionnaires. Mauvais signe, pensa Cyrille. Très mauvais signe. Il ne pouvait se passer du soutien de sa femme, il savait d'ailleurs que sa voix déterminerait vraisemblablement la tournure des événements. Et il n'était pas du tout sûr qu'elle fût prête à la lui accorder.

Une dernière chose, plus agréable pourtant mais qu'il devait à tout prix chasser de son esprit pour l'instant : sa soirée avec Lorraine. Le simple fait de penser à elle provoquait chez lui une érection. Devant un conseil de dix actionnaires, présidé par son épouse, il valait mieux éviter.

Bénédicte était consciente qu'elle avait tout fait capoter. En opposant un veto formel à l'engagement des sommes indispensables à la préparation de la commercialisation avant l'homologation du nouveau produit élaboré par son mari, elle avait abusé de son rôle de présidente et fait pencher dans son sens la décision du conseil. On avancerait dans l'obtention des autorisations avant d'engager des dépenses supplémentaires.

Furieux, Cyrille avait pourtant pris sur lui pour ne pas le montrer devant ses actionnaires. Bénédicte n'avait pu s'empêcher d'admirer sa maîtrise, très professionnelle et dont il ne faisait plus preuve à la maison, tout en savourant sa victoire : en n'accordant pas les financements nécessaires, elle savait qu'elle bloquait son mari dans la réalisation d'un projet qu'il considérait comme l'accomplissement de sa vie de chercheur. Au-delà des intérêts de l'entreprise, qui n'étaient absolument pas entrés dans la balance lors de sa prise de décision, et même si le délai qu'elle avait imposé pouvait les desservir, c'était Cyrille qu'elle voulait contrer. Et discréditer publiquement devant les actionnaires. La sentence était cruelle, et elle savait déjà qu'au prochain conseil elle allait capituler. Mais pour l'heure, il fallait montrer à son mari qui commandait, même si, à la mort de son père, elle lui avait juré qu'elle le laisserait diriger la boîte comme avant, et qu'elle n'interviendrait pas. Elle avait enfreint sa promesse, et alors ? Après tout, elle était chez elle. Et Cyrille n'était pas le dernier à donner des coups de canif aux contrats. Ses agissements des dernières semaines le prouvaient.

Consciente que son mariage se délitait, et qu'elle était peu à peu en train de perdre le seul homme qui lui restait, Bénédicte tentait, tant bien que mal et avec la maladresse qui la caractérisait lorsqu'il s'agissait de rapports de force, de garder la main.

Elle éteignit la lumière de la pièce qui lui servait de bureau, et alla dans la cuisine préparer le dîner des jumeaux. Elle mangerait avec eux une tranche de jambon et des coquillettes, qu'elle arroserait peut-être d'un verre de whisky. Ou deux. Octave était resté dormir chez un copain, et Cyrille l'avait prévenue par texto qu'il ne rentrerait pas dîner. Cela ne l'avait pas surprise, et, à vrai dire, la soulageait. Elle ne se sentait pas très fière de son attitude de l'après-midi, et préférait ne pas avoir à s'expliquer.

Si Bénédicte avait été contre les intérêts de la société, et contre ceux de son mari, c'était parce qu'elle n'avait pas digéré les deux soirs où il était rentré à trois heures du matin. Et elle savait très bien que, cette nuit, il recommencerait.

***

Il était six heures et non pas trois lorsque Cyrille se glissa à l'intérieur de l'appartement.

Après la réunion épouvantable de la veille, à l'issue de laquelle les actionnaires les plus amicaux lui avaient tapoté l'épaule d'un air gêné qu'au fond de lui il pouvait comprendre – ils se retrouvaient malgré eux au sein d'un conflit de loyauté qui dépassait le seul cadre de la société –, il avait annulé son dernier rendez-vous et quitté le bureau pour aller se défouler sur les tapis de course de son club de sport. Sa femme l'avait mis hors de lui, avec ses airs d'ayatollah donneur de leçon et ouvertement incompétent – là encore, il se savait excessif : plus que de l'incompétence, elle avait montré de la prudence, qui, chez la béotienne qu'elle était, était peut-être une qualité – et, s'il avait fait bonne figure jusqu'à la fin du conseil, il devait évacuer la tension accumulée. Il avait couru près de deux heures, sous le regard de plus en plus inquiet des coachs qui ne cessaient de venir lui demander si ça allait. Non, ça n'allait pas. Il ne serait pas là à faire le con sur un chemin roulant qui ne menait nulle part si ça allait. Mais il avait besoin de l'effort physique pour se vider la tête, et ce jusqu'à ce que la douleur dans ses muscles lui enjoigne d'arrêter.

Une douche longue et brûlante avait achevé de lui remettre les idées en place, après laquelle, devant un jus de carotte qu'il détestait mais qui lui donnait bonne conscience, il avait envoyé un texto à Lorraine pour l'inviter à dîner. La rapidité de la réponse – Lorraine était déjà rentrée chez elle mais bien sûr elle acceptait – l'avait réconforté : au moins y avait-il quelque part une âme amie qui ne demandait qu'à s'occuper de lui. Car, après la trahison de Béné – il n'y avait pas d'autre mot –, Cyrille se faisait l'effet d'avoir été abandonné. D'abord François, qui les avait lâchés. Et maintenant sa femme, sur laquelle il ne pouvait pas compter.

Lorraine l'avait rejoint au Café de la Poste, à un jet de pierre de chez elle où, après un tartare accompagné de pommes grenailles et un tiramisu vite expédiés, ils s'étaient introduits chez Lorraine furtivement pour ne pas réveiller les enfants. Elle avait alors déployé des trésors d'abandon et de douceur qui l'avaient rendu fou, lui faisant oublier qu'il avait ailleurs une femme et un foyer. Dans les bras de Lorraine, Cyrille s'était senti tellement bien et tellement heureux qu'il s'était endormi.

Il rentra chez lui à l'heure des poubelles, pestant contre celles-ci qui, dans le silence de cette fin de nuit, risquaient de réveiller Bénédicte. Il envoya un texto à Lorraine pour l'embrasser encore, et se jeta dans la gueule du loup. Le loup l'attendait devant la table du petit déjeuner. Il allait falloir assumer.

— Tu es déjà levée ? demanda Cyrille avec toute la nonchalance dont il était capable.

Sans regarder sa femme, il alla se servir un café. Son cerveau fonctionnait à toute allure. Il huma discrètement le col de sa chemise en priant pour que l'odeur de Lorraine n'y soit pas incrustée.

— Ça recommence, constata sobrement Bénédicte.

Elle était étrangement calme. Presque résignée. Mais Cyrille savait qu'il n'en était rien. Béné avait revêtu une de ses carapaces, dont elle se servait pour se protéger. À moins qu'elle ne fût ivre, ce qui était encore une possibilité.

— Quoi, ça recommence ? demanda-t-il, agacé.

En disant ces mots, il savait qu'il la provoquait.

— Ça recommence. Il y a une autre femme.

Pas le moindre tremblement dans la voix de Bénédicte. Comme à l'enterrement, elle était parfaitement maîtrisée. Ou alors... se pouvait-il qu'elle ne ressente plus rien ? Toujours sans la regarder en face, Cyrille l'observa du coin de l'œil. Le ton de sa femme, qui ne trahissait aucune émotion, l'intriguait. Plus que cela : il lui faisait peur.

— Bien sûr que non, il n'y a pas une autre femme, lâcha-t-il au bout d'un long moment.

Puis il alla prendre une douche, et, sans repasser par la cuisine, partit se réfugier au bureau. Il avait plus de deux heures devant lui avant l'arrivée de ses collaborateurs. Il pourrait faire une sieste dans le canapé.

Le portable de Lorraine devint son meilleur ami. Ou son meilleur ennemi, devrait-on dire, tant elle était désormais rivée à son écran et à la moindre de ses vibrations, attendant à tout moment un appel ou un message de Cyrille.

Assez vite, ils avaient mis au point un mode d'échange épistolaire, qui, s'étaient-ils aperçus, accroissait leur désir autant qu'il comblait les moments où ils ne pouvaient pas se voir. Mettre au diapason deux emplois du temps chargés, tant par leurs métiers respectifs que par leurs obligations familiales – Lorraine avait horreur de l'imaginer avec sa femme, mais ne voulait surtout pas gâcher le temps qu'ils passaient ensemble à en parler –, n'était pas toujours facile. D'autant que Cyrille avait beaucoup de mal à rester cohérent dans la duplicité. Il mentait comme un enfant, comme s'il faisait tout pour que Bénédicte le prenne la main dans le pot de confiture. Schéma classique, aurait dit Maya qui en avait vu d'autres. Mais schéma risqué.

— Je règle comment, le four, pour le poulet ? demanda Bastien qui, depuis qu'il avait ses nouveaux livres de cuisine, y avait pris goût et préparait de plus en plus souvent le dîner.

Absorbée dans l'envoi d'un texto torride, Lorraine ne répondit pas. Lorsqu'elle en reçut un en retour, elle émit un petit gloussement qui n'échappa pas à l'oreille attentive de son fils.

— Maman ? ! Bastien, un ton plus haut.

— Hein, oui ?

Avec regret, Lorraine posa son portable sur la table, le surveillant tout de même du coin de l'œil. Compte tenu de la tournure de la conversation engagée, la réponse n'allait pas tarder à fuser.

— Le four ? Je le règle comment ? Ce soir, c'est salade de tomate poulet rôti riz complet.

— Barre, barre, 200 degrés… tu le mets à froid, le poulet, récita Lorraine machinalement.

Puis elle se leva, et alla entourer son grand fils de ses bras.

— Tu es un amour de préparer le dîner comme ça. Et un sacré cordon bleu, dis donc ! Lorraine avisa les tomates qui dégorgeaient, épluchées et salées, dans une passoire au-dessus de l'évier. Où as-tu appris à dégorger les tomates comme ça ?

— Le copain de papa, répondit Bastien distraitement, tout en enfournant le poulet.

— Pardon ?

Lorraine croyait avoir mal entendu. Le père de ses enfants, à qui elle ne parlait que très épisodiquement, lorsqu'il se décidait à faire une brève apparition pour les inviter à dîner ou, plus rare encore, les prendre pour quelques jours de vacances, n'avait jamais été très loquace quant à la créature qui partageait son existence. Mais, dans un réflexe bourgeois sans doute et terriblement conservateur, Lorraine n'aurait pas imaginé une seconde qu'il pût s'agir d'un homme. D'autant que les enfants ne lui en avaient jamais parlé.

Conscient de sa bourde – sa sœur et lui, dans un souci de cloisonnement propre à tous les enfants de divorcés, et pour protéger leur mère, n'avaient jamais évoqué l'homosexualité désormais avérée de leur géniteur –, Bastien rougit jusqu'aux oreilles. Il se mit à bégayer, et fut sauvé par Louise qui entra dans la cuisine pile à ce moment-là. À croire qu'elle était derrière la porte à tout écouter.

— Bah oui on ne te l'avait jamais dit pour ne pas te faire de peine, maman… Mais papa a viré pédé !

Capable de faire preuve de légèreté en toute chose, Louise disait ça sur le ton de la plaisanterie, mais Lorraine comprit, à son regard fuyant et sombre tout d'un coup, que le secret avait été lourd à porter et qu'elle avait besoin d'en parler. Un coup d'œil à son fils, qui s'absorbait dans un hachage trop méticuleux du basilic, confirma son intuition : il y avait là un abcès à crever.

— Mais vous auriez dû m'en parler ! Ce n'est pas bon de garder pour vous une nouvelle pareille !

Lorraine en avait les larmes aux yeux. Pas que son ex se soit tourné vers les garçons, ça, elle s'en moquait, et puis cela expliquait certaines choses. Le dédoublement de sa personnalité entre autres, et son incapacité totale à ce que Christiane, sans se rendre compte à quel point elle tombait juste, appelait « faire l'homme » : le cul entre deux chaises, c'était le cas de le dire, Arnaud avait toujours abandonné à Lorraine le rôle de chef de famille, et désormais elle comprenait pourquoi. Dans le couple qu'ils avaient formé, et même s'il ne le savait pas encore, Arnaud n'était pas l'homme... Pas l'homme au sens traditionnel, judéo-chrétien et toujours si profondément ancré dans les esprits, en tout cas. On avait beau se targuer de modernité, tant que les femmes continueraient d'attendre des hommes qu'ils soient conformes à l'image que par culture pour ne pas dire par ADN elles s'en faisaient, il y aurait du chemin à parcourir avant que l'égalité entre les sexes ne devienne une réalité. On ne se défait pas si facilement de plusieurs millénaires de machisme.

Ce qui était bel et bien devenu réalité en revanche, c'était que, dans cette société en pleine évolution, les hommes avaient de plus en plus de mal à prendre leur place – quelle était-elle, d'ailleurs ? –, et que beaucoup d'entre eux avaient baissé les bras. Pratique. Un peu triste aussi. Au fond, Arnaud était un pur produit des temps modernes.

Qu'il ait fait supporter le poids de son homosexualité à ses enfants heurtait Lorraine. Qui plus est, en en faisant tacitement entre eux trois – quatre, si l'on comptait la créature – un secret. Même si elle essayait de se raisonner, se disant qu'il n'y avait pas de mal à aimer quelqu'un du même sexe si tels étaient ses penchants et qu'elle n'avait pas à juger, son âme de mère se révoltait. Inconscient comme à son habitude, le père de ses enfants les avait mis devant le fait accompli. Et ils avaient été tellement choqués apparemment qu'ils n'avaient même pas pu lui en parler.

— Vous êtes au courant depuis quand ? voulut-elle savoir.

— Pas longtemps. Tu sais, lorsqu'on est allés chez eux à Pâques...

Quelques mois seulement. Lorraine avait été surprise qu'Arnaud propose de prendre les enfants une semaine entière au moment des vacances de Pâques, ce qu'il ne faisait pratiquement jamais. Et pour cause, se dit-elle avec une pointe d'amertume, au vu de la tournure des événements. Lorsqu'elle les avait récupérés, elle avait bien senti que quelque chose n'allait pas : Louise était plus agressive, et son fils d'une humeur maussade, ce qui n'était pas dans ses habitudes. Mais elle avait mis ça sur le compte des vacances passées avec leur père, du changement d'ambiance, de pays... d'une certaine nostalgie, peut-être même d'une tristesse rentrée. Un père reste un père et l'éloignement physique et géographique peut être difficile à vivre pour les enfants. Même s'ils font bonne figure. Mais ça ! Jamais Lorraine n'aurait imaginé qu'Arnaud ait pu virer sa cuti, et sans lui en parler qui plus est !

— Non mais il est *overcool*, tu sais, Arnold, dit Louise pour détendre l'atmosphère. Il connaît toutes les chansons de Lady Gaga par cœur...

— Et il fait super bien la cuisine. D'ailleurs, c'est lui qui s'occupe de tout, chez eux. Papa, tu sais, il a jamais été très fort pour s'occuper d'une maison.

Paradoxe des couples d'hommes : la plupart du temps ils sont constitués de deux gonzesses ! songea Lorraine avec une mesquinerie réconfortante.

En vérité, les qualités d'Arnold la faisaient enrager, et elle dut se maîtriser pour ne pas le montrer. Une question pourtant lui brûlait les lèvres, qu'elle ne put s'empêcher de poser.

— Et il a quel âge euh... Arnold ? laissa-t-elle échapper avec une feinte désinvolture.

Louise piqua du nez dans son pot de Nutella, et Bastien se concentra sur ses tomates. Quelques secondes s'écoulèrent, où l'on aurait pu entendre un papillon voler.

— Vingt-six. Il est assez mignon d'ailleurs, railla finalement Louise, des moustaches autour de la bouche. S'il n'était pas hors conso, moi j'aurais pas dit non...

— Oh ta gueule ! la rabroua son frère, brusquement. On n'avait pas besoin de ça et il kiffe Lady Gaga en plus ! Merde !

Il envoya dans l'évier le couteau qui lui avait servi à couper les herbes. La boîte de Pandore était ouverte, et Bastien donnait libre cours à sa colère.

— Manquerait plus qu'ils fassent un bébé !

— Impossible, rétorqua Louise, pragmatique.

— Alors là ma vieille... Faut sortir ! On voit bien que tu n'as pas lu l'article de *Géo*. Entre la FIV et les mères porteuses, on peut tout faire, maintenant ! Tiens... Regarde Elton John, il en est à deux, maintenant !

Bastien était hors de lui. Trop longtemps tue, et peut-être inconsciemment ignorée, la blessure se mettait à saigner comme un geyser. Le lapsus de Bastien n'avait sans doute pas été anodin. Il avait eu besoin de cracher le morceau, et de se confier à sa mère. C'était chose faite maintenant.

— Non, mais Bast… on ne peut pas juger. Louise, avec une surprenante douceur.

C'était la grande phrase de Louise. On ne peut pas juger. Et sa grande sagesse, aussi. Néanmoins, Lorraine était un peu agacée par la tolérance de sa fille vis-à-vis de son père. Les crises d'angoisse d'Arnaud à la table du dîner, du temps où ils étaient encore mariés, ses accès de colère, ses absences… et maintenant le fait que, tout à sa nouvelle vie, il s'occupait à peine de ses enfants et les avait pratiquement abandonnés : Louise lui avait toujours trouvé des excuses, et toujours tout pardonné. Quand elle ne trouvait pas dans ses manquements mêmes une certaine forme de liberté qui la fascinait.

Alors que Lorraine se battait pour assurer seule le quotidien, autant financièrement que sur le plan de l'éducation, de la présence, de l'écoute et de la disponibilité au détriment de sa propre vie – « J'en ai marre de tout me taper, explosait-elle parfois auprès de Maya qui compatissait » –, le côté « mon père ce héros » qu'il était aux yeux de sa fille l'exaspérait.

— Bon ! Mes chéris, claironna Lorraine d'une voix qu'elle entendait fausse, on ne va plus parler de tout ça et on va se faire un bon dîner ! Je sors deux minutes acheter des éclairs !

— Café ! commanda Bastien, le regard soudain brillant de gourmandise.

— J'aime pas ! grogna Louise.

— Tu n'auras qu'à manger ton Nutella !

À peine sortie, Lorraine regarda ses messages : elle avait trois textos de Cyrille, qui voulait passer l'embrasser après un dîner avec des investisseurs qui pouvait tout à fait légitimement se prolonger. « Difficile ce soir », répondit-elle à contrecœur. Elle mourait d'envie de le voir, et de trouver dans ses bras un peu de douceur et de réconfort. Mais, ce soir, elle devait se consacrer tout entière à ses enfants.

Elle fut confortée dans sa décision lorsque, en sortant de la pâtisserie, elle reçut un texto de Bastien : « Maman, n'en parle surtout pas devant Loulou mais... tu crois qu'on risque de devenir homo avec un père qui l'est ? »

Depuis plusieurs jours, Lorraine différait ce coup de fil. Elle rechignait à appeler Arnaud pour autre chose que des questions d'organisation concernant Louise et Bastien, mais elle savait qu'elle ne pouvait pas laisser passer sa dernière cachotterie. Plus qu'une cachotterie d'ailleurs, il s'agissait dans l'esprit de Lorraine d'une maladresse inacceptable. Il aurait dû lui en parler et ils auraient dû décider ensemble comment l'annoncer aux enfants. Même s'il faisait ce qu'il voulait de sa vie, ce que, elle en était sûre, il n'allait pas manquer de lui rappeler, se mettre en ménage avec un homme n'était pas une chose tout à fait anodine, et méritait, sinon des explications, un minimum d'enrobage.

En apprenant la nouvelle, Maya avait été outrée. S'il n'y avait pas eu les enfants, elle aurait trouvé la chose plutôt comique, mais là, l'homme méritait un savon. Elle ne comprenait pas les hésitations de Lorraine : elle-même n'aurait pas attendu vingt-quatre heures avant de dire à Arnaud sa manière de penser.

Lorraine s'empara du téléphone de la boutique et composa le numéro d'Arnaud. Elle préférait garder son portable disponible au cas où Cyrille lui enverrait un message ou l'appellerait. Il ne manquerait plus qu'en ligne avec son ex-mari pour une conversation qui promettait d'être plus que désagréable elle manquât son amant.

Arnaud décrocha à la première sonnerie.

— Tu aurais pu me dire ! tonna-t-elle sans préambule.

L'autre dut comprendre immédiatement de qui et de quoi il s'agissait, car la réponse fusa, telle qu'elle l'avait imaginée.

— Je fais ce que je veux de ma vie ! Ça ne te concerne pas !

Le sang ne fit qu'un tour dans les veines de Lorraine, qui jeta à Maya un regard furieux qui ne lui était pas destiné.

— Ça concerne nos enfants, il me semble !

— Oh, tu sais, les enfants…

Lorraine pouvait l'imaginer agitant la main comme il l'avait toujours fait, dans un geste caractéristique qui, si elle avait été plus vigilante, aurait dû l'alerter.

— Ils s'habituent à tout, les enfants ! conclut Arnaud, avec une désinvolture que Lorraine jugea indécente.

— Pourvu qu'on y mette les formes ! Et on ne peut pas dire que tu les aies mises, les formes ! Qu'est-ce qui t'a pris de les recevoir avec ta créature, sans même préparer le terrain ? Tu aurais dû m'en parler !

Arnaud se racla la gorge, et ne répondit pas. La lâcheté, voilà ce qui lui avait pris. Il avait commencé par cacher Arnold aux enfants, s'arrangeant pour qu'il ne soit pas là lorsqu'il les voyait, ce qui n'était pas compliqué, les visites étant assez rares. Mais aux dernières vacances son compagnon en avait eu assez de devoir quitter la maison quand les enfants venaient, et il avait décidé de rester. Devant la résistance – faible, il est vrai – d'Arnaud, il avait menacé de ne pas revenir du tout s'il devait encore vider les lieux, et son ami s'était incliné. Les enfants avaient été mis devant le fait accompli, sans qu'aucune parole ait été prononcée. Arnaud avait toujours eu cette manière de passer en force, à reculons. Comme tous les hommes, aurait dit Maya, qui n'avait pas peur, lorsqu'il était question du chromosome Y, de verser dans les généralités.

— Et puis ils adorent Arnold, les enfants !

La voix d'Arnaud était haut perchée, comme flûtée. Comment, se demanda Lorraine, avait-elle pu être amoureuse de cet homme ? Comment, contrairement à toutes les lois de la jungle où les femelles choisissent pour se reproduire et perpétuer l'espèce les mâles les plus forts, avait-elle pu le désigner pour être le père de ses enfants ?

Elle était sur le point de répondre, quand elle réalisa que cette conversation ne servait à rien. Le mal était fait, restait maintenant à vivre avec et à cautériser les plaies.

L'autre n'y comprenait rien, ou ne voulait rien comprendre. Une fois de plus, elle était seule pour aider ses enfants à digérer cette nouvelle donnée.

***

Deux semaines s'étaient écoulées depuis que Lorraine avait parlé à sa mère de ses préoccupations concernant Julie, et Christiane n'arrêtait pas d'y penser. Si elle n'avait pas ressenti dans la voix de sa fille aînée le désarroi que Lorraine avait décrit, il y avait eu, en effet, un moment où elle s'était demandé si tout allait bien. Une pause, une hésitation, une expression voilée, elle ne savait plus exactement ; mais oui, en y repensant, il y avait eu un instant fugace où elle avait perçu quelque chose, pour, l'instant d'après, l'oublier.

Oublier était chez Christiane sa manière de faire disparaître le danger ou, d'une manière générale, ce qui la dérangeait. Elle oubliait la présence d'Amari et son insupportable mutisme, au point de parler d'elle alors même qu'elle était dans la pièce comme si elle était sourde ou tout simplement absente. Amari n'en perdait pas une miette, que ses oreilles engrangeaient et que ses yeux reservaient à froid comme une réflexion cinglante ; le regard remplaçait le verbe, et Amari savait très bien le manier.

Christiane oubliait aussi les absences de son mari, qui, certes, s'étaient raréfiées avec le temps mais avaient laissé en elle une béance proche de l'insensibilité. Jean avait été un mari volage et ne s'en était jamais caché, prétextant qu'il était trop « terrien » – comprenez animal, c'est en tout cas comme cela que Christiane avait bien voulu se l'expliquer – pour n'être l'homme que d'une seule femme. Mais il aimait sa femme et chérissait sa famille, et même s'il allait régulièrement voir si l'herbe n'était pas plus verte dans le champ d'à côté, il revenait toujours auprès des siens. Du coup, Christiane avait trouvé dans le déni le meilleur lubrifiant pour faire passer les couleuvres qu'elle ne cessait d'avaler, faisant semblant de croire son mari lorsque, pour la forme après une nuit dehors, il lui disait s'être saoulé chez des amis et ne pas avoir eu la force de rentrer. La seule chose dans ces cas-là était de ne pas trop prêter attention au sourire rassasié de la femme du boulanger. Très vite d'ailleurs, les nuits d'amour de Jean avaient été suivies de jours sans pain. Tout le monde savait pourquoi, mais personne ne disait rien.

Pour ce qui était de Julie cependant, Christiane se dit que, contrairement à son habitude, elle n'avait pas le droit de se raconter des histoires, et que son rôle de mère était d'en savoir plus. Si Lorraine ne s'était pas trompée, il se pouvait que sa fille fût en danger. Un danger lent et insidieux, d'autant plus menaçant qu'il se dissimulait sous les traits de l'amour.

Elle sortit les girolles de la bassine à confiture où elle les avait brièvement mises à tremper après les avoir grattées, afin d'éliminer les dernières traces de terre, de feuilles de châtaignier et de mousse, et s'essuya les mains sur son tablier. Elle les mettrait en bocaux plus tard. Pour l'heure, elle allait appeler sa fille, et essayer de comprendre ce qui se passait.

— Elle ne peut pas vous parler, elle a ses règles ! l'accueillit une voix de fort mauvaise humeur lorsqu'on décrocha.

Un peu surprise, mais n'en laissant rien paraître, Christiane ne se départit pas de la civilité qui, en toutes circonstances, l'accompagnait.

— Bonjour, Patrice. Je suis très heureuse de vous entendre, comment allez-vous ? Vous serez gentil de me passer ma fille, je vous prie. Son ton se fit à peine plus dur ; Christiane savait comment parler à ce genre d'énergumène.

— Bonjour, Christiane. La voix de Patrice se fit mielleuse. Il ne respectait rien, hormis les apparences, et la manière de s'adresser aux anciens en faisait partie. Elle ne va pas très bien, vous savez…

— Allons, allons, mon petit. Christiane sourit avec malice : elle savait que Patrice détestait qu'on l'appelle « mon petit », lui qui faisait tout pour paraître plus grand qu'il n'était en réalité. Ce n'est pas être malade que d'avoir ses ragnagnas ! On voit que vous n'êtes pas une femme !

Un silence se fit au bout de la ligne, puis ce furent des chuchotements sourds. Christiane entendit une porte claquer, et la voix de sa fille dans le combiné.

— Maman ! Ce n'était vraiment pas le bon moment pour appeler…, dit Julie d'une voix étranglée. Puis, plus bas : Excuse-moi, maman…

— Au contraire ! rétorqua Christiane d'une voix qu'elle voulait enjouée. Cela me paraît tout à fait le bon moment. Qu'est-ce qui s'est passé ?

Christiane repensa aux spéculations de Lorraine, et décida d'entrer dans la brèche que la situation lui offrait afin de pousser son avantage.

— Vous vous êtes encore engueulés ?

— Pourquoi « encore » ? répliqua Julie avec agressivité. On s'entend très bien, on ne s'engueule presque jamais, comme tu dis. C'est juste…

La voix de Julie se brisa, démentant tout ce qu'elle venait de se raconter.

— C'est juste... Il est furieux parce que j'ai encore mes règles. Il suit ça de très près. Je n'arrive pas à lui faire un enfant, tu comprends ?

Julie fondit en larmes. Sa mère pouvait l'entendre sangloter et renifler.

— Tu sais ce que je comprends ? répondit Christiane en se contenant pour que sa voix ne trahisse pas la colère qui montait en elle. Je comprends que ce type est un sale connard. Qu'est-ce que ça veut dire « Je n'arrive pas à lui faire un enfant » ? Il faut être deux, pour faire un bébé, ma chérie. Ce n'est pas de ta faute...

— Mais si... Julie pleurait tellement qu'elle avait du mal à articuler. Ça fait des mois qu'on essaie, et je n'y arrive jamais. Toujours ces fichues règles qui reviennent... Tu crois que je suis normale, maman ? Patrice pense que j'ai peut-être une anomalie...

Lorraine ne s'était pas trompée. Julie ne raisonnait pas comme il fallait. Non content de la faire culpabiliser de ne pas pouvoir tomber enceinte, Patrice la dévalorisait de manière perfide. Une anomalie qui faisait d'elle une femme incomplète, et de ce fait, indigne d'être aimée. Par sa faute.

— Écoute-moi, ma chérie. Tout va très bien chez toi, et tu le sais. Tu m'as dit la dernière fois que tes examens étaient parfaitement normaux. En revanche...

Une idée germa dans l'esprit de Christiane, qui ne lui déplaisait pas et, même, l'amusait.

— En revanche, lui... il a fait des tests ? Je veux dire, tu es sûre que si ça ne marche pas, ça ne vient pas de son côté ?

— Tu es folle ? Julie paraissait réellement catastrophée. Évidemment que ça ne peut pas venir de lui !

— Tu es sûre ? Tu devrais quand même lui poser la question, on ne sait jamais.

Julie ne répondit pas tout de suite. Elle devait ruminer la possibilité que son compagnon fût responsable de sa stérilité, ou plus exactement, s'il ne s'agissait pas d'elle, de leur difficulté à concevoir un bébé. Mais elle écarta l'idée : son état d'esprit actuel ne lui permettait pas de lui accorder le moindre crédit.

— Je n'oserai jamais…

— Tu devrais.

Christiane embrassa sa fille avant de raccrocher. Le désarroi de Julie était évident, et contagieux. Christiane se frotta les yeux afin de contenir le chagrin qui perlait. Son aînée était dans une mauvaise posture, dont il fallait la tirer. Et ce en dépit d'elle-même, car de toute évidence elle aimait Patrice plus que tout et ne voulait rien entendre. Faute de quoi, elle s'étiolerait à petit feu.

En sortant de la pièce pour regagner la cuisine, Christiane ne remarqua pas Amari, assise dans le contrejour près de la fenêtre. Une larme unique coulait de ses yeux très bleus, creusant un sillon humide sur sa peau striée.

Dans la tête de la vieille dame, les sentiments se bousculaient. Si elle ne parlait pas, elle entendait. Et, avec cette faculté qu'ont les personnes privées d'un sens de décupler les autres, elle entendait bien.

Ainsi, invisible dans le soleil de juin qui caressait doucement sa frêle silhouette enfoncée dans un fauteuil à oreilles – son frère trônait dans sa chambre, face à la cheminée –, Amari n'avait pas perdu une miette de la conversation entre Christiane et son aînée. Et le fait que son compagnon, pour des raisons qui n'en étaient pas – on ne fustige pas une femme parce qu'elle ne tombe pas enceinte, c'est le meilleur moyen pour que cela ne marche jamais –, soit cruel au point de la faire douter d'elle-même, la révoltait.

Comme l'avait justement souligné Christiane, un enfant se faisait à deux, elle était bien placée pour le savoir. Parfois, cela marchait, parfois non. Cela aussi, elle le savait.

Des souvenirs de sa jeunesse revinrent, de son insouciance d'alors, que seul le silence dans lequel elle était enfermée lui avait, d'une certaine manière, permis de retrouver. Ama se revoyait petite fille, poursuivant dans la cour les poulets que sa mère tuait d'un couteau dans la tempe pour en récolter le sang dont elle faisait des galettes – les sanguettes. Elle riait aux éclats en les voyant courir, la lame plantée d'une oreille à l'autre – elle savait bien que les poulets n'avaient pas d'oreilles, mais l'image lui plaisait –, quand on les relâchait. Elle se voyait emmenant Christiane, bébé, partout avec elle – aux champs, au tabac, au cochon et dans les roses qu'elle adorait – pendant les deux ans qu'elle l'avait allaitée. Elle passa d'un geste indolent une main tremblante sous sa poitrine. Longtemps, elle l'avait eue belle et triomphante, et son unique grossesse l'avait à peine abîmée.

Ama sortit de sa manche un mouchoir parfumé à la violette – le premier parfum que son mari lui avait offert, et qu'elle n'avait jamais quitté –, et se tamponna délicatement les yeux. Toute sa vie, dans ses moments les plus doux comme dans l'adversité, elle avait été aimée. Elle ne comprenait ni ne pouvait tolérer qu'il en fût autrement. Et encore moins que l'on pût torturer une personne que l'on prétendait adorer.

Car elle voyait clair dans le petit jeu de l'ami de Julie : sous le prétexte de l'aimer, ou, plus perfidement, sous le prétexte qu'elle, elle l'aimait, il exigeait d'elle un enfant. Pensive, la vieille dame suivit d'un doigt, sans les voir mais depuis le temps elle en avait appris par cœur tous les méandres, les rides qui lui parcouraient le visage. À chaque ride, un souvenir, se disait-elle, lisant en brail le vieux parchemin de son histoire.

L'homme ne voulait pas un enfant de Julie par amour. Mieux que personne, Ama savait reconnaître l'amour lorsqu'il se présentait, et là, elle en était certaine, il n'y en avait pas. Non. De la possession, oui, mais pas d'amour.

Il voulait un enfant de sa petite-fille pour mieux la mettre en cage. Là encore, elle le savait.

***

Lorraine et Cyrille avaient beaucoup de mal à rester plus de quarante-huit heures sans se voir. Même cinq minutes, même le temps d'un café au coin de la rue, ils avaient besoin de se toucher, de se sentir, de s'embrasser... cela les apaisait.

Lorsque malgré tout ils n'y parvenaient pas, Lorraine sentait grandir en elle une agressivité incontrôlable, dont ses enfants ou même Maya faisaient les frais. Elle avait beau se dire qu'ils n'y étaient pour rien, elle était à fleur de peau et la moindre réflexion ou la plus petite contrariété la faisaient exploser. Ainsi, elle avait privé sa fille d'argent de poche parce qu'elle avait oublié de rapporter du pain, clamant avec la plus grande mauvaise foi qu'elle faisait tout dans cette maison et qu'elle en avait assez d'être leur « bonniche » – alors même que Bastien cuisait une blanquette et que sa fille démoulait un quatre-quarts au Nutella. Elle avait également, et sans ménagement, envoyé promener un client pourtant fidèle qui ne voulait pas des pois de senteur qu'elle lui proposait.

Et si, pour une raison quelconque, il arrivait que Cyrille ne donnât pas de nouvelles pendant une journée, Lorraine tombait dans des abîmes de tristesse, persuadée qu'elle avait dit quelque chose qu'il ne fallait pas et qu'il allait l'abandonner. Impuissante, Lorraine reconnaissait là ses vieux fantômes, dont elle ne s'était apparemment pas entièrement affranchie, et qui continuaient de la hanter. Chaque fois qu'elle aimait un homme, elle avait peur qu'il la laisse tomber. Chez elle, l'amour et l'abandon allaient de pair, au point que cela s'était souvent confirmé. Pouvait-on induire ainsi de ses propres peurs le comportement de l'autre ? Elle s'en ouvrait à Maya qui comprenait, la rassurait, l'encourageait, mais dont la patience finirait par atteindre ses limites si son amie poussait trop loin le bouchon.

Tandis que Lorraine oscillait entre une joie béate, une irritabilité imprévisible et un spleen récurrent, Cyrille se débattait de son côté avec des sentiments similaires, que compliquait encore la nécessité de se cacher. Au bureau, il se concentrait sur ses recherches et l'obtention des homologations de son nouveau bébé, arrivant ainsi à donner le change et à ne rien laisser paraître des tumultes qui l'agitaient. Dès qu'il croisait Bénédicte cependant, son attitude basculait : la seule vue de sa femme lui rappelait que ce n'était pas auprès d'elle qu'il voulait être, et pour cela, non content de ne plus l'aimer, il commençait à lui en vouloir et à la détester. D'autant que l'air supérieur et morose qu'elle affichait, en plus des petites piques qu'elle lui lançait, de préférence en public, l'exaspéraient. Quant à ses enfants, lui qui n'avait jamais eu à leur égard beaucoup de patience n'en avait plus du tout : il les aimait, certes, mais supportait de moins en moins les contraintes que leur présence lui imposait.

Ce fut donc une aubaine pour Cyrille comme pour Lorraine lorsqu'un jeudi matin Bénédicte annonça à son mari qu'elle allait avec les enfants passer le week-end dans leur maison de l'île de Ré, pour la première fois sans lui proposer ni lui imposer de les accompagner.

« Tu fais quelque chose ce week-end ? » Fou de bonheur d'avoir devant lui une plage de liberté dont il n'avait même pas eu besoin de prendre l'initiative, ce qui aurait signifié encore des mensonges et de la dissimulation, Cyrille envoya un texto à Lorraine, auquel elle répondit immédiatement. « Oui, avec toi ! » Elle était en train d'emballer les Constance Printy qu'elle avait cueillies sur ses propres rosiers pour une mariée qu'elle connaissait et qu'elle aimait bien, et le message matinal de son amant l'enchantait autant qu'il la surprenait. Les week-ends étaient habituellement zone interdite, et elle était surprise qu'il fût parvenu à se libérer. Mais, suivant les conseils de Maya, elle décida de prendre les choses comme elles venaient.

***

Le vendredi soir, Cyrille passa prendre Lorraine au magasin. Elle était en train de fermer, et Maya chargeait dans la fourgonnette les fleurs qu'elle devait emporter le lendemain matin en Normandie, pour décorer une chapelle où un de ses amis, quadragénaire que tout le monde croyait voué à un célibat suspect, allait se marier. Intellectuel de haute volée et esthète intransigeant, il épousait une fille du coin, ni très jolie ni particulièrement brillante, mais douce et dévouée. Une fille « reposante », disaient les mauvaises langues, peut-être jaloux eux-mêmes de n'être pas tombés sur ce genre de spécimen, ou de n'avoir pas eu le courage de l'épouser. Beaucoup vivaient avec des emmerdeuses obsédées par leur carrière et la parité, lorsqu'elles n'étaient pas des maîtresses de maison et des mères frustrées ; bref, ils étaient avec des femmes qui les fatiguaient.

— On prend un verre ? demanda Maya en verrouillant les portières.

Comme la soirée était belle et que, pour une fois, le temps ne leur était pas compté, ils s'installèrent tous les trois à la terrasse du café d'à côté.

Après deux mojitos, Maya laissa Lorraine et Cyrille sous le prétexte qu'elle avait un rendez-vous. Lorraine savait qu'il n'en était rien, elle l'avait entendue dire au téléphone à son mari qui s'ennuyait en voyage d'affaires qu'elle n'avait rien de prévu et qu'il pourrait la joindre à n'importe quel moment de la soirée. Elle apprécia néanmoins la discrétion de son amie, qui ne s'éclipsait que pour les laisser seuls, et leur permettre de savourer au grand jour le bonheur d'être ensemble.

En fait de grand jour, la nuit commençait à tomber. Après avoir fini leurs verres en faisant un bruit pétaradant avec les pailles, Lorraine et Cyrille déambulèrent en direction de la place Clichy, s'embrassant comme des adolescents dans les encoignures des portes cochères. C'était d'ailleurs l'impression qu'avait Lorraine depuis le début de cette histoire : d'être retombée en adolescence, d'avoir quinze ans ou moins et de se comporter comme une jeune fille en fleur. Elle qui avait, après le ratage de son mariage, décidé qu'elle en avait fini avec les sentiments, qu'ils n'étaient qu'une illusion destinée à embellir une morne réalité, à l'instar de l'anesthésiant que vous inocule le moustique pour mieux pomper votre sang, elle se retrouvait faite comme une bleue. Comme une fleur bleue, il va sans dire.

Lorsqu'elle ouvrait les yeux pour reprendre son souffle, elle lisait dans le regard des passants un certain mécontentement, voire une animosité dont elle se moquait et qu'au fond d'elle-même elle comprenait. S'embrasser à pleine bouche dans la rue, c'est comme les minijupes : passé vingt ans, cela frise la vulgarité. Mais, plus que le regard des autres, ce qui l'intéressait pour l'heure était la bouche de Cyrille. Et les autres manifestations physiques subséquentes à ses baisers.

Ils passèrent le cimetière de Montmartre et se retrouvèrent rue Garreau devant un japonais que Lorraine affectionnait mais qu'elle était incapable de retrouver lorsqu'elle le cherchait. Ils prirent le fait de tomber dessus par hasard comme un signe – les amoureux voient des signes en toute chose –, et s'installèrent au bar pour dîner. Lorsque Cyrille voulut commander, il se fit rabrouer d'un air autoritaire par le maître des lieux : ici, on mangeait ce que l'on vous servait. La seule chose que l'on pouvait choisir était son saké, mais comme la plupart des clients n'y connaissaient rien et étaient à mille lieues d'imaginer qu'il en existât autant de sortes aux goûts si différents, allant du pétillant aux arômes de muscat à une prune dans laquelle on avait l'impression de croquer, ils ne demandaient pas mieux que de se laisser guider.

Après deux heures qui leur parurent une éternité, même si les mets leur donnaient incontestablement l'impression de voyager, ils sortirent enfin du restaurant, un peu ivres et très gais. Un tout autre voyage les attendait, dont ils se réjouissaient d'avance. La valse des portes cochères reprit, secondée par une danse plus suggestive dans les escaliers – Montmartre est plein d'escaliers –, qui ne s'arrêta que lorsqu'ils se retrouvèrent nus et rassasiés dans le lit de Lorraine. Mais la trêve ne dura pas longtemps : ils étaient affamés.

— On va chez moi ? souffla Cyrille dans les cheveux de Lorraine au milieu de la nuit.

Comme celle-ci, plongée dans un demi-sommeil, ne réagissait pas, il insista.

— Tes enfants...

Dans la pénombre que seul éclairait le voyant qui, dans la salle de bains voisine, mesurait l'hygrométrie – moins romantique qu'un rayon de lune, mais elle était absente ce soir-là, et puis les orchidées avaient besoin d'un niveau constant d'humidité –, Lorraine sourit. L'attention de Cyrille ajoutait encore à ses qualités.

— Ils passent le week-end chez des copains.

Rassuré, il la prit dans ses bras, grogna et sombra jusqu'au matin dans un profond sommeil.

Réveillé tôt le samedi matin – il n'était biologiquement pas programmé pour faire la grasse matinée –, Cyrille se glissa hors du lit en prenant soin de ne pas faire de bruit, et sortit. Lorraine émit à peine un soupir avant de prendre l'oreiller dans ses bras et de se retourner. Puis, sentant l'absence de son amant à ses côtés, elle tâtonna à l'aveuglette avant de se réveiller tout à fait. Elle se mit sur son séant et ne put réprimer une vague de contrariété : il était évident que, pour une raison qu'elle ignorait, Cyrille s'en était allé.

Elle se leva et prit une douche pour se remettre les idées en place. Dans la cuisine où elle entra pour se préparer un café, elle réalisa, à l'odeur caractéristique et aux gargouillis de la machine, qu'il finissait juste de passer. Peut-être Cyrille n'était-il pas si loin après tout, se dit-elle en se servant une tasse.

— Mais tu aurais dû rester couchée ! la gronda gentiment Cyrille en poussant la porte d'entrée, les bras chargés de croissants, de deux baguettes, et de la presse du week-end.

Il lui tendit un petit bouquet de pâquerettes roses, qu'il avait acheté à l'un des derniers marchands ambulants, installé avec sa carriole vert foncé en face de la bonne boulangerie du quartier.

— Bon, j'ai fait des infidélités… mais j'ai cru comprendre que ce matin ta boutique était fermée.

Il sourit d'un air canaille, tant le mot lui paraissait doublement bien choisi. Il ne ressentait aucune culpabilité.

— Oh ! Des fleurs à une fleuriste ! Lorraine repensa à la réflexion de Maya. Tu ne manques pas d'humour, toi !

— Des fleurs à la femme que j'aime ! rétorqua-t-il en mettant l'accent sur le mot femme. Et il vint par-derrière l'entourer de ses bras.

Tandis que Lorraine sortait du Frigidaire beurre salé et confiture des fraises de Dordogne confectionnée par sa mère, Cyrille disposa sur une planche en bois le pain et les croissants. Il prit la tasse que Lorraine lui tendait et, la hanche nonchalamment appuyée au plan de travail, se mit à la contempler.

— Quoi ? demanda Lorraine au bout d'un moment. Le regard insistant de Cyrille lui faisait un drôle d'effet.

— Rien. Je te regarde, c'est tout…

Cyrille souriait pourtant d'un air à la fois tendre et amusé.

— Un contemplatif, c'est bien ma veine ! railla Lorraine avec tout l'humour dont elle était capable.

Mais elle ne savait pas quelle attitude adopter. Sous le regard de Cyrille, chacun de ses mouvements, la manière de battre des cils ou de tenir sa tasse et de la porter à ses lèvres lui paraissaient affectés. La conscience de ses gestes, pourtant naturels et qu'elle accomplissait d'ordinaire sans jamais y penser, les rendait faux. Du moins c'était l'impression qu'elle avait. Du coup, sa main vint frotter son nez qui soudain s'était mis à la chatouiller, et elle se passa à plusieurs reprises les doigts dans les cheveux. Des plaques rouges ne mirent pas longtemps à coloniser son décolleté.

— Ça te gêne, que je te regarde ? demanda doucement Cyrille, qui se rendait compte du trouble qu'elle éprouvait. Tu es très belle au réveil, tu sais. J'aime te regarder boire ton café, encore un peu en vrac…

Cyrille découvrait chez Lorraine, qui avait la marque de l'oreiller imprimée sur la joue, une vulnérabilité qui le mettait sens dessus dessous. Il l'attira vers elle, et respira ses cheveux ; ils portaient encore le parfum de la nuit. Il beurra une tartine, et la lui offrit. Lorraine se sentit fondre : jamais aucun homme ne lui avait préparé ses tartines.

Ils feuilletèrent les magazines, fantasmèrent sur les plages de sable blanc et les paillottes au raffinement roots d'un éco-lodge dans l'archipel des Maldives où ils se dirent qu'il ferait bon s'échapper. Puis ils retournèrent au lit et ce n'est que bien plus tard, après avoir vidé un deuxième pot de café et dévoré les croissants qui restaient, qu'ils trouvèrent la force de sortir pour se rendre au marché.

***

— Je fais le dîner ! décréta Cyrille en ouvrant, sous le regard amusé de Lorraine, tous les placards afin de trouver ce dont il avait besoin.

Arrivés à la fin du marché, ils avaient tout de même trouvé chez le poissonnier un bar de ligne, de la roquette et des herbes fraîches chez le maraîcher. Cyrille avait absolument tenu à acheter des girolles, dont le prix exorbitant était soi-disant justifié par leur origine française. « Vous pouvez prendre les polonaises, avait dit le marchand avec une forme de dédain, mais franchement elles sont pleines de flotte et le goût n'a rien à voir. » À deux doigts de lui demander pourquoi, si elles étaient si mauvaises, il vendait des girolles polonaises – l'idée que l'on pût importer et vendre sciemment de mauvais produits juste parce qu'ils étaient moins chers la mettait hors d'elle, autant ne pas les vendre du tout et se cantonner à la production locale et de saison –, Lorraine avait été sauvée par Cyrille qui l'avait entraînée dans l'allée. Forts de leur butin, prenant au passage une barquette de gariguettes dont l'odeur les avait littéralement appelés, ils étaient rentrés rue Marcadet par le chemin des écoliers et n'en avaient plus bougé.

La nuit commençait maintenant à tomber, et la faim à les tenailler.

— Tu sais faire la cuisine, toi ? demanda Lorraine, sidérée.

L'idée du jules de son ex-mari vint la déranger, puis elle pensa à Bastien et se dit que, pourquoi pas, les mâles hétéros pouvaient aussi cuisiner. Il est vrai qu'avec Arnaud, qui mettait un point d'honneur à n'exécuter aucune tâche ménagère de peur que cela n'affecte sa virilité – on voyait d'ailleurs le résultat –, elle avait été très mal habituée.

— Non, pas vraiment, répondit Cyrille, rentrant sans le savoir dans l'idée que Lorraine se faisait d'un homme. Mais bon, ça ne devrait pas être très compliqué.

Il sourit et la prit dans ses bras.

— Et puis j'ai envie de préparer le dîner pour toi.

Touchée, Lorraine le regarda s'emparer du bar et l'ensevelir sous une montagne de gros sel avant de l'enfourner.

— Bar en croûte de sel, annonça-t-il fièrement, comme un gamin qui vient de décrocher une bonne note.

Puis il ouvrit l'une des bouteilles de rully qu'il avait apportées la veille et mises au frais, et, tout en préparant la salade et les girolles, ils trinquèrent joyeusement à leur premier week-end.

Vingt-cinq minutes plus tard, le poisson était cuit, mais immangeable. Il avait été écaillé, et le sel avait pénétré la chair, la rendant aussi agréable qu'un bol d'eau de mer tiède. Dépité, Cyrille regarda Lorraine battre une omelette « vite fait », se régalant néanmoins du spectacle de ses seins qui, sous la chemise qu'elle lui avait empruntée mais n'avait pas pris la peine de boutonner, dansaient.

— Finalement, je préfère te regarder faire la cuisine ! Pas par hasard si la tâche revient traditionnellement aux femmes : c'est pour que les hommes puissent mater !

Lorraine gloussa, et continua de battre ses œufs frénétiquement dans le saladier lorsqu'il s'approcha d'elle. Cyrille collé dans son dos et jouant avec ses tétons, elle ajouta une bonne cuillérée de crème et des fines herbes, et réalisa ce dont ils se souviendraient longtemps comme étant la meilleure – et la plus crapuleuse – omelette de leur vie.

Lorsqu'elle vit la tête de Lorraine le lundi matin, mélange de fatigue et d'éclat, Maya ne résista pas à l'envie de savoir ce qu'elle avait fait de son week-end. Même si elle n'avait aucun doute : les cernes soulignant un inhabituel pétillement, et les bleus qui maculaient ses bras en disaient long. Mais cela ne lui suffisait pas. Mue par sa curiosité de chatte, Maya voulait que son amie lui raconte par le menu et si possible heure par heure ce qu'elle avait fricoté pendant qu'elle-même mariait son ami en Normandie. Un mariage triste à vrai dire : non seulement il avait plu, mais il avait régné sur cette cérémonie une ambiance faussement enjouée. Plus qu'elle n'avait fleuri la fête, Maya avait eu l'impression désagréable, qu'elle avait bien entendu gardée pour elle histoire de ne pas plomber l'atmosphère plus qu'elle ne l'était déjà, de fleurir la tombe de la liberté du marié. On enterre une vie de garçon, et on n'en ressuscite jamais.

— Alors ? demanda Maya, qui avait besoin d'un peu de vrai romantisme pour se remonter le moral.

Lorraine la regarda en souriant d'un air niais. Pour une fois, elle n'allait pas se faire prier.

— Je crois que je suis en train de tomber amoureuse... et ça me rend bêêête ! dit-elle en singeant la Grande-Duchesse de Gerolstein, couguar avant l'heure quand l'espèce n'avait pas encore été répertoriée.

Maya éclata de rire. Invitées par Doudou, elles avaient vu ensemble l'opérette au Châtelet, et cela avait donné lieu de la part de Lorraine à une diatribe enfiévrée sur l'inutilité des sentiments et le fait que l'amour n'était qu'une vue de l'esprit dans laquelle il fallait à tout prix éviter de se fourvoyer. Mais c'était juste après Arnaud, et bien avant Cyrille.

— Ce n'est pas toi qui disais que l'amour était une vue de l'esprit ?

— Si, mais c'était avant... et puis après...

Lorraine butait sur ses mots.

— Enfin, quoi, c'est parce que je ne savais pas ce que c'était ! Mais là...

Des images de la veille l'assaillirent. Son cœur se mit à battre la chamade.

— Tu crois que tu l'aimes parce que tu le désires, poursuivit Maya les yeux rivés aux tétons de son amie qui surgissaient comme des cerises confites dans la transparence de son débardeur.

Jamais elle n'avait vu Lorraine dans cet état. Et jamais elle n'aurait imaginé qu'elle pût y être plongée, rien que par la pensée. Lorraine suivit le regard de Maya, rougit violemment et d'un geste preste s'entoura de son tablier.

— Mais non ! s'insurgea Lorraine.

Même si elle adorait Maya, et avait plus d'une fois suivi ses conseils avisés, elle n'acceptait pas que l'on touche à son amour tout neuf. Surtout pour le minimiser, le rabaisser à une seule pulsion animale. Il y avait dans ce qu'elle éprouvait pour Cyrille mille autres choses que le désir, et son amie le savait.

— Mais si !

Maya disparut dans la réserve, et revint avec un seau rempli de phlox, et des branches de noisetier. Tout en coupant les feuilles basses des queues des fleurs, elle se mit à développer une argumentation détaillée. Ainsi était Maya : lorsqu'elle était persuadée d'avoir raison, il fallait qu'elle le démontre par A plus B, jusqu'à emporter l'adhésion formelle – et verbalisée – de son interlocuteur.

— Regarde. Toi, ce que tu recherches chez un homme, c'est qu'il te fasse bander...

— Mais pas du tout, où es-tu allée trouver une idée pareille ? Traite-moi de nympho tant que tu y es ! Et puis justement, je ne recherche rien. Tu le sais très bien. On en a suffisamment parlé.

Maya attaqua les branches au sécateur, creusant une entaille verticale afin que l'eau soit plus facilement absorbée.

— Oh, tu sais... C'est pas parce qu'on dit les choses qu'on les pense vraiment. Et surtout, qu'on les applique. L'amour, c'est un grand panier dans lequel on met ce qui nous arrange. Toi, c'est le désir ; c'est le désir que tu vas appeler de l'amour. Moi, c'est la sécurité ; je me crois profondément amoureuse de Doudou, non, je *suis* sincèrement amoureuse de lui, parce qu'il m'apporte un confort et une sécurité financière en l'absence desquels je serais comme un électron en perdition.

— C'est pas de l'amour, ça... Lorraine considérait son amie avec des yeux ronds. Vous avez l'air de bien vous entendre, pourtant...

— C'est de l'amour. Dans mon grand panier à moi, c'est la définition que je donne à l'amour. Maya baissa la voix. Enfin... aujourd'hui, en tout cas.

Dans une vie antérieure, que manifestement elle semblait avoir reléguée aux confins de sa mémoire, Maya avait été une grande amoureuse au sens où Lorraine l'entendait. Brûlante, emportée, un peu folle aussi, faisant fi des convenances et de toute forme de moralité pour vivre les passions souvent brèves et toujours torrides qui se présentaient. Puis elle avait rencontré son « Doudou » et s'était calmée. Et le simple fait de la regarder le prouvait, si elle ne vibrait plus autant, ou plus de la même manière, elle semblait avoir trouvé la sérénité. Dans un confort matériel qui chaque jour la rassurait, Maya était rangée des voitures, comme on dit. Mais elle était heureuse. Elle flottait dans un bonheur feutré qui lui convenait. D'une certaine manière, elle était restée fidèle à elle-même : sa nouvelle conception de l'amour n'avait pas non plus grand-chose à voir avec la moralité.

Maya ne s'était pas trahie. Elle avait simplement évolué. D'aucuns diraient vieilli.

— Oui mais il me beurre mes tartines ! Lorraine ne savait plus quel argument opposer.

Par-dessus son bouquet, Maya la regarda avec attendrissement. Elle était ravie de la voir heureuse, même si l'histoire n'allait pas être simple – mais qu'est-ce qui est simple en amour lorsqu'on a quarante ans, une vie devant soi et une autre derrière ?

— Là encore, tu fonds quand il te beurre tes tartines parce que tu le désires. Imagine un type dont tu te moques complètement et qui ferait la même chose : tu trouverais ça ridicule !

Pas faux. Lorraine se souvenait d'un épisode malheureux où elle s'était réveillée auprès d'un homme qu'elle connaissait à peine, dont elle avait compris au moment où il franchissait sa porte qu'elle ne voudrait jamais le revoir. Il avait commencé à lui tartiner ses toasts, mais elle s'était emparée du beurrier d'un geste brusque, arguant qu'elle était une grande fille et n'avait besoin de personne pour lui préparer son petit déjeuner.

— En tout cas, quel que soit le moteur de ton amour, si tu l'aimes vraiment ou si tu crois que tu l'aimes, ce qui au bout du compte revient exactement au même, surtout ne le lui montre ni ne le lui dis jamais.

Maya regarda le plafond d'un air songeur.

— Tu sais, c'est bizarre, les hommes : ils ne veulent qu'une seule chose, c'est qu'on les aime, et quand on les aime et qu'on le leur dit, ils n'ont qu'une seule envie, c'est de se barrer.

Le conseil avait beau être judicieux, il venait trop tard : Lorraine était amoureuse de Cyrille, et elle le lui avait déjà dit.

Louise faisait la gueule.

Le 15 juillet, alors que tous ses amis étaient partis passer de vraies vacances au bord de la mer, qui en Bretagne, qui sur la côte, qui à l'île de Ré ou au Pays basque dans des maisons de famille avec barbecue, bateau et plages secrètes, quand ils ne partaient pas carrément à Bali ou dans les Caraïbes, elle bouclait ses bagages pour aller s'enterrer en Dordogne. Dans cette campagne pourrie, disait-elle, où il n'y avait rien d'autre à faire que de regarder pousser toutes ces fichues fleurs auxquelles sa famille vouait un véritable culte, et de prendre des kilos à cause de la cuisine de sa grand-mère. Irrésistible pour les autres, mais que, pour sa part, Louise « n'aimait pas ».

Soupirant bruyamment pour que Lorraine, qui s'affairait dans la pièce à côté, entende son mécontentement, Louise enleva le mini T-shirt orange qui moulait sa poitrine ronde – les soutiens-gorge, dont elle avait une collection depuis les premiers bourgeonnements de ses seins d'adolescente, n'étaient désormais plus pour la déco, ils étaient bel et bien devenus une nécessité – et s'observa dans la glace. Elle pinça sans ménagement une graisse imaginaire pour en faire un bourrelet, et soupira encore plus fort : l'idée d'être obligée de passer des heures à table à engouffrer une nourriture que non seulement elle n'appréciait pas mais qui la ferait grossir l'exaspérait. Et il était hors de question d'éparpiller ce qu'on lui servait dans son assiette : Christiane avait l'œil, et c'était un crime de lèse-majesté de ne pas terminer les plats.

La seule consolation de Louise était qu'elle verrait Ama. Elle avait toujours eu, pour cette arrière-grand-mère muette au regard bleu et à la peau toute ridée, une tendresse particulière. Contrairement aux autres membres de la famille, Louise considérait son mutisme comme une prise de position plus que comme un handicap, une manière de dire au monde qui l'entourait de la laisser dans sa bulle et de ne pas l'emmerder. La seule question qu'elle se posait était : pourquoi. Pourquoi, comme on le lui avait maintes fois raconté, du jour au lendemain la vieille dame s'était-elle arrêtée de parler ? Louise avait tenté de le découvrir, passant des heures auprès de son arrière-grand-mère à monologuer, guettant dans ses yeux un signe, sur ses lèvres un pincement, un frémissement dans les plis de sa joue qui lui donneraient un indice, mais rien. Si Amari dégageait vis-à-vis de son arrière-petite-fille toute la tendresse du monde, si mieux que personne elle savait l'écouter et, d'une caresse toute sèche ou d'un baiser d'oiseau la rassurer et même la conseiller, d'elle-même elle ne livrait rien. Son secret n'était pas mort, mais il était enterré.

Louise s'assit sur sa valise pour la fermer, puis, tout sourire, alla demander à sa mère de quoi payer sa place de cinéma.

— Tu y vas avec qui ? demanda Lorraine en attrapant son porte-monnaie.

— Clarisse…, mentit Louise du tac au tac en empochant le billet.

Clarisse était sa meilleure amie, et sa couverture lorsqu'elle sortait avec Stéphan. Ils étaient ensemble depuis deux semaines, et c'était lui qu'elle rejoignait ce soir, avant de le laisser derrière elle, soumis aux tentations de la capitale, pour aller se morfondre dans sa campagne décidément très, très, très pourrie.

***

— Bon, alors vous êtes prêts, on y va ?

La voix de Lorraine était faussement enjouée. La soirée de la veille, qu'elle avait passée avec Cyrille avant qu'ils ne partent en vacances en famille chacun de son côté, avait été très tendre, mais lui avait laissé un goût amer. Tout en l'embrassant avec plus de passion qu'il n'en avait jamais montré, son amant n'avait cessé de lui dire, certes sur le ton de la plaisanterie, que peut-être ils ne se reverraient pas, qu'elle allait rencontrer quelqu'un et l'oublier, sans compter qu'avec l'œil acéré de Bénédicte rivé en permanence sur son portable, ils allaient avoir du mal à communiquer. Lorraine l'avait d'abord pris à la légère, rétorquant que ce n'était pas au fin fond du Périgord qu'elle allait trouver le prince charmant et que par ailleurs, pour ce qui la concernait, elle l'avait déjà trouvé, mais Cyrille avait insisté. Elle lui avait alors dit qu'elle trouvait son humour un peu lourd, et même, compte tenu des circonstances et du fait qu'ils n'allaient pas se voir pendant un mois, carrément déplacé. Il s'était tu, et ils avaient enfin pu profiter de la soirée, mais Lorraine avait conservé l'impression qu'une ombre planait sur eux, que ni l'un ni l'autre ne réussissait tout à fait à ignorer. Semblable à la douceur désespérée des dernières fois.

Si le message qu'elle avait reçu à peine s'étaient-ils séparés, « tu me manques déjà », l'avait un peu rassurée, Lorraine ne parvenait pas à écarter les pensées noires qui l'assaillaient. « Loin des yeux, loin du cœur », disait l'adage, et même si elle n'y croyait pas, elle ne pouvait s'empêcher d'y penser.

— Ce serait cool qu'une année on passe de vraies vacances au lieu de s'enterrer à la cambrousse avec des vieux ! grommela Louise en s'installant, casque sur les oreilles et portable à la main, à l'arrière de la voiture.

— Estime-toi déjà heureuse de partir en vacances ! rétorqua Lorraine plus vertement qu'elle ne l'aurait voulu.

Elle n'avait pas besoin des jérémiades de sa fille. Et mieux valait la calmer sur-le-champ, faute de quoi la route serait un cauchemar pour tout le monde.

Assis à sa droite sur le siège passager, Bastien esquissa un sourire. Même si lui aussi aurait préféré partir au bord de la mer avec des jeunes de son âge, il trouvait que sa sœur abusait. Il n'était pas mécontent de voir, pour une fois, sa mère la rabrouer.

— Et puis, vous allez pouvoir monter à cheval ! poursuivit Lorraine pour essayer de détendre l'atmosphère. Votre grand-père m'a dit qu'ils venaient d'ouvrir un club au bord de la Dordogne, juste en bas de la maison. Il paraît que les chevaux sont formidables !

Lorraine en rajoutait un peu, elle n'avait aucune idée de ce que pouvaient donner les chevaux, s'ils étaient formidables, mais elle voulait imaginer pour ses enfants des vacances à la campagne où les activités ne manqueraient pas et où ils n'auraient pas le temps de s'ennuyer. Vivre avec des adolescents, c'était dur. Partir avec eux en vacances, c'était pire.

— Et il y a le club de canoë. Vous aviez bien aimé le canoë, l'an dernier !

Bastien acquiesça, plus pour faire plaisir à sa mère que par véritable intérêt : il avait peur de l'eau, et l'idée de se retrouver au milieu de la rivière coincé dans un bateau qui menaçait à tout moment de se retourner le tétanisait. La seule chose qui l'amusait vraiment, et même qui le réjouissait, était la perspective de pouvoir faire la cuisine avec sa grand-mère. Quant à Louise, les yeux fermés, la tête dodelinant au rythme de la musique qui lui remplissait les oreilles si fort qu'on pouvait l'entendre à travers les écouteurs, elle ne prit même pas la peine de répondre.

Ils roulèrent en silence, chacun perdu dans ses pensées. Ce n'est qu'une heure plus tard, lorsqu'ils eurent dépassé Orléans, qu'une toute petite voix demanda :

— On ira à accro-branches, dis, maman ? J'adorerais aller à accro-branches, moi !

Lorraine sourit à sa fille dans le rétroviseur. Louise venait de capituler. Peut-être les vacances ne s'annonçaient-elles pas si mal après tout. Elle était soulagée.

Concentrée sur la route, elle ne vit pas le geste de Bastien qui, dans son dos, tendait à sa sœur un billet de cinq euros.

Si Cyrille avait dit à Lorraine – sur le ton de la plaisanterie mais elle n'avait pas été dupe et avait bien senti qu'il y avait là une part de vérité – qu'ils feraient peut-être mieux de profiter de l'été pour s'oublier et ne pas se revoir à la rentrée, c'était qu'il était terrifié.

Leur histoire, rapide, fulgurante, évidente, n'avait rien à voir avec ses habituelles incartades, et il sentait que s'il n'y mettait pas immédiatement un holà sa vie en serait bouleversée. Mais ne plus voir Lorraine, c'était bien la dernière chose dont il avait envie ; Cyrille était coincé. Quoi qu'il fît, qu'il penchât dans un sens ou dans l'autre, celui de la vie ou celui de la « raison », l'existence de Cyrille en serait chamboulée. Et il le savait.

La fuite lui avait paru la meilleure solution – un réflexe plus qu'une solution, d'ailleurs –, en tout cas poser des jalons pour une fuite future, préparer le terrain pour éventuellement s'éclipser plus tard avec toute la lâcheté dont un homme pouvait faire preuve. Maintenant qu'il était dans la Renault Espace, en famille et en direction de l'île de Ré qu'il détestait et où il allait devoir jouer le père modèle, voire le mari parfait et maître de maison accompli spécialisé dans l'art de la grillade, il se maudissait pour ce qu'il avait dit à Lorraine. Et priait pour qu'elle ne l'ait pas cru. Pas tout à fait. Pas complètement. Pas du tout. Cyrille ne savait plus.

Ce qu'il savait en revanche, et qui devenait de plus en plus évident au fur et à mesure qu'il approchait de sa destination familiale et pour ainsi dire carcérale – encore qu'il ne fallait pas exagérer, Ré n'était pas If non plus ! –, c'est qu'il devait trouver le moyen d'appeler Lorraine rapidement, pour savoir ce qu'elle avait entendu, et, le cas échéant, la rassurer. Des images de leur dernière soirée lui revinrent, et il aurait été prêt à parier que, si elle n'en avait rien laissé paraître, Lorraine avait emmené avec elle l'image d'un homme qui, peut-être, était sur le point de la quitter. Et que fait une femme d'un homme qui, peut-être, est sur le point de la quitter ? Par tous les moyens et pour se protéger, elle essaie de l'oublier. La plupart du temps, elle y parvient.

Ça, Cyrille ne le voulait pas.

À peine arrivé à destination, alors que Bénédicte déchargeait les courses avec lesquelles, dans un soi-disant souci d'économie, elle partait toujours en vacances – comme si l'île n'avait pas d'hypermarchés ! –, Cyrille tenta de s'éclipser pour passer son coup de fil. C'était compter sans l'œil acéré et la technique désormais parfaitement rodée de sa femme, qui non seulement n'avait nullement l'intention de vider la voiture et d'ouvrir la maison seule, mais n'avait pas plus envie de le laisser rennes longues. Tant qu'il serait là à l'aider, il ne pourrait pas être ailleurs en train d'appeler Dieu sait qui : tout au long du voyage, elle avait surpris les regards furtifs de Cyrille vers son portable, et ne savait que trop ce que cela signifiait. Elle se promettait d'ailleurs de profiter de leur séjour dans l'île pour crever l'abcès.

— Tu vas où, comme ça ? susurra-t-elle, mielleuse, en se plantant, les bras chargés de paquets, devant la porte fermée de la maison. Tu ne pourrais pas plutôt venir m'ouvrir ?

Cyrille connaissait son épouse : la question était un ordre. Elle restait d'ailleurs là, sans le moindre geste pour poser les sacs et chercher sa clef, à attendre qu'il s'exécute.

— Papa ! EPG ! gémit Lucrèce en se dandinant d'une jambe sur l'autre.

Si les enfants aussi s'y mettaient ! Le terme EPG, inventé par Octave un soir où il avait fait une overdose de Champomy, signifiait « envie de pisser grave », et, au grand dam de Bénédicte qui s'était violemment érigée contre cette entrée qu'elle qualifiait de vulgaire dans leur répertoire – mais à quatre contre un, elle avait dû se rendre –, il faisait désormais partie du vocabulaire familial.

Alors qu'il aurait volontiers laissé sa femme poireauter un moment sur le perron avec son barda – libre à elle, si elle était fatiguée, de le poser –, il se précipita pour ouvrir à sa fille. Celle-ci se rua à l'intérieur, non sans l'avoir remercié d'un « merci mon papa chéri ! » qui se perdit dans le ventre de la maison alors qu'elle ouvrait à la volée la porte de la salle de bains. Il mit son portable dans sa poche, prit des mains de sa femme les sacs Auchan remplis d'un stock de lessive liquide suffisant pour laver un régiment, et entra à son tour. Il s'éclipserait plus tard dans la soirée pour téléphoner.

Mais l'occasion ne se présenta jamais : entre la maison à ouvrir et à aérer, les lits à faire, les courses à ranger, l'eau minérale et les cartons de rosé à descendre à la cave, les roues de vélo à réparer, le barbecue à préparer, toujours en présence de Bénédicte ou de l'un des enfants, Cyrille n'eut pas un moment de tranquillité. À minuit, lorsqu'il s'effondra sur le lit à côté de sa femme enduite de crème anti-moustiques, il eut pour Lorraine une pensée désolée.

***

— Trois jours ! se lamenta Lorraine en entrant dans la chambre de sa grand-mère. Trois jours entiers sans donner de nouvelles, tu te rends compte, Ama ?

Les yeux de la vieille dame esquissèrent un sourire – ah ! ces jeunes et leur impatience ! On voit qu'ils n'ont pas connu l'époque où le courrier s'acheminait bon an mal an à cheval, et où le téléphone n'existait pas, et encore moins les portables – puis se reportèrent avec compassion sur le visage de Lorraine. Ce n'est pas si grave, tu sais, semblaient dire ses yeux alors qu'ils scrutaient ceux de la jeune femme pour voir à quel point elle était blessée. Ils sont comme ça, les hommes. Ils sont là un jour, et puis un autre jour ils ne sont plus là. Elle tapota la main de sa petite-fille, des petits coups secs et rêches qui, s'ils avaient frappé une surface moins tendre, auraient sans aucun doute émis de petits caquètements. En plongeant son regard dans celui d'Amari, Lorraine réalisa qu'au fond ce n'était pas si grave, il s'agissait juste d'un contretemps, et arriva comme une grande aux conclusions qui s'imposaient.

— Oui, je sais ce que tu vas me dire ! verbalisa Lorraine pour elle-même, pour recueillir l'assentiment de la vieille dame et vérifier qu'elle ne faisait pas fausse route.

Lorraine avait toujours été très forte pour se raconter des histoires, et un battement de cil de sa grand-mère suffisait généralement à la ramener sur le droit chemin. Contenue derrière les lèvres closes d'Amari reposait toute la sagesse du monde, de ceux qui ont beaucoup vu et beaucoup vécu.

— Tu vas me dire que, s'il n'appelle pas, c'est qu'il ne le peut tout simplement pas. Il est avec sa femme et ses trois enfants, il doit toujours en avoir un dans les pattes, une chose à faire, pas moyen de s'isoler et...

Amari secouait la tête d'un air entendu, sans qu'aucun cheveu du chignon de neige qu'elle se confectionnait seule tous les matins et recouvrait d'un nuage de laque bouge.

— Oui, moi je veux bien, je peux comprendre, ça... Mais ce n'est pas une raison pour ne donner *aucun* signe de vie !

Elle regarda en vain son portable, qu'elle ne quittait pas une seconde et qui demeurait désespérément muet.

— Si ça se trouve, il est très content là où il est ! Il s'amuse, il voit des amis, il passe du temps avec ses enfants et fait l'amour avec sa femme...

Sans prévenir, un flot de larmes jaillit des yeux de Lorraine.

— Merde ! jura-t-elle en envoyant rageusement l'iPhone à l'autre bout de la pièce.

Amari la toisa avec sévérité, et abandonna les oreilles accueillantes de son fauteuil en velours d'un bleu incertain, « vieux bleu », aurait dit Louise, pour trottiner vers le téléphone et se baisser, lestement en dépit de son âge, pour le ramasser. Avant de le rendre à sa petite-fille, elle le tint d'une main, puis de l'autre, l'approcha de son nez pour le sentir, le contemplant avec une curiosité mâtinée de dégoût, comme on regarde un animal mort.

— Non, tu as raison, poursuivit Lorraine. Je ne dois pas me mettre martel en tête pour si peu, enfin trois jours, quand même, ce n'est pas si peu...

Un froncement de sourcils de la vieille, qui était revenue s'enfoncer dans son fauteuil, suffit à convaincre Lorraine d'abandonner ses divagations.

— Bon, de toute façon, ça ne sert à rien de s'énerver. Il n'est pas là, il n'appelle pas, et je ne suis pas à l'île de Ré pour regarder ce qu'il fait... Et il va falloir tenir un mois comme ça, alors autant s'y habituer tout de suite.

Amari sourit franchement, découvrant des dents qu'aucun thé ni café ni tabac n'avaient jamais jaunies, et les années à peine. Ses yeux s'emplirent d'une douceur de lac, dans lesquels sa petite-fille vint se blottir et s'apaiser.

— Je sais ce que tu vas dire, Ama. Lorraine serra tendrement les frêles épaules de sa grand-mère, resserrant autour d'elle l'étole gris perle qui, été comme hiver, l'entourait. L'amour est une cage sans barreaux... sinon, c'est juste une cage. Et ce n'est pas de l'amour.

L'amour est une cage sans barreaux. C'était, inscrit au dos, le titre de la toile posée sur le manteau de la cheminée.

La lumière vacilla dans les yeux de la vieille femme, dont le bleu prit la couleur de la nuit.

Bénédicte se regardait dans la glace.

Dehors, il pleuvait. Les enfants étaient vautrés dans le canapé devant des programmes débilitants et Cyrille s'était réfugié dans son bureau avec son ordinateur, sous le prétexte fallacieux – et terriblement masculin – de travailler. Pourtant, en entrant dans la pièce sans crier gare, elle avait découvert la veille qu'en fait de travail il jouait au solitaire. Ce qu'il était en effet, solitaire, à la fois trop et pas assez. Mais, quoi qu'il fasse, enfermé là toute la journée, tout valait mieux que de subir l'humeur de dogue qui ne le quittait pas depuis leur arrivée, et que ni le temps maussade ni la promiscuité continuelle de sa famille n'arrangeaient.

Ce que vit Bénédicte dans la glace ce matin-là, alors qu'elle luttait pour ne pas hurler aux jumeaux de baisser le son ou, mieux, d'aller prendre un livre qui les rendrait plus intelligents, ce qu'elle vit en face d'elle et qui la regardait, était le visage d'une femme frustrée. Une femme aux plis naso-géniens creusés, à la bouche ourlée d'amertume et aux yeux où ne brillait aucune joie de vivre. Une femme dont même le grand corps s'affaissait, trahissant une lassitude qu'elle ne parvenait plus à cacher et qui la faisait ressembler à un lévrier afghan efflanqué. Car à vrai dire, dans la vie, Bénédicte s'ennuyait.

Cette salle de bains l'ennuyait, qui n'avait pas été repeinte depuis que ses parents avaient restauré l'aile où elle se trouvait, quelques années après sa naissance alors qu'ils cultivaient encore l'espoir, vite avorté, c'était le cas de le dire, de fonder une famille nombreuse et unie. Cette maison l'ennuyait, où elle avait passé sans exception toutes ses vacances d'été. Mis à part quelques amis de passage, puis, plus tard, quelques pièces rapportées comme disait sa mère pour désigner Cyrille et, plus tard encore, les enfants, les convives ne changeaient guère. Elle savait que Cyrille ne s'y était jamais senti chez lui, faisant bonne figure uniquement pour ne pas faire de peine à ses beaux-parents, qu'il adorait. Mais qu'adviendrait-il maintenant que François était parti ? Bénédicte réalisa qu'avec la mort de son père la maison, où pourtant il n'allait presque plus les dernières années, était morte elle aussi. Elle doutait d'avoir jamais la force – ni la foi – de la ressusciter. À quoi bon, d'ailleurs ? Pour un mari qui s'éloignait et des enfants qui partiraient…

Elle mit sa montre, qu'elle posait soir après soir sur la tablette du lavabo, et grimaça en songeant qu'elle allait devoir sortir sous la pluie pour faire le marché. Même les menus étaient figés : poulet au barbecue-ratatouille le lundi, quiche lorraine – qu'elle se serait empressée de rebaptiser, si elle avait su – salade le mardi, brochettes de bœuf poivrons riz le mercredi, niçoise le jeudi, pâtes au pistou le vendredi, fruits de mer le samedi et le rôti du dimanche suivi de son inévitable tarte au flan… Si Bénédicte avait bien, parfois, essayé de déroger, le pli était pris depuis si longtemps que l'on revenait toujours, par une forme de mémoire cellulaire qui devait imprégner jusqu'aux fourneaux, aux mêmes plats dans le même ordre, semaine après semaine, année après année.

Son mari l'ennuyait, qui ne la touchait plus – il fallait avouer que c'était elle qui, la première, avait lancé la mode de la migraine pour éviter de sentir couler entre ses cuisses son sperme qui l'avait toujours dégoûtée –, et qui, depuis quelque temps, recommençait, elle en était certaine, à vagabonder. Et même ses enfants l'ennuyaient : leurs chamailleries, leurs querelles, leur hermétisme d'huître à tout ce qui, de près ou de loin, ressemblait un tant soit peu à de la culture. Bénédicte avait parfois, et de plus en plus, l'impression d'élever – si l'on pouvait appeler cela élever, tant le niveau général volait bas – une bande de débiles aussi abrutis par la *junk food* qu'ils engloutissaient dès qu'elle avait le dos tourné que par la *junk culture* qu'ils absorbaient d'un œil et d'une oreille, mais en continu et sans même s'en rendre compte, devant la télévision.

D'un geste rageur, ou en tout cas le plus rageur que son éducation bourgeoise et éthérée le lui permettait, elle envoya vers la corbeille – qu'elle rata – un pot de crème hydratante rangé vide et sur lequel elle comptait, et eut un rictus las. Bénédicte se sentait de plus en plus à l'étroit dans sa petite vie d'épouse et de femme au foyer. La seule chose qui, depuis quelque temps, l'excitait, était le lancement du produit sur lequel la société travaillait.

Dès la rentrée, elle avait la ferme intention de s'impliquer beaucoup plus dans l'affaire. Cela la sortirait de la maison, et lui changerait les idées.

***

Enfermé dans son bureau, le portable à la main sur lequel, plusieurs fois déjà, il avait composé, puis effacé, puis composé encore pour l'effacer à nouveau le numéro de Lorraine, Cyrille hésitait. Il y avait maintenant plus d'une semaine que non seulement ils ne s'étaient pas parlé mais que, pour une raison que lui-même ignorait et qui devait s'appeler la culpabilité, même par texto il n'avait pas donné signe de vie. S'il mourait d'envie d'appeler sa maîtresse, quelque chose le retenait.

Les premiers jours, il avait mis son silence sur le compte de l'impossibilité pure et simple de trouver un moment de tranquillité pour s'isoler et téléphoner, ou juste pour envoyer un message. Il savait que Lorraine l'attendait pourtant, d'autant que sa femme et ses enfants étant constamment sur son portable, Bénédicte à l'affût et les jumeaux pour jouer, Cyrille lui avait fait jurer avant de partir de respecter une règle simple : c'était lui qui se manifesterait. Sous aucun prétexte elle ne devait l'appeler ou lui envoyer un sms, qui risquait d'éveiller la curiosité de sa famille, et la colère de sa femme par capillarité. Si elle n'avait pas vraiment apprécié cette mise en quarantaine forcée, Lorraine avait encaissé le coup sans broncher. La situation ne lui laissait guère le choix.

Attentif aux bruits de la maisonnée, les yeux rivés sur la porte, s'attendant à tout moment à voir Bénédicte surgir comme elle le faisait de plus en plus souvent – à croire qu'elle le surveillait –, Cyrille rentra une fois encore les chiffres qu'il avait mémorisés. Au moment où il se jetait à l'eau et appuyait sur la touche verte, les doubles battants s'ouvrirent à la volée. Il eut juste le temps de raccrocher, et de faire semblant d'être absorbé dans la lecture du journal de la veille qui traînait sur la table. Priant pour que sa femme ne s'empare pas de l'appareil, où figurait le numéro qu'il n'avait pas eu le temps d'effacer.

— Tu pourrais peut-être t'occuper un peu de *tes* enfants au lieu de te planquer comme ça dans ton bureau ! entama Bénédicte d'un ton peu amène et en mettant l'accent sur le « tes ». J'en ai marre de tout me taper !

Pris de court, mais soulagé qu'elle n'ait pas fait allusion au portable – elle ne l'avait sans doute pas vu –, Cyrille leva les yeux de la page sports qu'il ne lisait jamais, plia le journal et se leva en soupirant. Mieux valait obtempérer : Bénédicte ne semblait pas d'humeur à discuter.

— Avec ce temps de chien aussi… qu'est-ce que tu veux que je leur fasse faire ? tenta-t-il sans grande conviction, dans un effort qu'il savait vain pour asseoir sa mâle autorité.

— Qu'est-ce que j'en sais ? Débrouille-toi, trouve une idée ! On ne peut pas les laisser vautrés toute la journée devant la télévision ! Ça me rend dingue, moi !

Sur quoi, son mari sur les talons, elle sortit de la pièce, s'empara de la télécommande et arrêta l'appareil.

— Putain, maman, t'es relou ! grogna Octave en allant d'un pas traînant dans la cuisine chercher une canette de Coca. Il sortit de la poche de son jean un tube de Blistex et commença à s'en tartiner. Déjà qu'y a rien à foutre, dans ce bled pourri...

Toujours affalés dans le canapé, les jumeaux disputaient une partie de tennis sur leur DS. Ils ne s'étaient même pas aperçus que la télévision avait été coupée.

— Allez les enfants, on bouge ! clama Cyrille d'un ton qu'il voulait enjoué, mais qui masquait mal sa lassitude. Je vous emmène au McDo !

— Ça va pas, non ?

Au nom du fast-food, Bénédicte se dressa sur ses ergots, prête à mordre. Elle s'était attendue que Cyrille emmène les enfants faire du vélo, ou marcher le long de la plage, qu'il leur fasse prendre l'air. Pas qu'il marque des points en leur offrant leur repas préféré. Car, en dehors du fait qu'elle était excédée, son intention profonde, en demandant à son mari de s'occuper des enfants, était de l'embêter. De les embêter tous, en les sortant de la léthargie confortable dans laquelle ils se complaisaient et en les précipitant sous la pluie.

— Youpi ! hurlèrent les jumeaux, en chœur et en se ruant sur leurs bottes et leurs cirés.

Octave était déjà près de la porte.

— Je peux conduire, P'pa ?

— Vous pourriez au moins y aller à vélo ! ronchonna Bénédicte, sentant que la situation lui échappait et, pis, se retournait contre elle.

— Avec ce temps...

Cyrille laissa sa phrase en suspens, et tendit à son

fils les clefs de la voiture. Laissant leur mère plantée dans l'entrée, et pour une fois à court d'arguments, ils sortirent tous les quatre en courant.

— J'imagine que tu ne veux pas te joindre à nous ? demanda Cyrille avant de s'engouffrer sur le siège passager.

Bénédicte regarda son mari d'un air torve. Sans remarquer, derrière le rideau de gouttes qui les séparait, l'œillade narquoise et triomphante qu'il lui adressait.

Lorraine était avec son père dans les rosiers, lorsque retentit le Klaxon de la voiture de Patrice qui remontait l'allée. Le chirurgien aimait bien signaler son arrivée, afin que tout le monde puisse apprécier la dextérité avec laquelle il conduisait sa grosse cylindrée. Une Porsche Cayenne, cette année.

Occupé à montrer à sa cadette les progrès considérables de la désormais officiellement baptisée « Rousse de Lorraine », une rose d'un vermillon éclatant qui, en plus de sa couleur et de son velouté, offrait un parfum étonnamment poivré, Jean ne fit pas le moindre mouvement pour aller accueillir l'aînée.

— On ne va pas dire bonjour ? s'étonna Lorraine, que son père avait habituée à plus de civilité.

Quand elle était arrivée avec les enfants, il avait été le premier à se précipiter pour les embrasser. Mais Lorraine était Lorraine, et Jean adorait ses petits-enfants.

— Pfff... Jean haussa les épaules d'un air accablé. Elle sait où nous trouver, va. Et puis j'aime pas ce type !

Décidément, dans la famille, le compagnon de Julie faisait l'unanimité ! Il n'y avait guère que Christiane pour faire preuve à son égard d'un peu de mansuétude, et encore : c'était parce que avaler les couleuvres faisait tellement partie de sa nature qu'elle ne les voyait même plus. Ni pour elle-même ni pour les autres.

Dans la cour, les coups de Klaxon redoublèrent, laissant deviner l'impatience du conducteur. Le comité d'accueil n'avait pas dû être à la hauteur de ses espérances.

— J'arrive, j'arrive, ohhhh ! Keepeu cool ! claironna la voix flûtée de Christiane.

Elle déboula de sa cuisine entourée de son tablier, sur lequel elle essuya ses mains pleines du sang du poulet qu'elle était en train de vider. Bastien la suivait, la taille ceinte d'un grand torchon qui lui donnait des airs de garçon de café. Indifférente aux tâches et aux débris qui maculaient le tissu, Julie prit sa mère dans ses bras et l'embrassa presque avec soulagement. Quant à Patrice, il saisit à peine la main qu'elle lui tendait, préférant lui serrer le poignet de deux doigts d'un air dégoûté. Habitué à triturer des corps humains à longueur de journée, il ne supportait pas la vue du sang hors d'un champ opératoire soigneusement balisé.

— Vous avez fait bon voyage ? demanda Christiane de sa voix de maîtresse de maison, le regard immédiatement attiré par le diamant gros comme le Ritz qui étincelait au doigt de sa fille.

Julie lança un regard à Patrice, comme pour savoir ce qu'elle devait répondre. À en croire sa mine défaite, il était clair que le voyage n'avait pas été aussi bon que ça. Furieux d'aller chez les parents de Julie, le chirurgien lui avait fait des remontrances durant tout le trajet, ne s'arrêtant que lorsqu'il était parvenu à la faire pleurer. Pour la railler immédiatement après de ce qu'elle pleurnichait comme une gamine.

— Excellent ! répondit Patrice avec un sourire mielleux. Et puis quel accueil ! C'est agréable de se sentir attendu ! ne put-il s'empêcher d'ironiser.

— Où sont les autres ? demanda Julie en ignorant la pique de son amant.

Christiane haussa les épaules, désignant le jardin d'un geste vague.

— Oh, tu sais... ils ont emmené la grand-mère, et la grand-mère a emporté de la limonade alors... à mon avis ils doivent tous être en train de bavassser dans les rosiers.

Si la cuisine et le potager étaient son domaine, les rosiers étaient la chasse gardée de son mari et de sa mère, dont elle se sentait tacitement exclue sans pour autant avoir jamais exprimé la moindre envie d'y mettre les pieds.

— Ah ! Parce que les rosiers c'est plus important que la famille ! poursuivit Patrice d'un air pincé.

À peine arrivé, il avait déjà envie de mordre. Cette bande de ploucs, cette vieille baraque... l'environnement de sa femme – Julie n'était pas sa « femme », ils n'étaient pas encore mariés, mais Patrice la considérait avec la même possessivité – étaient tout ce qu'il détestait. Il ne voulait qu'une seule chose : écourter son séjour, et retourner dans sa maison d'architecte et à ses mondanités de notable de province.

Si Christiane n'avait cure des provocations de son « gendre » – qui n'était pas son gendre, et en son for intérieur elle priait pour qu'il ne le devînt jamais, bien que la nouvelle bague de Julie fût de fort mauvais augure –, elle n'était pas dépourvue d'une certaine repartie. C'était une femme douce et soumise, mais il ne fallait pas la chercher.

— Les roses *font* partie de la famille, lâcha-t-elle sur un ton glacial, en fixant Patrice droit dans les yeux. Si vous faisiez un peu attention à ceux qui vous entourent, c'est quelque chose que vous auriez compris, depuis le temps...

Julie esquissa un sourire, qu'elle masqua aussitôt en baissant la tête.

— Je vous laisse, souffla-t-elle. Je vais dire bonjour à papa et à Lorraine.

— Tu pourrais m'aider à décharger la voiture ! répliqua Patrice.

Mais Julie était déjà loin, en train d'enjamber les hautes herbes et les coquelicots sur le sentier qui menait à la roseraie.

— Décharger la voiture... mais c'est un truc d'homme ! Vous ne voudriez pas que ma fille vous dévirilise en accomplissant à votre place ce genre de corvée ?

Patrice regarda Christiane avec circonspection, se demandant si ce qu'elle venait de dire était du lard ou du cochon. Son sourire en coin avait l'air d'indiquer qu'elle se fichait de lui, mais il n'en était pas sûr. Et à quoi bon s'emporter, quand Julie n'était pas dans le coin pour assister à la scène cornélienne qui opposerait son amant à sa mère... et en souffrir ?

Sans un mot, il alla à la voiture et entreprit de la vider. Christiane l'observa un moment d'un air satisfait, avant de tourner les talons et, entraînant Bastien à sa suite, de retourner dans la cuisine. La préparation du dîner les attendait.

***

— Tu n'es pas obligée de te goinfrer comme ça, tonna Patrice d'une voix cinglante alors que Julie se resservait de poulet au verjus. Depuis sa plus tendre enfance, ce poulet en cocotte déglacé avec le jus de raisin de la treille cueilli avant sa maturité était son plat préféré. Tu n'es pas enceinte, que je sache !

Jusque-là, grâce à la qualité des mets et aux vins choisis par Jean pour fêter la présence de sa famille au grand complet, le dîner ne s'était pourtant pas trop mal passé. Même Louise, dûment bakchichée par son frère avant de passer à table, avait, une fois n'est pas coutume, mangé comme tout le monde et de bon appétit. En insistant sur les pommes de terre sarladaises, sautées à cru dans la graisse d'oie et parfumées d'ail et de persil, qu'elle adorait. Elle savait pourtant que, dès le lendemain, ses jeans et la vieille balance de la maison – qui indiquait deux kilos de trop depuis des années – le lui feraient payer.

Il avait fallu que Julie se resserve, comme tout le monde autour de la table d'ailleurs, pour que son compagnon, d'humeur sirupeuse et charmante – il avait largement complimenté la cuisinière, et apprécié avec emphase le chasse-spleen de son hôte –, sorte de ses gonds de la manière excessive et imprévisible qui le caractérisait. Tous les regards se tournèrent vers lui, et Julie remit en baissant les yeux les deux morceaux de blanc dans le plat. Ravalant ses larmes, sa honte… et peut-être sa faim.

— Sers-toi, Julie ! insista sa mère d'une voix protectrice, en défiant le chirurgien du regard.

Si, par amour et par peur de le perdre, Christiane n'avait jamais osé s'opposer à son mari, il en était tout autrement de ce blanc-bec pour qui elle n'éprouvait rien, que de l'indifférence et, en cet instant, de la colère. Une colère froide de femelle dont on attaquait les enfants.

— Mange, ma chérie, poursuivit-elle en remplissant elle-même l'assiette de sa fille. Moi, ça me fait plaisir que tu fasses honneur à ma cuisine !

Sans répondre, Julie baissa les yeux sur son assiette pleine en faisant nerveusement tourner sa bague sur son doigt. Patrice se mordit les lèvres, et chercha dans les visages figés qui observaient la scène un soutien. En vain. En croisant le regard d'acier d'Amari, il détourna vivement les yeux, comme s'il s'était brûlé.

— Une femme qui n'est même pas foutue de faire un enfant à l'homme qu'elle aime n'a pas besoin de manger pour deux…, ajouta-t-il néanmoins. Autant pour se justifier que pour provoquer l'assemblée, dont il ne supportait pas, ni ne comprenait, tant il était sûr de son fait, l'évidente hostilité.

Jean leva son verre, et observa la robe du vin avant d'en déguster une longue gorgée.

— Il faut être deux pour danser…, susurra Christiane d'une voix à la douceur dangereuse.

Ama planta ses yeux dans ceux de sa fille, comme pour l'encourager.

— Que voulez-vous insinuer ? rugit Patrice du tac au tac.

Hormis le bruit des couverts dans les assiettes, on aurait pu entendre une mouche voler. On se serait crus dans un feuilleton français.

— Vous êtes médecin, non ? Vous devriez le savoir.

La bouche pincée, le chirurgien serrait les poings et les desserrait. Julie lui prit le poignet d'un geste apaisant, qu'il retira brusquement, manquant de renverser son verre. Une fourchette tomba à terre dans un bruit assourdissant.

— Laisse, maman…, murmura Julie d'une voix étranglée.

Ama fixait la scène avec intensité. On aurait dit qu'elle voulait parler.

— Moi, ce que j'en dis, intervint Louise en se servant, à la surprise générale, une montagne de pommes de terre, c'est qu'à la place de Julie je ferais pareil !

Comme tout le monde la regardait sans comprendre, elle crut bon d'expliquer :

— Bah oui – mâchonnant une pomme de terre –, si j'avais un mec comme Patrice, moi, je ferais tout pour ne pas avoir d'enfant avec lui. Pas envie d'être collée à un gus pareil pour le restant de mes jours !

La gifle partit sans que personne l'ait vue venir.

— Non mais ça va pas ? hurla Louise en portant la main à sa joue, où une tâche rouge commençait à s'étaler.

Elle fondit en larmes, et courut se réfugier en haut de l'escalier. Lorraine lança un regard noir au chirurgien, avant de se précipiter sur les pas de sa fille.

— Non mais il est malade, ce mec !

Bastien se leva, outré, et s'avança vers Patrice avec l'envie d'en découdre. Entre hommes.

— Oh toi, la tapette…, ricana le chirurgien.

Bastien se figea sur place. Julie éclata en sanglots, et sa mère vint la prendre dans ses bras. Jean, qui jusque-là n'avait pas dit un mot, se leva à son tour, dépliant sa grande carcasse impavide empreinte d'une silencieuse mais implacable autorité.

— Suivez-moi à côté, Patrice. J'aimerais avoir avec vous une petite conversation.

— Mais… Patrice ne bougeait pas, soudain intimidé.

— À côté.

La voix de Jean claqua cette fois comme un coup de fusil, et le chirurgien le suivit sans plus tenter de négocier.

— Patrice…, commença Jean d'une voix glaciale, en s'asseyant derrière son bureau, sans un geste pour inviter son interlocuteur à en faire autant. Je n'ai pas pour vous une grande considération, mais dans la mesure où ma fille vous a choisi j'imagine que je dois faire avec. Pour le moment… – Comme pour souligner la menace, il laissa quelques secondes sa phrase en suspens. – Il y a néanmoins un certain nombre de règles que je vous demanderai de bien vouloir respecter…

— Je…, protesta le chirurgien, à la fois outré et déconfit de ce qu'il entendait.

S'il ne digérait pas le fait d'avoir été humilié devant les femmes et entraîné dans le bureau comme un collégien, il supportait encore moins l'idée qu'on puisse ne pas l'aimer.

— Ne m'interrompez pas et écoutez-moi ! tonna Jean en le fusillant du regard. Vous êtes ici sous mon toit. Alors vous vous tenez correctement et vous arrêtez d'emmerder ma fille ! Et d'ailleurs…

Jean se déploya de toute sa hauteur, et pointa vers le compagnon de Julie un doigt accusateur.

— Je...

— Taisez-vous, nom de Dieu, et laissez-moi finir ! D'ailleurs, reprit-il, de quel droit vous comportez-vous comme ça avec ma fille ? Vous n'êtes même pas son mari !

Un blanc emplit la pièce. Les deux hommes se mesuraient comme deux coqs de combat prêts à se sauter à la gorge. Jean, que la tirade avait échauffé, reprenait son souffle sans lâcher le chirurgien du regard.

L'air était empreint de brutalité.

— Et vous..., susurra Patrice d'une voix dangereuse. Ca vous va bien de jouer les patriarches offusqués, mais...

Il hésita un court instant, cherchant la phrase qui pourrait blesser. Humilié, Patrice voulait faire mal.

— Qu'est-ce qui me dit que vous êtes son père ?

Jean accusa le coup. Son corps se raidit, il perdit d'un coup dix centimètres et le sang se retira de son visage.

— Qu'est-ce que vous allez insinuer ? bafouilla-t-il sans parvenir à retrouver sa superbe. Vous n'avez pas le droit de dire une chose pareille, je vous l'interdis !

— Touché ! dit le chirurgien en se haussant du col.

Puis il tourna les talons et sortit, laissant Jean interdit.

***

Au même moment, de retour dans la cuisine, Lorraine était en train de tapoter la joue de sa fille avec un torchon rempli de glace. Le dos contre le réfrigérateur, Julie triturait nerveusement le caillou que Patrice lui avait offert.

— Il est complètement dingue, ce type ! explosa Lorraine. Tu ne peux pas rester avec lui, Ju. Il finira par te battre comme il a frappé Loulou !

Et comme le font tous les pervers de son espèce quand les mots ne suffisent plus à anéantir leur victime, songea-t-elle sans oser s'appesantir sur le sujet pour ne pas effrayer sa sœur plus qu'elle ne l'était déjà. Lorraine savait qu'il faudrait amener Julie sur ce terrain pour la convaincre de se sortir des griffes du monstre, mais en douceur. Elle comptait sur le peu de temps qu'elles allaient passer ensemble cet été pour trouver l'occasion de lui parler.

Avec une théâtralité exagérée, Louise rajouta de la glace dans le torchon. Elle avait maintenant tout le côté du visage écarlate.

— Je suis vraiment désolée, Loulou. Il ne voulait pas te frapper, tu sais…, commença Julie sans cesser de faire tourner sa bague. C'est pas de sa faute. Il est crevé, en ce moment, et puis, avec cette histoire de bébé…

— Non mais sérieux, Julie. Louise regarda sa tante droit dans les yeux. Sérieux. Tu te vois vraiment avoir un enfant avec un connard pareil ? T'imagines le gamin ?

Christiane arrêta de rincer les assiettes, et Lorraine ferma le lave-vaisselle d'un coup de pied. Accoudé au plan de travail, Bastien fixa Julie, qui baissa les yeux.

— Je sais pas, dit-elle enfin dans un souffle.

Christiane ôta son tablier, et vint s'accroupir devant sa fille. Elle lui prit les mains un peu fort, et la força à la regarder.

— Regarde-moi, Julie. C'est peut-être pour ça que tu ne tombes pas enceinte, tu sais. C'est peut-être ton inconscient qui t'en empêche. Ton corps lutte de toutes ses forces pour ne pas porter l'enfant de ce euh... type. Parce qu'au fond de toi tu sais que tu n'en veux pas. Ni de l'homme ni de l'enfant, alors...

On entendit une porte claquer, et des pas dans l'escalier. Patrice passa devant la cuisine, avec sur le visage un air satisfait. Il adressa un signe de tête à Julie, qui se leva et, sans un mot, le suivit dans leur chambre.

En montant se coucher à son tour, une heure plus tard, après avoir échafaudé avec sa mère des plans pour sortir Julie des griffes de ce fou, Lorraine regarda machinalement son portable. Il y avait, venant de Cyrille, trois appels manqués.

— Bon alors maintenant tu peux m'expliquer pourquoi on est partis aux aurores comme des voleurs ?

Dans la voiture qui les ramenait à Rouen, Julie osa enfin rompre le silence qui ne les avait pas lâchés depuis leur départ précipité, à cinq heures du matin. Patrice avait tourné en rond dans la chambre toute la nuit, avant de décider, sur le coup de quatre heures, que la seule solution après la scène de la veille était de décamper. Le plus tôt serait le mieux, le but étant de ne croiser personne – et surtout pas Jean – et de ne pas avoir à se justifier.

Julie aurait préféré rester au moins jusqu'au petit déjeuner, mais l'air sombre de son compagnon ne présageait rien de bon et lui coupa toute envie de négocier. Toujours est-il qu'elle ne comprenait pas pourquoi ils s'étaient enfuis, car on ne pouvait pas appeler cela un départ. Les conséquences que cette fuite ne manquerait pas d'avoir sur ses relations avec sa famille – sa mère allait faire une crise, et son père lui opposer une rage froide – méritaient une explication.

Elle tourna la tête vers Patrice, l'interrogeant à nouveau d'un regard muet.

Concentré sur la route, que l'aube éclairait d'une lumière rosée qu'en d'autres circonstances ils n'auraient pas manqué d'apprécier, le chirurgien mit un temps avant de répondre. Comme s'il cherchait ses mots, ceux qui feraient mouche plus que ceux qui la ménageraient.

Même s'il ne pouvait pas en être sûr à cent pour cent, la conversation de la veille lui avait laissé entrevoir une manière de renforcer encore son emprise sur Julie. Son esprit retors avait inventé le reste.

— Tu veux savoir pourquoi on est partis…

Plus qu'une question, c'était une menace. Julie en perçut la gravité, et fut sur le point de répondre que non, finalement, elle ne voulait rien savoir du tout, elle lui faisait confiance et il devait certainement avoir ses raisons. Mais, les lèvres serrées dans un sourire qui avait quelque chose de sadique, Patrice poursuivit.

— Eh bien ma petite chérie, si tu veux tant que ça le savoir tu vas le savoir.

Quittant des yeux la route où, heureusement, à cette heure-ci et en plein mois d'août, il n'y avait personne, le chirurgien regarda Julie par-dessus ses lunettes de soleil. Et commença à distiller son venin.

— Ton père n'est pas ton père.

— Quoi ?

Le souffle coupé, Julie regarda son compagnon, se demandant cette fois-ci où il voulait en venir. Habituée à ses crises et à ses paroles blessantes, elle ne l'avait jamais vu faire preuve d'une telle cruauté. Gratuite, en plus.

— Tu dis n'importe quoi ! s'emporta-t-elle, regrettant sur-le-champ de n'avoir pas su ravaler ses mots. Patrice n'allait pas manquer de le lui faire payer.

Mais c'est d'une voix étonnamment douce qu'il lui donna sa version, édulcorée et enjolivée de moult précisions tout droit issues de son imagination, de la conversation qu'il avait eue la veille au soir avec Jean. Et qu'il lui livra, omettant de dire qu'il s'agissait de sa part de simples spéculations, les conclusions auxquelles il était complaisamment arrivé.

— Tu ne t'es jamais demandé pourquoi tu ressemblais si peu à ton père, alors que ta sœur lui ressemble autant ? Pourquoi tu es la seule noiraude de la famille, avec un père rouquin et une mère blonde ? Pourquoi tu as les yeux noirs, quand ils ont tous les yeux clairs ? Tu ne sais pas que les gènes des yeux clairs et des cheveux clairs sont récessifs, tu l'as appris pourtant...

— Arrête !

Julie recevait les mots comme des gifles. Patrice la regarda d'un air faussement désolé.

— Franchement, ma pauvre chérie, tu me déçois, là... Tu ne t'es jamais demandé pourquoi il y a entre ton père et ta sœur une telle connivence, une complicité dont tu es exclue... tu ne t'es jamais demandé *pourquoi* tu étais exclue ?

— Arrête, Patrice !

Au fur et à mesure que le chirurgien parlait, Julie s'enfonçait dans son siège comme pour y disparaître ou s'y noyer.

— Tu ne t'es jamais demandé...

— Arrête à la fin !

Éclatant en sanglots, Julie se mit à frapper Patrice des poings et des pieds. Celui-ci gara la voiture sur le bas-côté, et lui saisit fermement les poignets.

— Mais c'est qu'elle va nous envoyer dans le décor ! gronda-t-il. Sa voix avait perdu toute sa douceur, et retrouvait les intonations belliqueuses auxquelles Julie était habituée.

— Arrête, tu me fais mal… Sa voix comme un filet.

Mais Patrice n'en avait pas fini de ses explications ; à vrai dire, il n'avait même pas commencé.

— Tu as entendu parler de l'IAD ?

Comme Julie le regardait avec des yeux ronds, il lui fit un cours du même ton docte et pontifiant qu'il employait avec les jeunes internes.

— L'insémination avec donneur. Officiellement, la pratique est apparue en France en 1973 avec l'ouverture des premières banques du sperme, mais tout le monde sait qu'elle était déjà exercée dans la clandestinité. La clinique où tu es née était d'ailleurs connue, même si on n'en parlait pas, pour ses « technologies innovantes » et « l'ouverture d'esprit » de ses praticiens. Tu vois ce que je veux dire…

Julie ne voyait rien du tout, ce qui n'empêcha pas Patrice de continuer.

— Il se trouve que ton père, broda-t-il d'un air sûr de lui, pour une raison que j'ignore mais qui peut être due à sa forte exposition aux insecticides, à moins que ce ne soit parce qu'il fabriquait des anticorps anti-spermatozoïdes, souffrait d'oligoasthénotératospermie.

Oligoasthénotératospermie. Après s'être demandé comment expliquer l'infertilité de Jean, Patrice s'était dit que plus le mot serait compliqué, plus il aurait de chances de convaincre Julie. Sans le savoir, il n'était pas tombé loin de la vérité.

Il marqua une pause, comme pour reprendre son souffle.

— En gros ça veut dire que les spermatozoïdes sont présents dans l'éjaculat, mais soit en quantité insuffisante, soit présentant une mobilité non satisfaisante pour permettre une fécondation naturelle, soit affligés de malformations. Bref, tout ça pour dire que ton père ne *pouvait pas* avoir d'enfants… Et donc…

Un mauvais sourire se dessina sur les lèvres du chirurgien.

— Et donc, il a eu recours à une petite manipulation qui a permis de te concevoir, avec l'assistance d'un donneur anonyme.

— Et Lorraine ? fut la seule chose que Julie fut capable de dire, sonnée qu'elle était après cette démonstration implacable.

Des souvenirs affluaient, qui remontaient à divers moments de son enfance où, imperceptiblement, elle avait ressenti entre son père et Lorraine une complicité dont, en effet, elle était exclue. Une fleur qu'il offrait à sa fille cadette, un bonbon qu'il pensait à lui rapporter, la place sur ses genoux au petit déjeuner et jusqu'à l'histoire au moment du coucher qu'il montait raconter à Lorraine et pas à Julie, sous prétexte que celle-ci était grande et qu'elle n'avait pas besoin de ça pour s'endormir. Et la lumière aussi, qu'il laissait allumée dans le couloir pour sa sœur, quand il savait qu'elle-même ne pouvait s'endormir que dans le noir complet.

— Lorraine est née naturellement un an plus tard. Entre-temps, il était passé aux cultures bio…

— Tu dis n'importe quoi ! s'exclama Julie en se ruant sur la portière de la voiture.

Elle étouffait, et avait besoin de prendre l'air. Mais Patrice lui saisit le poignet, et la força à rester sur son siège.

— C'est lui-même qui me l'a dit, mentit-il. Pas plus tard qu'hier.

— Mais pourquoi ?

Julie ne comprenait pas. Pourquoi son père – malgré tout ce que lui avait révélé Patrice, elle ne pouvait penser à Jean en d'autres termes –, pourquoi son père aurait-il dévoilé à Patrice un secret qu'à elle et à sa sœur il avait toujours caché ?

— Parce qu'il voulait t'excuser, expliqua Patrice qui avait anticipé cette question. – Si l'homme était un salaud, il était loin d'être un idiot. – Il voulait justifier le fait que tu ne puisses pas avoir d'enfants, en me donnant des arguments médicaux qu'à son sens – levant les mains, il mima des guillemets – je devais pouvoir comprendre.

Jamais ils n'avaient évoqué cette question avec Jean, jamais ils n'avaient parlé d'enfant même s'ils avaient abordé la question de la paternité, mais c'était pour Patrice le moyen de ramener Julie sur son terrain de prédilection. Un terrain où elle échouait, et où il était facile de la rabaisser.

— Je ne vois pas le rapport… La confusion et le chagrin empêchaient Julie de raisonner.

— On appelle ça les constellations familiales quand il y a un truc dans une famille qu'inconsciemment chaque génération reproduit. Ton père n'est pas ton père parce qu'au moment de ta conception il ne pouvait pas avoir d'enfants. Du coup, tu ne peux pas en avoir non plus…

Fier de son histoire, qu'il avait montée de toutes pièces sur de simples présomptions, il fusilla Julie du regard, insensible aux larmes qui dévastaient maintenant son visage.

— Sauf que moi, ce genre de théorie psy à la con, je n'y crois pas une seconde.

Il lui tendit un mouchoir, et lui enserra la nuque d'un geste plus possessif que protecteur.

— Tu vois, ton père, ta mère… Ils t'ont tous menti. Tu n'as plus que moi maintenant.

Il remit le contact et déboîta. Le jour était maintenant complètement levé sur la route déserte.

Elle n'avait pas répondu.

Cyrille avait appelé trois fois, après le dîner, à l'heure où normalement chacun a fini de s'acquitter de sa part de tâches ménagères et où on peut laisser filer la soirée. Il imaginait Lorraine en famille sur la longue terrasse recouverte de vigne – elle la lui avait si bien décrite qu'il pouvait presque entendre le bruissement du vent dans les feuilles –, en train de siroter une tisane ou un armagnac, discutant botanique avec son père sur fond de crapauds et de grillons. À moins qu'elle n'ait été en train d'échanger quelques recettes avec sa mère, mais, il ne savait pas pourquoi, Cyrille l'imaginait plus volontiers avec Jean ; mis à part sa grand-mère qu'elle semblait adorer, c'était de son père qu'elle lui avait le plus souvent parlé.

Elle n'avait pas répondu, et depuis plusieurs jours, Cyrille ressassait. Sur le coup, il avait été étonné – comment se pouvait-il qu'elle ne réponde pas ? – puis meurtri : elle ne voulait pas répondre ? Une fois, passe encore, mais trois… Peut-être faisait-elle la gueule, peut-être avait-il trop tardé ? Il avait ensuite éprouvé de la colère : pourquoi ne répondait-elle pas alors qu'elle était disponible et que lui prenait le risque de l'appeler ? Il en était maintenant au stade de la jalousie : Lorraine ne répondait pas à onze heures du soir... et si elle ne lui avait pas dit toute la vérité sur ses vacances en Dordogne, et si elle allait retrouver quelqu'un ? À moins qu'elle ne vînt juste de le rencontrer ? Et si, contrairement à ce qu'elle lui avait assuré, la Dordogne en été regorgeait de mâles célibataires ou pire d'amis d'enfance fraîchement divorcés ? Et si elle n'était pas en Dordogne du tout ?

Il fut interrompu dans ses pensées par l'arrivée des jumeaux, en bottes de caoutchouc trempées et crottées, qui brandissaient ce qui avait l'air d'être une souris morte mais s'avéra être un chaton bien vivant et terrifié.

— Vous pourriez peut-être frapper avant d'entrer, non ? aboya Cyrille, furieux d'être dérangé.

Son bureau était le seul endroit où il pouvait espérer avoir la paix, et voilà que les gamins, à l'instar de leur mère, se mettaient eux aussi à y entrer comme dans un moulin.

— Pas les bottes dans la maison ! hurla Bénédicte à leur suite. Je vous l'ai dit combien de fois ? Puis, s'adressant à son mari qui ne bougeait pas d'un iota : tu ne pourrais pas leur dire ? Fais l'homme pour une fois !

Devant toute cette adversité, et se demandant comment il pouvait encore faire l'homme, Cyrille se plongea dans les pages météo du journal. Encore de la pluie ici, et – son regard se posa machinalement sur le département de la Dordogne – du soleil là-bas. Il parvint à lire quelques instants, mais c'était sans compter la ténacité de Lucrèce qui, lorsqu'il s'agissait d'animaux, avait la fâcheuse habitude de ramener tout ce qu'elle trouvait, avec la ferme intention de l'adopter. La maison avait déjà connu une ribambelle de chats, chiots, oiseaux blessés et autres crabes pour lesquels – lorsqu'ils ne mouraient pas pendant l'été –, il fallait à la fin des vacances trouver un foyer. Avec, chaque fois, les mêmes bouderies et autres crises de larmes au moment de les donner.

— Regarde ce qu'on a trouvé, papa ! s'exclama Lucrèce. Tu as vu comme il est mignon ! On peut le garder ?

— Et le rapporter à Paris, pour une fois ? – Jules était un grand amoureux des chats. – Allez, papa !

Comme pour plaider sa propre cause, le chaton marcha avec une grâce précautionneuse sur le bureau et vint placer sa tête aux oreilles démesurées sous la main de Cyrille. Il commença à ronronner en fermant les yeux avant même que celui-ci, machinalement, ne se mette à le gratter au-dessus du nez.

— Il est mignon, non ? insista Lucrèce, sentant que son père était sur le point de craquer.

Encore un point commun que Cyrille avait avec les petits, et que ni Bénédicte ni son aîné ne partageaient : il adorait les chats, et n'avait rien contre l'idée d'en avoir un à Paris. Bien au contraire. Les jumeaux le savaient, qui vinrent s'installer chacun sur un genou afin de poursuivre leur numéro de charme.

— Virez-moi ça de là ! tonna Bénédicte en empoignant le chaton par la peau du cou et en se dirigeant vers la sortie. Humide et toute molle, la bête se laissa pendre dans la main de Béné en lançant aux enfants des regards implorants.

— Mais tu ne vas pas le remettre dehors, maman ! Il pleut des cordes ! Il va se noyer !

Tandis que Jules tirait sur la manche de sa mère pour lui faire lâcher le chat, Lucrèce se mit à pleurer. Mais Bénédicte était déterminée, et rien ne pouvait l'arrêter.

— Non mais alors ? Qui est-ce qui commande, dans cette maison ? intima-t-elle à la cantonade en jetant un regard noir à son mari.

Sans un mot, Cyrille se leva et prit un ciré.

— Je vais faire un tour. Tu as besoin de quelque chose ?

— Tu peux prendre du pain et les quiches pour ce soir…, commença Bénédicte.

— On peut venir avec toi, papa ? Jules, qui ne ratait pas une descente chez le pâtissier.

— *Personne* ne vient avec moi !

Cyrille sortit sous la pluie battante, avalant avec avidité de grandes goulées d'air frais. Cette maison, cette île lorsqu'il pleuvait, avec les enfants qui tournaient en rond et Bénédicte qui, par désœuvrement, déployait encore plus d'énergie à tout régenter, étaient son cauchemar.

Il marcha longtemps, oublia évidemment les quiches et le pain, et lorsqu'il revint, trempé, il fit signe aux jumeaux de le rejoindre discrètement dans son bureau. De la poche de son imper, deux grandes oreilles se dressèrent suivies de deux billes bleues. Et du petit corps tigré et désormais réchauffé du chaton.

— Chut ! intima Cyrille en mettant un doigt sur ses lèvres, pour empêcher Lucrèce de sauter de joie. C'est une fille, on va l'appeler Rose.

Ils installèrent des coussins dans un recoin derrière le canapé.

— Elle sera bien, là... Mais ne dites rien à votre mère avant que je lui en aie parlé !

Ainsi, Rose prit ses quartiers dans le bureau de Cyrille. En faisant ce cadeau à ses enfants, il venait de signer, sans en être vraiment conscient et jusqu'à la fin de l'été, l'entrée dans les parties communes de son unique îlot de tranquillité.

— Mais qu'est-ce que tu lui as dit pour qu'ils filent comme ça, comme des voleurs ? Ils ne sont même pas restés vingt-quatre heures !

Depuis que Julie et Patrice étaient partis, Christiane ne cessait de harceler son mari. Elle le suivait partout, jusque dans les rosiers où, emportant la grand-mère, il allait se réfugier. Pour elle, il ne faisait aucun doute que c'était la conversation qu'il avait eue dans le bureau avec le compagnon de sa fille qui les avait fait s'enfuir. Mais pourquoi ? Jean éludait la question en suggérant que Julie et son compagnon avaient aussi bien pu se disputer, et que c'était pour cela qu'ils étaient rentrés. Mais pourquoi, dans ce cas, Julie restait-elle injoignable, ne répondant ni aux messages de sa mère ni à ceux de sa sœur, quand son portable n'était pas tout bonnement éteint ?

Ils étaient tous à table, le troisième soir, lorsque Jean finit par avouer l'idée qui, dans son esprit, à force de se repasser mentalement son entrevue avec Patrice, commençait à s'imposer. Et dont la cruauté le taraudait.

Avalant une dernière bouchée de paupiettes, il posa ses couverts dans son assiette, et la repoussa devant lui, dans un geste qui avait le don d'exaspérer Christiane. Presque autant que lorsque, versant un peu de vin dans le fond de son bouillon, il sacrifiait à la tradition paysanne locale et faisait « chabrol » – qui se disait « chabro ».

— Je me demande si je n'ai pas gaffé…

— Qu'est-ce que tu as fait ? demanda Lorraine, que les événements des derniers jours, ajoutés au silence de Cyrille – car bien sûr, depuis les trois appels manqués, il ne s'était plus manifesté –, avaient mise à fleur de peau.

Christiane toisa son mari d'un air incrédule. Se pouvait-il… ? Elle secoua la tête pour chasser le pressentiment qui l'assaillait, sans pour autant parvenir à s'en débarrasser.

— Ne me dis pas…, commença-t-elle d'une voix blanche. Le regard que lui lança Jean, coupable et désespéré, lui donna la réponse qu'elle redoutait. Tu ne lui as pas dit *ça* ?

— Je ne lui ai rien dit, protesta Jean, tentant piteusement de se justifier. Mais je me demande s'il n'a pas deviné.

Il revoyait la scène. « Qu'est-ce qui me dit que vous êtes son père ? » avait craché Patrice, et lui, au lieu de le renvoyer dans ses buts ou de lui rire au nez, s'était rabougri. Il pouvait encore sentir *physiquement* l'impression qu'il avait eue lorsque, sous le choc, son corps s'était tassé. Il avait bafouillé une réponse qui ressemblait à des excuses. Nul doute, il en était à présent certain, que le chirurgien en avait tiré des conclusions hâtives mais néanmoins justes, qu'il n'avait pas dû manquer d'enjoliver avant de tout déballer à Julie. Brutalement, car telle était sa manière et tel était son plaisir.

— Ce serait trop vous demander de vous exprimer de façon que tout le monde puisse comprendre ? insista Lorraine, que les mots couverts de ses parents commençaient à irriter. Elle se tourna vers son père. Tu lui as dit…

— Mais non ! Je ne…

— Bon, O.K. Lorraine laissa échapper un soupir exaspéré. Qu'est-ce que tu ne lui as *pas dit* mais qu'il a compris tout seul et qui a fait qu'ils sont partis ?

— Rien, coupa Christiane précipitamment, sans laisser à son mari le temps de répondre. C'est une histoire entre ton père et moi.

Elle lança à celui-ci un regard autoritaire. Maintenant tu te tais, tu as fait assez de mal comme ça, semblait-elle dire.

Mais Jean ne l'entendait pas de la sorte. Si, pendant de longues années, dans un accord tacite ils avaient gardé pour eux seuls le secret, d'abord parce qu'ils n'avaient jamais su comment l'avouer à Julie, puis parce que, le temps passant et les filles devenant adultes, ils avaient estimé que c'était trop tard. Plus ils tardaient, plus ce qui n'avait été qu'une simple omission devenait un mensonge, avec les conséquences que cela impliquait. Le fait que quelqu'un, après toutes ces années, ait pu le deviner, le soulageait. Très égoïstement, et sans vraiment pouvoir se l'expliquer, il se sentait déchargé d'une partie de son secret, et s'en sentait plus léger. Un peu comme celui qui trompe sa femme et le lui dit, pour ne pas porter le poids de la culpabilité. Sauf, et c'était encore mieux, qu'il n'avait même pas eu besoin de le dire : c'était son corps, et pas lui, qui avait parlé.

— Je pense qu'il a compris que...

— Tu ne veux pas qu'on en parle plus tard tous les deux ? trancha à nouveau Christiane.

Mais Jean était sur sa lancée, et plus rien ne pouvait l'arrêter.

Il regarda sa femme, puis Lorraine et enfin ses petits-enfants. Dans son fauteuil au bout de la table, Amari observait.

— Je pense qu'il a compris, répéta Jean d'une voix altérée, je pense qu'il a compris comment Julie était née.

— Mais tu es vraiment trop con ! explosa Christiane en se levant, jetant sa serviette sur la table et prenant ce qui lui tombait sous la main pour l'emporter dans la cuisine. Elle fit quelques pas, sembla réfléchir et regagna sa place, le visage crispé. Mieux valait rester là, et empêcher son mari de gaffer plus qu'il ne l'avait déjà fait.

— Et elle est née comment, Julie ? Louise, les pieds dans le plat.

La question resta en suspens. Ceux qui savaient se demandaient comment répondre.

— Oh, et puis merde ! capitula finalement Christiane. Au point où ils en étaient, elle préférait encore prendre les choses en main plutôt que de subir de nouvelles maladresses de la part de son mari. Les spermatozoïdes de ton grand-père n'étaient pas en très grande forme, expliqua-t-elle à contrecœur. Alors nous avons dû avoir recours à un donneur pour...

— Tu voudrais éviter de parler de mon sperme à table, s'il te plaît ? Devant les enfants, en plus...

Jean était piqué. Même si, par la suite, les choses s'étaient arrangées, il avait vécu l'épisode comme une atteinte à sa virilité.

— Ah ouais, j'ai étudié ça en SVT. C'est marrant, dit Bastien, qui n'avait pas du tout l'air de rigoler.

— Tu veux dire que tu as couché avec le euh... donneur ? C'était un ami à toi ? Tu le connaissais ?

Ne mesurant pas tout à fait la portée de ce qu'elle entendait, Louise donnait libre court à sa malice. Contrairement à son frère qui lisait *Géo* et était au fait de tout ce qui se faisait, elle en était restée, en termes de procréation, aux méthodes classiques. Plus intéressée, pour sa part, par le fait d'éviter de tomber enceinte que par les différents stratagèmes pour y arriver.

— Arrête, Loulou, la rabroua sa mère, qui commençait à intégrer ce qu'elle venait d'entendre et pâlissait à vue d'œil. Ce n'est absolument pas drôle !

— Non, quand même pas ! s'offusqua Jean sans tenir compte de la réaction de sa fille. Ce n'est pas parce que mes spermatozoïdes n'étaient pas en forme, comme le dit très joliment ta grand-mère, que moi je ne l'étais pas. On a fait ça à la pipette...

— Insémination avec donneur, pontifia Bastien, content de pouvoir étaler sa science. Un peu comme la cuisine moléculaire. Suffit d'une seringue et d'un tube à essai, et hop !

Devant la tête de sa mère qui semblait littéralement

se désintégrer, il essayait de faire un bon mot pour lui arracher un sourire. En vain.

— Ce que vous êtes en train de dire, là…, murmura Lorraine d'une voix blanche, c'est que Juju n'est pas la fille de papa ? Elle n'est pas ma sœur ?

Incapable de se contenir plus longtemps, elle éclata en sanglots. Christiane regarda son mari en haussant les épaules et en levant les yeux au ciel.

— Mais si, c'est ma fille ! La voix de Jean se voulait apaisante. Et ta sœur. Je l'ai attendue comme ma fille, et élevée comme telle, tu l'as bien vu, tu étais là ! Le truc, là – il fit un geste de la main, pour minimiser le « truc » en question – c'était juste de la logistique. On ne sait même pas qui c'est, le type ! On ne le saura jamais !

Autour de la table, tout le monde se regardait. Lorraine reniflait en secouant la tête. Aucun son ne parvenait à sortir de sa gorge nouée.

— Et… et moi ? demanda-t-elle d'une toute petite voix, lorsqu'elle fut de nouveau capable de parler.

Elle se détestait pour la question qu'elle venait de poser : penser à sa gueule plutôt qu'à sa sœur qui, elle le comprenait maintenant, devait être en ce moment même seule avec sa douleur. Et son bourreau.

Mais elle avait un besoin vital de savoir.

— Après, tout s'est remis en place naturellement. Toi tu es née tout à fait normalement, un an après !

Rassurée par ce qu'elle venait d'entendre de la bouche de sa mère, Lorraine se tourna vers son père.

— Mais qu'est-ce qui s'est passé dans le bureau ? Comment Patrice a-t-il pu le deviner si tu ne lui as rien dit ? Personne ne va imaginer des choses pareilles !

— Lui, si. Jean tourna sa cuillère dans la glace qui fondait dans son assiette. Il m'a attaqué là où ça faisait le plus mal, en me disant que Julie n'était pas ma fille. Qu'y a-t-il de plus dur pour un père que d'entendre que son enfant n'est pas de lui, hein ? Il a dit ça au hasard, dans le but de me blesser. Et moi, comme un con, j'ai réagi au quart de tour… c'est là qu'il a compris. Une fois encore, Jean revoyait la scène comme s'il y était. Les coudes sur la table, il se prit la tête dans les mains. Touché, il a dit…

Il se leva et sortit. Christiane entreprit de débarrasser en silence. Tout avait été dit.

En quittant la salle à manger, tout le monde était tellement assommé par la nouvelle que personne ne se rendit compte qu'Amari n'était pas sortie de table. Ce n'est qu'une heure plus tard, lorsqu'elle traversa la pièce sur la pointe des pieds pour aller chaparder une part de tarte à la cuisine, que Louise la trouva endormie dans son fauteuil.

Son rimmel avait coulé. La vieille femme avait pleuré.

***

Dans sa maison d'architecte dont la décoration blanche et minimaliste n'était pas sans rappeler une clinique, Julie tournait en rond. Elle était dévastée.

Lorsque, après un voyage qui lui avait semblé interminable, Patrice et elle étaient enfin arrivés, elle avait couru s'enfermer dans la chambre et s'était précipitée sur le téléphone. Si, dans la voiture, la proximité de Patrice l'avait empêchée d'appeler son père pour qu'il la rassure et infirme les propos de son compagnon – c'était faux, forcément, si c'était vrai jamais ses parents ne le lui auraient caché ! –, elle devait en avoir le cœur net.

Mais Patrice avait surgi dans la pièce, et avant qu'elle n'ait fini de composer le numéro lui avait arraché le combiné des mains, qu'il avait envoyé se fracasser contre le mur.

— Je t'interdis de les contacter ! avait-il rugi en vidant le sac à main de Julie sur le lit.

S'emparant de son portable, il lui avait fait subir le même sort. Puis il était sorti de la pièce, et était revenu avec une seringue remplie d'un liquide transparent, et d'une main ferme avait invité Julie à s'allonger.

— Tu ne dois plus les contacter, avait-il répété d'une voix plus douce – mielleuse, en fait – en injectant lentement le produit dans le bras d'une Julie désormais complètement à sa merci. Tu comprends ? C'est le médecin qui parle, là... Ils t'ont fait assez de mal comme ça...

Après, Julie ne se souvenait de rien, si ce n'est qu'elle avait dormi vingt-quatre heures d'affilée. Et s'était réveillée avec un doute et une certitude.

Le doute était que les allégations de Patrice pouvaient être vraies. La certitude, que si tel était le cas, l'homme avec lequel elle vivait était malveillant et ne lui voulait pas de bien.

Devant la mine réjouie de Bénédicte lorsqu'elle avait découvert la présence du chaton dans son bureau – les allées et venues des jumeaux, incessantes et pas très discrètes, lui avaient mis la puce à l'oreille, et elle avait profité que tout le monde fût parti faire un tour à vélo pour aller voir ce qui se tramait –, Cyrille comprit qu'il s'était tiré une balle dans le pied.

Si sa femme ne pouvait pas être heureuse de la présence d'un chat dans la maison, elle était assez fine pour se réjouir du fait que son mari, dans son désir de plaire à ses enfants et de marquer des points derrière son dos, leur avait abandonné la seule pièce de la maison où il pouvait légitimement se retirer. Par ailleurs, le « sacrifice » de Cyrille confirmait les soupçons de Béné : ce n'était que lorsqu'il avait quelqu'un d'autre dans sa vie que, pétri de culpabilité, il tentait tant bien que mal d'être un bon père, lui qui le reste du temps était plutôt distant.

Il s'était démasqué.

— Bon, maintenant que tu sais, pour Rose…, tenta Cyrille d'une voix hésitante.

— Je ne veux rien savoir ! s'emporta Bénédicte. Moi je bouffe mes couleuvres, et toi tu ravales ta culpabilité ! On n'est pas solidaires, sur ce coup-là !

Depuis plusieurs semaines, Bénédicte luttait pour ne pas aborder le sujet de l'infidélité récurrente de son mari, se disant que, comme les autres fois, ce n'était qu'une passade et que par définition les passades passaient. Le fait que Cyrille l'aborde en premier – Rose, en plus, quel prénom à la con ! – lui parut inquiétant et déplacé. Pourtant, elle garda son sang-froid, convaincue désormais que les scènes ne servaient à rien si ce n'est de la mettre, elle, dans des états que seules plusieurs rasades de whisky parvenaient à calmer. Et il n'était pas question qu'elle se retrouve saoule devant ses enfants. Pas d'énervement, donc. Juste une réplique bien sentie.

— Non mais je me disais, maintenant que tu sais… on pourrait peut-être l'installer dans la chambre d'amis. Inconscient du séisme qui prenait forme dans la tête de sa femme, Cyrille poursuivait son idée.

Le sang se retira du visage de Bénédicte, qui regarda son mari avec un mélange d'effroi et d'incrédulité. Amener ici sa maîtresse, dans sa maison à elle, voilà un coup qu'il ne lui avait encore jamais fait. L'affaire devait être sacrément importante pour qu'il ose non seulement l'envisager – il avait dû ruminer dans son coin depuis le début des vacances, et même avant –, mais aussi lui en parler. À moins qu'il n'essaye tout bonnement de la provoquer ? Combien d'hommes, incapables de quitter leur femme pour une autre mais mourant d'envie de le faire, multipliaient consciemment ou non les indices pour que l'épouse découvre le pot aux roses – Rose ! – et prenne, la première, la décision de les larguer ? Ils réfléchissaient avec des couilles qu'au bout du compte ils n'avaient pas. Bénédicte savoura le paradoxe, et se dit que, quoi qu'il lui en coûte, elle ne rentrerait jamais dans ce jeu-là. Si Cyrille devait l'abandonner, c'était à lui de le décider. Et de le faire. Connaissant le courage de son mari, pour l'avoir maintes fois éprouvé, elle savait qu'il n'y avait pas lieu de s'inquiéter. Cyrille avait toujours été un lâche, et un lâche il resterait.

— Parce que tu comprends, la litière dans mon bureau…

La litière ? Quelle litière ? Il fallut à Bénédicte quelques secondes de plus pour réaliser qu'elle s'était fait un film : Rose n'était pas le nom de la poule, mais celui du chat. Elle éclata d'un rire nerveux, qui frisait l'hystérie.

— Qu'est-ce qui t'arrive ? demanda Cyrille, ne comprenant pas ce qui pouvait la mettre dans un tel état d'hilarité.

— Rien ! Bénédicte hoqueta. Elle avait les larmes aux yeux. Puis, d'une voix doucereuse : Elle est très bien dans ton bureau. La chatte. C'est plus euh… convivial. Mieux que dans la chambre d'amis, en tout cas.

La convivialité. C'était précisément ce que Cyrille fuyait. Qu'il aurait eue plutôt tendance à qualifier de promiscuité.

— Du coup, tu peux laisser la porte ouverte, non ? Maintenant que je sais, pour euh… Rose…

Même si la discussion lui laissait un goût amer, pour les pensées qu'elle avait remuées, Bénédicte avait gagné. Le chat restait dans le bureau, qui n'avait plus de raison d'être fermé et était pour ainsi dire annexé.

C'était ce qui s'appelait un doublé.

***

— Non mais là, c'est mort ! s'exclama Lorraine en rejoignant sa grand-mère dans la roseraie. Pas un signe, Ama, tu te rends compte ? Depuis que j'ai raté ses coups de fil, pas un appel, pas un texto… rien !

Suivant des yeux les papillons blancs qui voletaient autour des Rousses de Lorraine, la vieille dame haussa les épaules et regarda sa petite-fille en souriant. Profite de la nature qui t'entoure, semblaient dire ces yeux pleins de sagesse, au lieu de pleurer pour un homme qui de toute façon reviendra. Ou pas. Mais oui, s'il est accroché, il reviendra. Et s'il ne l'est pas, il ne mérite pas que tu l'attendes.

— Et voilà ! Mon mec s'envole, et toi tu fais quoi ? Tu regardes virevolter les papillons en te marrant ! Tu es complètement insensible, mon Ama !

Lorraine se lamenta pour la forme, tout en étreignant sa grand-mère dans ses bras. Elle adorait tenir contre elle ce corps frêle et pourtant débordant d'énergie, et sentir contre sa joue la caresse rêche de la laque qui domestiquait le chignon. On n'utilisait plus beaucoup de laque de nos jours, et la texture et l'odeur qui piquait le nez avaient quelque chose de délicieusement désuet. Un parfum d'enfance, qui la rassurait lorsqu'elle était triste. Et, si elle ne ménageait pas ses efforts pour le cacher, Lorraine commençait à se sentir sérieusement remuée du silence de Cyrille, et se demandait si elle ne devait pas dès à présent se faire à l'idée qu'il était en train de la laisser tomber.

— Toi non plus, il ne t'a pas appelée ? demanda Louise en arrivant sans bruit près de sa mère dans les rosiers. À l'instar de celle-ci, elle ne quittait pas des yeux son portable muet.

Depuis qu'ils étaient arrivés, Louise avait à la fois fondu et pris des formes là où il fallait. Lorraine observa sa fille ; elle était en train de devenir une femme, avec, déjà, des préoccupations et des chagrins de femme.

Bien calée dans son fauteuil pliant, Ama ne se départait pas de son air amusé.

— Ouais, bon... je sais ce que tu penses, Ama chérie ! plaisanta Louise. Tu nous vois comme deux connes, là... maman et moi – pardon, maman ! –... à attendre que nos mecs appellent ou envoient un message, histoire de dire « coucou, je suis là, et non, je ne t'ai pas oubliée ». Pas la mer à boire, non plus, hein ? Eh ben non ! Alors nous voilà, deux gourdes, et pas une pour racheter l'autre !

Ses yeux se posèrent sur sa mère.

— Mais pourquoi tu l'appelles pas, toi ? demanda Louise, étonnée qu'une adulte consente à attendre un coup de fil sans en prendre l'initiative.

— Et toi ?

Une ombre passa dans le regard de Louise.

— Oh ! Mais moi j'arrête pas d'appeler ! Au début il laissait sonner, et maintenant il me raccroche carrément au nez, alors...

— Hum...

Sans le connaître, Lorraine en voulait à ce jeune beau de briser le cœur de sa fille. Arrivait-on un jour à ne plus souffrir par amour ?

— Moi, c'est plus compliqué, murmura-t-elle d'une voix à peine audible, en se disant qu'après tout elle pourrait quand même essayer de téléphoner.

Avec précaution, Louise marcha entre les plants de roses et choisit une fleur parfumée qu'elle huma avant de la tendre à sa mère.

— Tu sais quoi, ma petite maman ? Moi je crois que les hommes ont été inventés pour faire pleurer les femmes !

— Pas que ! claironna Bastien qui arrivait sur les talons de son grand-père, portant un grand panier en osier contenant le goûter.

Envoyés par Christiane qui était quelque part dans la maison en train de vaquer, à moins qu'elle n'eût trouvé ce stratagème pour se débarrasser des hommes afin de regarder tranquillement ses séries préférées, Jean et Bastien se mirent à déballer les victuailles. Une tarte aux pommes encore tiède, des mini-crèmes renversées préparées par Bastien, et un pichet de vin de cerise bien frais.

— Ah oui, c'est vrai ! Parce que, toi, tu t'y connais, en meufs ! ironisa Louise en volant la part de tarte que venait de se découper son frère, et en l'offrant à sa grand-mère. *Ladies first !* Non mais ! On se demande où tu as été élevé !

— Qu'est-ce que tu peux être relou alors ! Ce que je voulais dire, c'est que certains mecs sont moins pires que d'autres – il se rengorgea – : moi, par exemple !

Drôle, intelligent, attentionné... la peau douce... et je sais faire la cuisine. C'est rare !

— Oui, mais toi t'es pédé ! CQFD !

— Louise ! Lorraine, ulcérée.

Ignorant la pique de sa sœur, Bastien bomba le torse en faisant rouler ses pectoraux de moineau. Les femmes s'esclaffèrent ; même Amari riait de tous ses yeux. Vexé, Bastien engouffra un morceau de tarte, presque sans la mâcher.

— N'importe quoi... En tout cas, moi je dis que c'est complètement débile de se maquer avant l'été, maugréa-t-il dans sa jeune barbe que, depuis qu'ils étaient en Dordogne et pour faire comme son grand-père, il refusait de raser. Ça ne sert qu'à te gâcher tes vacances !

Pas faux, pensèrent Lorraine et Louise de concert, en remettant d'un même geste leurs lunettes de soleil afin de masquer les larmes qui, longtemps contenues, affleuraient. Peut-être les hommes avaient-ils vraiment été inventés juste pour les faire pleurer.

— Quelqu'un a réussi à joindre Julie ?

Plus qu'une question, c'était devenu *la* phrase du petit déjeuner. Comme si une nouvelle nuit qui passait augmentait les chances que Julie soit revenue à la raison, décrochant enfin son téléphone afin d'apaiser l'inquiétude des siens.

Mais ce matin encore il n'en était rien : Lorraine avait essayé, suivie de Christiane. Jean, quant à lui, n'osait même pas appeler.

— Elle finira bien par rappeler…, essayait-il de se consoler. Mais il n'en croyait pas un mot, et les autres encore moins.

— Alors là ça m'étonnerait…, lui renvoya sa femme avec un regard noir. Qu'est-ce que tu as eu besoin de raconter notre vie à ce type, aussi ? C'est toi qui as fait la bourde, c'est à toi de réparer !

— Je ne lui ai rien raconté du tout !

— Pff… Christiane leva les yeux au ciel.

Jean plongea le nez dans son café, qu'il finit d'un trait avant de s'emparer d'un pichet de limonade et de partir se réfugier dans ses fleurs. Si perturbé qu'il en oublia Amari dont les yeux, en bout de table, l'imploraient. Que pouvait-il faire ? Que *devait*-il faire ? Contrairement à sa femme, il était sûr que le temps ferait son ouvrage et que Julie, qui était loin d'être bête, finirait par prendre son téléphone pour demander des explications. Or, des explications, il était capable de toutes les lui donner, sauf une : pourquoi ne lui avaient-ils jamais dit la vérité ? À elle, comme à toute la famille. Pourquoi Christiane et lui avaient-ils enfoui une vérité qui, si on ne pouvait en ignorer l'importance, n'avait aucune raison de ne pas être avouée ? Et encore, avouée n'était pas le terme adapté : avoir recours à un donneur n'était pas un péché !

Il en était là de ses pensées lorsqu'il avisa, assise sur une souche, avec à la main un mug de thé, Lorraine qui pleurait.

— Toi aussi, ma rousse, tu m'en veux ? demanda-t-il à sa fille en lui posant doucement la main sur l'épaule.

Il avait l'air si penaud que Lorraine ne put s'empêcher de lui sourire à travers ses larmes.

— Un peu...

Il se laissa tomber contre le tronc du tilleul sous lequel elle était assise, et elle vint se blottir contre lui. D'un geste protecteur, comme il l'avait souvent fait pour elle comme pour sa sœur – car quelle que soit la situation, Julie était depuis toujours et demeurait son aînée –, il la prit dans ses bras et se mit doucement à la bercer. C'est ce contact physique, sentir autour d'elle le bras d'un homme, et son épaule contre laquelle elle pouvait se laisser aller, qui ouvrit en elle les vannes de son chagrin. L'étreinte de son père lui rappela Cyrille, et son absence, et son silence, et la situation ridicule dans laquelle tous les deux se trouvaient.

Elle renifla, et Jean lui tendit un mouchoir parfumé d'eau de Cologne. Une habitude délicieusement désuète qui ne l'avait jamais quitté.

— En fait... Pour Julie, je t'en veux un peu de ne pas nous l'avoir dit, mais en même temps je te comprends. Quand l'auriez-vous fait, maman et toi, et est-ce que cela ne risquait pas de fragiliser l'équilibre de notre famille, je veux dire... a-t-on vraiment besoin de savoir ces choses-là ? – Elle se tamponna les yeux et secoua la tête. – Je ne sais pas. En fait, je t'en voudrais presque plus d'avoir lâché le morceau maintenant – c'est brutal, quand même ! – que si tu ne l'avais pas dit du tout ! Mais bon, c'est fait...

Jean resserra son étreinte, et fit voler d'une pichenette une feuille qui s'était posée sur la manche de sa fille.

— Non, ce qui ne va vraiment, vraiment pas...

Elle fondit à nouveau en larmes. Son père attendit sans un mot qu'elle reprenne ses esprits.

— Ce qui ne va vraiment pas, c'est Cyrille !

Cyrille ?

— C'est qui ce... Cyrille ? demanda Jean du bout des lèvres.

— Cyrille, c'est...

Alors que Jean leur servait dans des gobelets la limonade fraîche qu'il avait chapardée à Ama, Lorraine lui raconta tout. C'était la première fois qu'elle se livrait à son père, préférant habituellement partager ses histoires de cœur avec Ama – qui ne disait rien – et Maya – qui en disait trop. Mais dans le cas présent, complètement empêtrée dans ses sentiments et ne sachant que faire, elle avait besoin de l'avis d'un homme. Car, s'il y avait quelque chose à déchiffrer dans le comportement de Cyrille, seul un homme pouvait le comprendre.

— Alors tu crois que c'est foutu ? demanda Lorraine d'une toute petite voix, allant, avec un masochisme inconscient, à la pêche d'une réponse qu'elle redoutait.

Tiraillé entre le besoin de lui dire la vérité – même si elle n'était pas toujours bonne à entendre, il était bien placé pour le savoir – et le désir de la réconforter – les larmes de Lorraine étaient pour lui un spectacle insupportable, surtout maintenant qu'il savait qu'un homme en était la cause –, Jean observa sa fille en se caressant le menton.

— Oh, non. Il reviendra, dit-il finalement, optant pour une réponse de Normand bien qu'il fût périgourdin pure souche. Mais, à long terme, je ne suis pas certain que le jeu en vaille la chandelle. Pour ce que je sais du courage des hommes, il ne quittera jamais sa femme. Tu ferais mieux de faire une croix dessus avant que ça ne te fasse trop souffrir.

Même si c'était, à peu de choses près, ce à quoi elle s'attendait, et même si c'était elle qui avait poussé son père à le formuler, Lorraine reçut ces paroles comme une gifle.

— Qu'est-ce que tu en sais, toi, du courage des hommes ? rétorqua-t-elle avec une pointe d'agressivité.

Jean ignora la pique.

— Je vais te raconter une histoire. Il caressa les cheveux flamboyants de Lorraine, et ses yeux se perdirent dans le vague. Mais tu me jures de ne rien dire à ta mère… pour ce qui est des grandes révélations, elle a eu son compte ces derniers temps.

Il se racla la gorge.

— Bon. Ce n'est un secret pour personne, j'ai toujours été volage, ta mère le sait et je ne peux qu'admirer, comment dire… sa compréhension. En même temps, ça n'a jamais eu d'importance. C'est elle que j'aime, et elle seule.

À sa manière de prononcer ces mots, on aurait dit qu'il les avait maintes fois répétés, comme pour se convaincre lui-même. Il est des familles où l'on est très fort pour se raconter des histoires.

— Sauf une fois. Un jour, j'ai rencontré une femme…

Lorraine se raidit. Qu'allait-elle encore apprendre qu'elle ne savait pas ?

— Elle s'appelait Maylis. Elle faisait partie des jeunes qui viennent l'été aider pour le tabac. C'était bien avant votre naissance, précisa Jean, anticipant la question qui brûlait les lèvres de Lorraine.

Il prit une profonde inspiration, et ferma les yeux pour laisser affluer les souvenirs.

— Bref, je suis tombé fou amoureux d'elle, et elle de moi, je crois. Ta mère ne s'est aperçue de rien, et même Ama… enfin, si elle a vu quelque chose, elle n'a rien dit !

Il fit un clin d'œil à sa fille, qui n'eut pas le cœur de lui sourire.

— Ça a duré une année. Et puis un jour, elle m'a mis au pied du mur : elle voulait construire sa vie, elle voulait une famille, des enfants... je devais me décider. Que je quitte ta mère pour aller vivre avec elle, voilà ce qu'elle voulait...

— Et pourquoi tu ne l'as pas fait ? Qu'est-ce qui fait qu'un homme ne part pas quand il est amoureux ? Une femme en est bien capable, elle...

D'un air songeur, Jean se tapota la joue.

— Pourquoi je ne l'ai pas fait..., répéta-t-il. C'est une bonne question. À l'époque, j'aurais dit l'engagement, la responsabilité vis-à-vis de ta mère. Et vis-à-vis de la propriété. Mais pour être honnête, aujourd'hui, je dirais... C'était plutôt pour *l'environnement* de ta mère. Pour ta grand-mère, et, oui, pour la propriété. Elle appartient à Ama et reviendra *de facto* à ta mère, et j'adorais – j'adore – m'en occuper. Pour rien au monde je n'y aurais renoncé.

— Mais ce n'est pas une raison, si tu aimais cette femme ! s'offusqua Lorraine, bien contente malgré tout qu'il n'ait pas tout plaqué, faute de quoi elle n'aurait pas été là pour le déplorer. On ne sacrifie pas son amour à... à son petit confort !

L'espace d'une seconde, elle avait oublié qu'elle s'adressait à son père. Elle avait en face d'elle un homme, dont elle essayait sans y parvenir de décrypter le mode de fonctionnement, afin de déterminer la marche à suivre dans sa propre histoire.

— Pour un homme, c'en est une, poursuivit Jean. L'hypothèse des sentiments ne fait pas le poids face à la certitude de tout perdre.

Il prit les mains de Lorraine, et la regarda droit dans les yeux.

— Et puis je l'aime bien, ta mère. C'est une emmerdeuse de compétition, mais je l'aime bien.

Un sourire empreint de nostalgie éclaira à peine son visage.

— Voilà, ma grande. Je t'ai raconté cette histoire pour ce qu'elle vaut, tu en tireras les enseignements que tu veux. Mais voilà ce que j'en sais, moi, du courage des hommes.

Il se leva et Lorraine le suivit. Des images l'assaillaient : l'enterrement du beau-père de Cyrille, qui faisait de sa femme, il lui en avait suffisemment parlé, l'héritière de la société ; Cyrille lui racontant à quel point il aimait son métier ; les larmes de Cyrille devant le cercueil du défunt... Décidément, il y avait beaucoup de ressemblances entre les deux histoires. Beaucoup trop. Et cela n'augurait rien de bon.

Lorsqu'ils arrivèrent devant la maison, Jean s'arrêta et prit le bras de Lorraine.

— Tu ne diras rien, hein, ma cocotte ? Promis ?
— Promis, murmura Lorraine.

Inutile, après toutes ces années, de retourner le couteau dans la plaie.

Les vacances touchaient à leur fin, et Julie n'avait toujours pas donné signe de vie. Lorraine et Christiane avaient eu beau laisser des messages tant sur le portable – qui était toujours sur messagerie – que sur le téléphone fixe, surmontant pour cela la voix sirupeuse de Patrice sur le répondeur, rien n'y faisait. Si Julie avait bien connaissance des appels, elle ne les retournait jamais. À moins que son compagnon ne les effaçât avant ; si c'était le cas, la situation était plus grave encore, et, si Lorraine et sa mère y avaient songé chacune de son côté, elles s'étaient bien gardées de l'évoquer.

Ce fut Louise, alors qu'elle était dans la cuisine avec sa mère et sa grand-mère en train de ranger la vaisselle du dîner, grappillant au passage quelques framboises et les restes de crumble afin de les stocker sous son lit pour la nuit, qui mit la première les pieds dans le plat. Comme à son habitude, et avec la clairvoyance qui, de plus en plus, à mesure qu'elle grandissait, la caractérisait.

— Je me disais..., commença-t-elle. Vous ne pensez pas que l'autre connard...

— Loulou ! Il était tard, et Lorraine n'avait pas envie d'entendre ces mots dans la bouche de sa fille.

— Bah tu veux que je l'appelle comment ? Louise enfila les framboises au bout de ses doigts, et commença, une par une, à les avaler. Vous ne pensez pas que ce... enfin *Patrice* – elle fit une grimace en direction de sa mère – pourrait supprimer les messages qu'on laisse à Julie avant qu'elle ne les ait pour qu'elle se sente encore plus abandonnée ? Je dis ça comme ça...

Christiane et sa mère échangèrent un regard. Décidément, la petite avait l'art de dire tout haut ce que tout le monde taisait. Christiane, dans le souci de se protéger, et Lorraine, dans l'idée de ne pas le faire exister. Ce que l'on ne formule pas avec des mots n'existe pas, se complaisait à croire Lorraine, qui, même si la vie l'avait toujours rattrapée, avait usé et abusé de ce stratagème pour différer le danger.

— Possible..., commenta Christiane au bout d'un moment. Elle se tourna vers sa petite-fille : qu'est-ce qui te fait croire ça ?

Contente de l'attention qu'on lui portait, Louise s'assit sur le comptoir et laissa pendre ses jambes.

— Une idée comme ça. C'est vraiment pas le genre de Julie de disparaître, même quand elle est triste. *Surtout* quand elle est triste. Tu es d'accord, maman... Chaque fois que ça ne va pas, elle nous appelle et vient se réfugier à la maison. Tu te souviens, la dernière fois ?

Bien sûr, Lorraine se souvenait. Elle se souvenait du désespoir de sa sœur lorsqu'elle avait raté son train ; elle se souvenait de ses conversations téléphoniques hésitantes et le plus souvent avortées, quand Patrice rentrait sans prévenir dans la pièce et l'interrompait ;

elle se souvenait que parfois, lorsque sa mère ou elle appelaient, il ne voulait pas la leur passer. Elle se souvenait aussi des témoignages de ces femmes que leurs maris ou leurs compagnons éloignaient de leurs familles, pour asseoir sur elles leur emprise et mieux les dominer. Une technique bien connue du pervers narcissique : diviser pour régner, isoler pour écraser.

— Mais oui mais qu'est-ce qu'on peut faire ? s'interrogea Lorraine à haute voix.

— Peut-être... Louise avait déjà son idée. Peut-être que je pourrais essayer de la contacter sur Facebook ? Ça m'étonnerait qu'il y aille, le...

— Je déteste ces trucs Internet ! riposta Christiane un peu trop rapidement. Des réseaux sociaux, tu parles ! Je suis sûre qu'il y en a plein qui s'en servent pour draguer !

— Mais non, grand-mère ! C'est parce que c'est pas de ton époque, c'est tout... Louise regarda sa mère d'un œil interrogateur. Alors t'en penses quoi, ma petite maman ? J'y vais ?

Attendrie, Lorraine alla prendre sa fille dans ses bras.

— Fais comme tu penses, ma Loulou, murmura-t-elle dans ses cheveux. Je suis fière de toi.

Louise embrassa sa mère sur le nez, et, avec l'habileté d'une truite, se dégagea. Elle sortit de la cuisine en dansant.

— *Yesssss !* l'entendit-on s'exclamer alors qu'elle arrivait au pied de l'escalier. Et puis, d'une voix chantante : Bonne nuit tout le monde !

Elle monta les marches quatre à quatre à la recherche de son frère. Sa mère était fière d'elle et le lui avait dit. Cela allait le faire bisquer.

— Et toi, tu en es où ? demanda Christiane à sa fille lorsque les portes sur le pallier eurent fini de claquer.

Sachant parfaitement où sa mère voulait en venir, depuis le temps qu'elle tournait autour du pot elle était même surprise qu'elle ait eu la patience d'attendre le tout dernier moment pour lui poser la question, Lorraine ouvrit néanmoins des yeux ronds. Où en était-elle ? On pouvait en effet se le demander.

— Non parce que tu sais…, renchérit Christiane, Bastien m'a parlé de l'histoire de son père, et je dois dire…

Sa mère partait du fond du court, pensa Lorraine, surprise de la voir attaquer sous un angle auquel elle ne s'attendait pas. À moins qu'elle ne s'inquiétât vraiment – et *uniquement* – pour Bastien ?

Christiane s'essuya les mains sur son tablier, et fit bouillir de l'eau pour la tisane. Une verveine fraîche qu'elle était allée cueillir le matin même dans le jardin.

— Il m'a paru très perturbé. Si tu veux mon avis, cela ne lui ferait pas de mal d'avoir à la maison un nouveau référent masculin. Un vrai, si possible…

On y était. Un peu sournois, comme approche, mais implacable.

— Oui ben pour le moment c'est pas d'actualité ! coupa Lorraine, sentant les larmes affluer.

Incapable de les contenir, elle plongea le nez dans la tasse que Christiane venait de leur servir, se brûlant la langue au passage ; mais tout valait mieux que de laisser exploser, aux yeux de sa mère qui plus est, le chagrin qui avait sommeillé en elle tout l'été.

— C'est maintenant ou jamais, ma chérie, tu sais... Il arrive un âge où les années commencent à compter double, et après, les hommes, pour les attraper... Christiane étendit les feuilles de verveine sur un plateau afin de les faire sécher. Crois-en ta vieille mère !

— On verra. En attendant, je vais me coucher... Bonne nuit !

Avec un vague geste de la main, Lorraine s'enfuit de la pièce plus qu'elle n'en sortit, laissant sa mère sur sa faim. Puis elle alla embrasser Ama, et rejoignit sa chambre où, derrière la porte dûment verrouillée, elle composa, avec une excitation à peine empreinte de remords, le numéro de Cyrille. Elle n'avait que trop attendu.

***

— Tiens, au fait..., demanda Bénédicte en faisant le tour de la maison, pour vérifier que personne n'avait rien oublié. C'est qui, Laurent ?

— Comment ça ? Cyrille finissait de fermer les volets. Je ne connais pas de Laurent.

— Ah bon... Après un dernier coup d'œil, Bénédicte alla couper les compteurs d'eau et d'électricité. C'est marrant, parce que, avant-hier soir, il y a un Laurent qui t'a appelé.

S'emparant des bagages, Cyrille se dirigea vers la voiture où les enfants attendaient. Sachant parfaitement qui était le « Laurent » en question, il devinait où sa femme voulait en venir et comptait sur la présence de la famille au complet pour éviter la crise qui couvait. Toutes les vacances, il était parvenu à l'esquiver, et intérieurement s'en félicitait... Se pouvait-il que Lorraine ait tout fait capoter en téléphonant dans la dernière ligne droite ?

Bénédicte ferma la porte à clef et marcha derrière lui, poursuivant son idée.

— En tout cas il doit être très jeune, ton « Laurent », parce qu'il a une voix de fille... au point que je me suis demandé si ce n'était pas un copain des enfants mais alors... pourquoi aurait-il appelé sur ton portable à toi, à minuit ? Tu as peut-être une idée ?

— Ah parce que maintenant tu espionnes mon téléphone ! laissa échapper Cyrille entre ses dents. De mieux en mieux !

— Si tu n'avais pas toutes tes poules, je ne serais pas obligée de t'espionner !

Ils étaient presque arrivés au refuge de la voiture, où la présence des enfants couperait court à la discussion. Cyrille avait une seconde pour choisir de se taire, ou d'envenimer la situation. La frustration accumulée, la fureur de n'être jamais parvenu à joindre Lorraine, le dégoût d'avoir laissé les jours passer, et ce foutu crachin qui allait les empoisonner sur tout le chemin du retour le firent pencher pour la deuxième option.

— Tu sais quoi, Bénédicte ? Si tu n'es pas contente, tu n'as qu'à te barrer !

— Alors ça, jamais ! Ce n'est certainement pas à moi de le faire !

Elle ouvrit la portière, s'assit sur le siège passager et mit ses lunettes de soleil.

Contre le pare-brise, les essuie-glaces hachaient un rideau de pluie.

Lorraine était d'humeur sombre.

Depuis son retour à Paris, Cyrille n'avait toujours pas donné signe de vie – et après le coup de fil intercepté par sa femme, elle n'avait plus osé l'appeler. Louise n'était pas parvenue à mettre la main sur Julie et, pour couronner le tout, l'arrosage automatique de la courette était tombé en panne pendant l'été. Plus que toutes les autres plantations, les Constance Printy en avaient souffert, Lorraine les avait retrouvées assoiffées et pour ainsi dire moribondes ; elle n'était pas du tout sûre de pouvoir les récupérer.

Elle qui avait commencé l'été dans l'euphorie voyait l'automne l'enserrer sur tous les fronts, et se demandait si, sur le plan sentimental en tout cas, elle ne s'était pas fait des idées. Imaginer qu'une liaison avec un homme marié puisse survivre à l'été avait été d'un optimisme excessif, pour ne pas dire déraisonnable. Mais Lorraine voulait croire qu'en matière de cœur il n'y avait pas de raison qui tenait ; pourtant, une fois encore, celle-ci la rattrapait.

— Bon. J'imagine que c'est mort…, ne cessait-elle

de répéter à Maya, comme si le fait de le dire lui permettait de faire le deuil de sa relation.

Si, au fur et à mesure que les semaines passaient, elle s'y était inconsciemment préparée, elle n'arrivait pas, le moment venu, à tirer un trait. Au fond d'elle subsistait l'espoir que Cyrille pousserait la porte de la boutique comme il l'avait fait la première fois, et que tout recommencerait.

De son côté, Maya, qui s'était tout fait raconter par le menu, ne comprenait pas comment Lorraine avait pu être stupide au point de suivre aveuglément les règles fixées par son amant, qui consistaient à ne jamais se manifester et à attendre qu'il le fasse, lui. Avec le résultat que l'on savait.

— Mais comment as-tu pu céder du terrain alors que tu savais qu'il était vingt-quatre heures sur vingt-quatre avec sa femme ? À ta place, moi, c'est le contraire que j'aurais fait...

— Mais il m'avait fait jurer... Lorraine ajouta des branches de marronnier d'un jaune éclatant au bouquet de dahlias ocre et rouge foncé qu'elle était en train de composer. Je n'allais pas le harceler, au risque de nous faire prendre la main dans le sac !

— C'est ce qui s'est passé pourtant..., rétorqua Maya, avec l'implacable logique qui la caractérisait.

Au souvenir de la scène, Lorraine se sentit pâlir. Qu'est-ce qui lui avait pris, aussi, d'appeler à minuit ? À force de lutter pour ne pas passer ce coup de fil, elle avait fini par le faire au plus mauvais moment. Comme si elle n'attendait que de se faire prendre, et que tout éclate au grand jour.

— Tu sais, notre inconscient nous joue parfois

des tours. – Perspicace, Maya devinait ses pensées. – On dirait presque que tu l'as fait exprès. Pour mettre un point final à cette histoire, ou au contraire pour la faire exister. Maya piqua des noix fraîches dans une timbale. Tu lui as parlé, à la bonne femme ?

— Euh…, bafouilla Lorraine. Non… enfin si, un peu… Des taches rouges constellèrent son décolleté. Enfin pas vraiment…

Son amie la regardait, les sourcils froncés.

— Si, non, pas vraiment… Tu lui as parlé, oui on non ? Essaie de te souvenir, Lorraine, merde ! C'est important !

Lorraine sentit ses yeux la brûler.

— J'ai dit… J'ai dû parler la première et j'ai dit « allô ». J'ai dit « allô, Cyrille, c'est toi ? » et comme il n'y avait pas de réponse…

Des larmes coulaient maintenant sur les joues de Lorraine, qu'elle ne se donnait même pas la peine d'essuyer. Maya lui tendit un Kleenex en silence.

— Comme personne ne répondait j'ai dit… « Je ne te dérange pas, au moins… tu dormais ? »… Et là elle a dit « qui est à l'appareil ? ». On aurait dit qu'elle aboyait…

— Tu m'étonnes…

Disparaissant dans la réserve, Maya revint avec une bouteille de chasse-spleen, qu'elle entreprit de déboucher.

— Tiens, c'est d'actualité ! plaisanta-t-elle en tendant un verre à Lorraine.

Celle-ci goûta le vin, et en but quelques gorgées. La chaleur du bordeaux et les arômes de griotte qu'il dégageait lui firent du bien, et elle parvint à contenir ses larmes pour mieux le goûter.

— Je fais quoi, maintenant ? demanda-t-elle à son amie, qui déjà les resservait.

Maya hésita avant de répondre.

— Écoute. Ce qui est fait est fait, et on ne va pas revenir dessus. Ce que tu dois retenir, c'est que un : il ne t'a pas appelée de toutes les vacances…

— Si, un soir… trois fois de suite, au début… mais je l'ai raté…

— O.K. Mais après, il n'a pas insisté. Il aurait pu, non ? Ce n'est tout de même pas compliqué de s'éclipser dehors ou aux toilettes ou n'importe où, juste le temps de passer un coup de fil, ou d'envoyer un texto. Non ?

En entendant son amie énoncer si clairement ce que, tout au long de l'été, elle avait refusé d'admettre, trouvant à Cyrille des excuses auxquelles elle ne croyait pas elle-même, Lorraine but son verre d'un trait pour éviter de se remettre à pleurer.

— Alors tu crois…

— Je crois que ce type n'a pas de couilles et qu'il a peur de sa femme, voilà ce que je crois. Et qu'il ne la quittera jamais…

Les paroles de Jean revinrent à l'esprit de Lorraine, qu'elle avait essayé d'occulter. Son père avait vu juste, à un bémol près : Cyrille n'était pas revenu, et la question du long terme n'avait même pas eu lieu de se poser. Peut-être n'était-ce pas plus mal, après tout.

— Tu crois qu'il ne m'aime pas assez…, poursuivit néanmoins Lorraine, dans un dernier besoin de se fustiger.

— L'amour n'a rien à voir là-dedans. Je crois qu'il t'aime ou qu'il t'a aimée, ça, je l'ai vu de mes propres yeux. Mais je crois qu'il préfère sa tranquillité.

Un ange passa, émasculé.

— Alors tu crois que je ne le reverrai jamais ?
— Ça vaut mieux pour toi, ma chérie.

Maya alla chercher une deuxième bouteille. Elle sortait de la réserve lorsque le carillon de la porte se mit à sonner.

— Je dérange, les filles ? J'ai cru que je n'allais jamais arriver à passer ! Même pas eu le temps de me changer !

Bronzé, aminci, magnifique dans un costume marine finement rayé et tenant à la main un magnum de champagne frais, Cyrille venait de se matérialiser. Il se précipita pour embrasser Lorraine.

— Tu m'as manqué, ma chérie.
— Je suis désolée d'avoir appelé, fut tout ce que Lorraine trouva à répondre.

Maya ne put réprimer une grimace dégoûtée à l'intention de Cyrille, qui dévorait maintenant son amie sans aucune pudeur. Et celle-ci se laissait fondre dans ses bras !

— Bon, nous avons un problème majeur…, entama le directeur juridique alors que les membres du conseil d'administration prenaient place en salle de réunion.

— Je n'ai pas encore ouvert la séance, Hervé, le coupa Bénédicte en s'installant en bout de table. Je vous prie de bien vouloir patienter, avant de tenir vos propos alarmistes…

Elle sortait d'une discussion houleuse avec son mari, à qui elle avait expliqué qu'en tant que présidente elle avait désormais l'intention de prendre la direction des opérations tant en conseil qu'en assemblée, et occuperait par conséquent autour de la table la place du bout, qui jusque-là était celle de Cyrille. Celui-ci l'avait mal pris, opposant à son épouse son manque d'expérience, bien que furieux, son instinct lui soufflait d'y aller avec des pincettes, lui qui en d'autres temps pas si éloignés n'aurait pas hésité à invoquer l'incompétence notoire de Bénédicte et ses caprices d'enfant gâtée. Mais Béné avait tenu bon, et Cyrille n'avait eu d'autre choix que de s'incliner.

Lorsque tout le monde fut enfin installé, et que Bénédicte eut déclaré la séance ouverte et décliné l'ordre du jour, elle donna la parole au directeur juridique, squeezant là encore son mari qui, en tant que DG, aurait dû avoir la priorité.

— Vous aviez quelque chose à nous annoncer, Hervé...

Fuyant le regard de Cyrille, à qui il savait pertinemment que la nouvelle qu'il s'apprêtait à lâcher n'allait pas faire plaisir – il y avait même de grandes chances pour qu'elle le rendît fou de rage –, le directeur toussota d'un air gêné et tira sur le nœud de sa cravate marron avant de se lancer. Comment peut-on porter des cravates aussi moches, se demanda Cyrille en pianotant sur son ordinateur d'un air ostentatoire, pour bien signifier que toute cette mise en bouche était bien jolie mais qu'en ce qui le concernait, il était temps de passer aux choses sérieuses. À savoir l'homologation de la gélule – *sa* gélule – qui allait révolutionner le marché de la cosmétologie alimentaire.

— L'homologation du Cyrinol vient de nous être refusée.

Un murmure de consternation se fit entendre autour de la table. Si toutes les parties ne s'étaient pas encore mises d'accord sur la marche à suivre et la part de risque qu'il y avait lieu d'assumer, le dossier leur tenait néanmoins à cœur et tout le monde s'accordait sur le fait qu'en lui résidait l'avenir de la société. Bénédicte elle-même blêmit, tout en se félicitant *in petto* d'avoir évité d'enclencher prématurément – comme le préconisait son mari – la grande machine commerciale, et d'engager les sommes considérables qui en découlaient. Si tout devait tomber à l'eau, c'étaient autant d'économies de réalisées, qu'ils pourraient toujours reporter sur un autre projet.

— Qu'est-ce que c'est que ces conneries ! gronda Cyrille en se levant brusquement. Il s'agit de la molécule la plus révolutionnaire qui soit, et vous n'êtes même pas foutu de la faire homologuer ? Il faudrait songer à changer de métier, mon petit Hervé…

Bénédicte cilla comme si elle allait baisser les yeux ; au lieu de quoi elle fixa un à un ses collaborateurs, et invita Hervé à donner les explications qui s'imposaient.

— Pour être tout à fait exact, poursuivit le juriste avec plus d'assurance maintenant qu'il se sentait soutenu par sa présidente, ce n'est pas l'homologation du Cyrinol en tant que tel qui a été refusée. C'est l'homologation du Cyrinol *par les laboratoires Monthélie* qui n'est pas possible… parce qu'elle a déjà été accordée il y a plusieurs mois à une autre société.

— Impossible ! Cyrille était sur le point d'exploser. Le procédé est tout à fait innovant et personne…

Cyrille ne pouvait pas y croire. Que quelqu'un d'autre, exactement au même moment, ait pu non seulement avoir la même idée mais développer et faire aboutir le même projet, cela paraissait peu probable et pourtant… cela arrivait tout le temps.

— Impossible ! répéta-t-il. Il en avait les larmes aux yeux.

Hervé secoua la tête, prit la feuille de papier qui était devant lui et lut à haute voix.

— « Nous avons le regret de vous informer que la molécule Téloméryde-D[1], qui constitue le principe actif du Cyrinol, a été brevetée par les laboratoires Unterberg... »

— Les laboratoires Unterberg..., glapit Cyrille en haussant les épaules. Qu'est-ce que c'est encore que ce cirque ? Jamais entendu parler...

Un silence de mort régnait maintenant dans la pièce. Si personne ne savait vraiment qui étaient ces laboratoires et quel genre de produits ils commercialisaient, il était clair qu'ils étaient suffisamment reconnus par les autorités pour leur mettre des bâtons dans les roues.

— Je m'en occupe ! intervint finalement Bénédicte après de longues minutes. Je crois que je vois qui c'est...

Ce nom, les laboratoires Unterberg, lui disait vaguement quelque chose. Si ses souvenirs étaient exacts, ils appartenaient ou en tout cas avaient appartenu à un très vieil ami de son père, Victor... Victor comment, déjà ? qu'elle se souvenait d'avoir beaucoup côtoyé à la table familiale quand elle était petite fille. Avant qu'ils ne se perdent de vue.

— Laissons-nous quelques semaines et fixons une nouvelle date pour reparler du dossier. La séance est levée.

Sans un regard pour Cyrille, elle fit signe au directeur juridique de la suivre et se dirigea vers la sortie. Aux yeux de tous, elle venait de prendre pour de bon les rennes de la société dont elle avait hérité.

---

1. Molécule inventée issue de la télomérase, qui, elle, existe vraiment et est considérée par les spécialistes comme la « protéine de l'immortalité ».

***

— Maman, maman ! cria Louise en déboulant dans la cuisine, un pot de Nutella ouvert entre les mains et son ordinateur portable coincé sous le bras. On a retrouvé Julie ! Enfin, j'ai…, souligna-t-elle d'un air à la fois satisfait et soulagé. Un grand sourire éclairait son visage.

— Mais non ?

En pleine discussion avec Bastien, sur le fait de savoir s'il fallait faire revenir ou blanchir le veau de la blanquette avant de le recouvrir d'eau et d'ajouter les légumes, Lorraine abandonna ses livres de cuisine – et l'idée d'appeler Christiane pour connaître la réponse – et alla serrer sa fille dans ses bras.

— Tu lui as parlé ? Qu'est-ce qu'elle t'a dit ? la pressa Lorraine, impatiente d'avoir enfin des nouvelles de sa sœur.

— Ben non, justement… Elle m'a dit qu'elle ne pouvait pas me parler…

À force d'opiniâtreté, Louise avait fini par débusquer Julie qui s'était inscrite sur Facebook sous une fausse identité, et ne cessait de son côté de l'inviter à devenir son « amie ». Invitations que Louise avait commencé par rejeter avant de comprendre, le matin même, de qui il s'agissait.

— En fait, c'est plutôt elle qui m'a trouvée… Elle m'a laissé un message pour me dire qu'elle devait absolument nous parler.

— Je l'appelle !

Lorraine s'empara de son portable, et entra le numéro de Julie, qui sonna dans le vide. Au même moment, le mac de Louise émit un couinement signalant qu'un nouveau message venait d'arriver.

— Elle ne peut pas répondre, transmit Louise en consultant son compte Facebook. Elle vient de nous envoyer un message pour nous donner rendez-vous… aux Trois Chats.

— Aux Trois Chats ? Mais c'est à Rouen ! s'exclama Lorraine.

Louise avait à peine fini de relayer l'information que la réponse fusa : « Oui, place de la Cathédrale. Vous venez quand ? »

— On y va demain ? Louise était déjà en train de regarder les horaires des trains. J'ai pas de partiel, ça tombe bien !

Au lycée depuis la rentrée, elle avait désormais un emploi du temps qui dépassait largement les trente-cinq heures, avec des cours six jours sur sept. Elle se reposerait lorsqu'elle travaillerait.

Le lendemain était un samedi. Lorraine savait que Maya ne verrait pas d'inconvénient à ce qu'elle ne vienne pas à la boutique, même si le week-end était toujours plus chargé ; mais elle avait rendez-vous avec Cyrille qu'elle n'avait pas vu depuis plus d'une semaine, et cela la rendait folle de devoir le reporter.

— On pourrait dire plutôt dimanche…, tenta-t-elle timidement, incapable de trancher entre l'urgence de son désir et celle de retrouver sa sœur.

— Trop tard ! lança Louise, chassant d'un coup la culpabilité naissante de sa mère comme si elle lisait dans ses pensées. J'ai réservé.

Une contrainte qui n'en était pas une, mais dont Lorraine se contenta pour capituler.

— Et moi ? Je viens avec vous ? demanda Bastien, qui, dans cette affaire, n'aimait pas le rôle dominant que prenait sa sœur.

— Truc de filles ! rétorqua Louise, en jetant à son frère un regard qui montrait que la situation pouvait être négociée.

Bastien grogna et fit passer une pièce de deux euros de la poche de son jean à celle de Louise. Celle-ci brandit deux doigts supplémentaires dans son dos, et attendit qu'une autre pièce ait rejoint la première pour ajouter une place à sa réservation.

— Remarque, on aura peut-être besoin d'un homme avec nous, susurra-t-elle hypocritement. Bastien haussa les épaules et lui tira la langue.

Tandis que sa fille lui volait sa carte de crédit pour émettre les billets, Lorraine composa le numéro de Cyrille. Elle tomba sur le répondeur, où elle dut, la mort dans l'âme, laisser le message que, le lendemain, elle ne serait pas là.

C'est sous une pluie battante que Lorraine et ses enfants débarquèrent en gare de Rouen, et sautèrent dans un taxi qui les amena aux Trois Chats. Il leur fallut plusieurs minutes pour trouver Julie qui les attendait attablée dans un coin du café bondé qui sentait le chien mouillé, dévorant avec appétit une composition glacée digne d'un Jeff Koons. Depuis son départ précipité de Dordogne, deux mois plus tôt, elle avait pris des joues et de la poitrine ; pourvu qu'elle n'ait pas une mauvaise nouvelle à leur annoncer, songea Lorraine qui avait encore présente à l'esprit la soirée où tout avait basculé.

Mais Julie avait l'air rayonnante, et dans les yeux une lueur déterminée que sa sœur ne lui connaissait pas ou, si elle l'y avait déjà vue, c'était il y avait de cela très longtemps. Bien avant l'arrivée dans la vie de son aînée de cet horrible type, qui n'avait de cesse, à elle et à sa famille, de la leur voler, de l'aliéner corps et âme, pour mieux l'anéantir.

— J'ai pas beaucoup de temps, commença Julie en regardant sa montre, et en jetant autour d'elle des coups d'œil méfiants. Mais j'ai quelque chose à vous annoncer, et j'ai besoin de votre aide ! Je...

Le serveur s'approchait, et elle s'arrêta net. Rouen était une petite ville, et Patrice était un chirurgien aussi reconnu et respecté que l'homme était détesté : Julie ne voulait pas qu'une oreille indiscrète entende ce qu'elle avait à dire. Rouen était une petite ville, et l'on s'y ennuyait.

Lorsque leur commande fut arrivée – une gaufre au Nutella pour Louise, un croque-monsieur à l'ananas pour Bastien qui ne reculait devant aucune expérience en matière de gastronomie et un chocolat chaud pour Lorraine –, Julie poursuivit son récit, ou plutôt elle le commença. Intrigué par son entrée en matière, son auditoire était tout ouïe.

— J'ai beaucoup réfléchi. Depuis que Patrice m'a dit, pour papa... oui, parce que, pour moi, c'est toujours papa, ça ne change rien, sourit-elle. Et puis on n'est même pas sûrs que ce soit vrai...

Julie, qui n'avait toujours pas parlé à son père – le sujet était trop grave pour en parler au téléphone, se racontait-elle, mais peut-être l'ignorance était-elle pour elle une ultime manière de se protéger –, se raccrochait à cette idée. Mais plus le temps passait, moins elle y croyait. Et ce qu'elle lut sur le visage de sa sœur et de ses neveux chassa définitivement la parcelle d'espoir qui aurait pu subsister.

— Alors c'est vrai..., murmura-t-elle. Au fond d'elle-même, elle le savait.

Elle se passa les deux mains sur le visage. Lorraine s'attendait à la voir fondre en larmes, et fut surprise de voir un sourire éclairer son visage. C'était un sourire de résignation, de soulagement aussi de ne plus avoir à se faire des idées, et de compassion.

— C'est toujours papa, ça ne change rien…, répéta Julie avec encore plus de force et de détermination. C'est toujours papa.

Lorraine sentit les larmes lui monter aux yeux. Retrouver sa sœur, la tendresse dans son sourire, et entendre de sa bouche qu'elle pardonnait à son père, ou plus exactement semblait ne lui en avoir jamais voulu, la bouleversaient. Elle jeta un coup d'œil en coin à Louise, qui de son côté évitait soigneusement son regard pour ne pas se mettre elle aussi à pleurer.

— Tu n'es pas enceinte, au moins ? demanda Lorraine à la fois pour changer de sujet et parce qu'elle était incapable de résister aux messages alarmistes que lui envoyait son inconscient.

Julie si ronde, Julie si douce, Julie avalant un banana split à quatre heures de l'après-midi, qu'elle n'avait jamais aimé et qui n'était pas son genre.

— Justement… Julie lécha la chantilly qui lui maculait les lèvres. C'est de ça que je voulais vous parler.

La tuile, se dit Lorraine. Ce qui pouvait arriver de pire était en train de se passer. Sa sœur pieds et poings liés par l'arrivée d'un bébé. Définitivement à la merci de son abominable chirurgien, qui ne manquerait pas de l'épouser.

— Je prends un traitement, enfin… Patrice croit que je prends un traitement pour tomber enceinte. Il m'a envoyée chez un spécialiste qu'il connaît – il est à Paris, une chance ! –, qui m'a prescrit des trucs pour stimuler mes ovaires et favoriser la fécondation.

Lorraine blêmit. Elle va nous annoncer que ça a marché, songea-t-elle. Julie grattait maintenant le fond de sa coupe, afin de ne rien laisser de la glace désormais fondue.

— Sauf que je ne le prends pas…
— Pardon ?

Lorraine sursauta. Louise, qui venait de comprendre plus vite que sa mère, émit un long soupir de soulagement. On aurait dit qu'elle se dégonflait. Quant à Bastien, il observait les va-et-vient des clients du bar d'un air faussement intéressé : ces conversations de filles le gênaient.

— Je ne le prends pas, répéta Julie, contente d'elle. Et même – son œil se fit malicieux –… pour être certaine de ne pas avoir le moindre risque de tomber enceinte, je prends la pilule. Sauf que comme ce fichu traitement est censé me faire grossir, je suis obligée de bouffer comme quatre pour que la chose soit crédible. Pour l'instant, Patrice n'y voit que du feu, il est sûr que j'avale mes médocs bien sagement et que je vais finir par avoir un enfant de lui. Et ça, il n'en est pas question !

En plus de la détermination, il y avait maintenant de la rage dans la voix de Julie.

— Parce que je vais le quitter. J'endors la bête… et je le quitte ! C'est vraiment dégueulasse, le coup qu'il m'a fait, pour papa. Ça m'a ouvert les yeux…

Julie grondait maintenant. Ses mots sonnaient comme une déclaration de guerre.

— D'autant que papa ne le lui a jamais dit ! lâcha Lorraine, qui éprouvait soudain le besoin d'excuser son père.

Elle raconta brièvement à Julie la scène qui avait eu lieu dans le bureau, telle que la leur avait relatée Jean, et les explications de Christiane qui avaient suivi.

— Il ne… Julie posa sur elle un regard incrédule. Mais c'est encore pire que ce que je pensais, ce type est vraiment une saloperie ! Il m'a déballé tout ce truc sans savoir si c'était vrai ?

Elle avait frappé la table de sa cuillère, attirant l'attention d'une bonne moitié de la salle, ce qui était précisément ce qu'elle voulait éviter.

Son portable vibra. Elle y jeta un regard mais ne décrocha pas.

— Merde, c'est lui, il faut que j'y aille, dit-elle en s'emparant de son manteau.

— T'as un nouveau portable ? remarqua Bastien en reluquant l'iPhone dernier cri de sa tante.

Julie le jeta dans son sac, sans la moindre précaution.

— Il a mis l'ancien en miettes pour m'empêcher d'appeler papa… et vous. Et puis il s'est rendu compte qu'il se punissait lui-même en ne pouvant pas me joindre à tout moment. Du coup il m'a offert ce truc mais je vous rassure… il sait où me localiser, et il a les factures détaillées !

Lorraine était outrée.

— Mais qu'est-ce que tu attends pour le virer ? Pourquoi tu ne le quittes pas immédiatement ?

— Maman a raison, surenchérit Louise. Tu rentres avec nous à Paris, et hop…

Julie regarda sa nièce, attendrie.

— Ce n'est pas si simple, Loulou, tu ne connais pas l'oiseau. Il faudra que je mette beaucoup plus de kilomètres qu'il n'y en a entre Rouen et Paris si je veux être certaine qu'il ne viendra pas me chercher.

Elle embrassa sa sœur et ses neveux, s'attardant dans la chevelure de Bastien qui se laissa ébouriffer sans rechigner.

— Je viens à Paris dans quelques semaines pour faire des examens, on en profite pour se voir ? Et, en attendant, c'est moi qui vous appelle, ou alors on se parle avec Loulou sur Facebook. Patrice croit avoir réussi à faire en sorte que je ne veuille plus entendre parler de ma famille... On ne va surtout pas le détromper, ce con !

Lorraine regarda sa sœur s'éloigner. Si elle était manifestement en train de s'affranchir de l'influence néfaste de son compagnon, elle n'était pas encore sortie de ses griffes.

Dans le train du retour, Louise tapa un message qu'elle montra à sa mère avant de l'envoyer sur la boîte mail de son grand-père : « Ne sois plus triste, on vient de voir Julie, elle va bien. On ne peut pas la contacter pour le moment, surtout. Mais elle va bien et elle t'aime ! Et moi je te fais des bisous. Ta Loulou. »

D'une certaine manière, les vœux de Lorraine avaient été exaucés : Cyrille avait poussé la porte de la boutique, et tout avait recommencé. Ils arrivaient à grappiller des moments d'autant plus intenses qu'ils étaient rares, et volés. La clandestinité donnait à leurs ébats du piquant et même une excitante dangerosité, et d'un accord tacite ils faisaient en sorte de savourer chaque seconde du temps qui leur était compté. Laissant soigneusement de côté les sujets qui pouvaient fâcher.

Si Cyrille semblait se satisfaire de la situation, croquant la pomme lorsqu'elle se présentait et s'accommodant de la diète qui suivait, Lorraine était plus mitigée. Elle connaissait avec son amant des extases insoupçonnées, et adorait les moments de complicité qu'ils partageaient. Mais l'amour contre une porte de Frigidaire – à moins qu'elle ne fût cochère – présentait somme toute des charmes limités, et elle aurait donné cher pour une nuit entière, une grasse matinée ou un week-end prolongé… ce qui n'arrivait presque jamais. Ou même un dîner à quatre, dans la cuisine, avec des amis ou les enfants. Lorraine avait parfois des envies de quotidien, de feu de cheminée, de série télé et, pourquoi pas, de famille recomposée.

« Mais tu es folle ! la grondait Maya lorsqu'elle lui faisait part de ses états d'âme. Tu as le meilleur sans jamais subir le pire ! Tu te vois passer des week-ends et des vacances avec ses enfants, qui vont te détester, pour ça, tu peux faire confiance à leur mère ! Sans parler des chaussettes sales, du tube de dentifrice débouché, des courses à faire, des dîners à préparer, des comptes à rendre et de l'humeur du monsieur quand sa femme – enfin son ex, dans ton scénario hollywoodien – lui piquera tout son fric et changera les dates de la garde alternée... Adieu les moments en amoureux ! Tu y as pensé, à ça ? »

Lorraine y pensait souvent. De plus en plus. Tiraillée entre les arguments de Maya, qui ne manquaient pas de pertinence – et pourtant, elle, elle avait bien replongé –, et son désir viscéral de ne plus partager Cyrille, de l'avoir pour elle seule. Elle l'aimait. Et il n'y avait qu'un pas de l'amour à la possessivité.

— Dis donc, mon cœur..., commença-t-elle en prenant mille pincettes alors qu'ils étaient en train de siroter un verre de chardonnay glacé après une séance particulièrement musclée.

Lorraine entortilla autour de ses doigts les poils qui recouvraient le torse de son amant, se demandant, mais elle était lancée, si cette conversation était une bonne idée. Cyrille souleva un sourcil interrogateur.

— Hum ? grogna-t-il en lui caressant un sein et en se retournant sur elle pour l'embrasser.

Il était encore temps de s'arrêter. Lorraine pouvait rendre à Cyrille son baiser, et cette conversation n'aurait jamais lieu. À la place de quoi, avec le solide pressentiment qu'elle allait le regretter, mais incapable d'endiguer les mots qui se pressaient hors les murs de son inconscient, elle poursuivit son idée.

— Tu ne t'es jamais dit que tu pourrais quitter ta femme comme ça on pourrait vivre ensemble ?

C'était sorti comme ça, sans romantisme ni ponctuation. Rien. Une invite concrète et factuelle à se mettre entre les pattes du quotidien qui tue. Comme un avant-goût de ce qui les attendait. Un avant-goût amer.

La sanction fut immédiate.

— Oui mais non. Cyrille vida son verre d'un trait. Bien sûr que j'adorerais, ma Lolo, si je pouvais...

Il caressa les cheveux de Lorraine pour adoucir la suite de son propos. Le « mais »...

— Mais tu sais bien que c'est impossible !

À vrai dire, rien ne semblait impossible à Lorraine, qui n'était pas à une épreuve près dans la vie et pour qui défaire en sachant qu'on allait reconstruire était beaucoup plus excitant que ce à quoi elle-même, au moment de son divorce, avait été confrontée. Ne dit-on pas qu'une femme part pour elle-même, et qu'un homme part pour une femme ? Lorraine serait celle pour qui Cyrille partirait, qui l'aiderait et, d'une certaine manière, le libérerait du joug de son épouse, voire le transformerait. Cyrille à ses côtés serait un homme nouveau, épanoui, décontracté ; tels étaient les fantasmes que Lorraine nourrissait.

— Tu sais à quel point mon job est important pour moi, même si parfois il est difficile de se faire entendre dans une société qui appartient à sa femme.

Si je quitte Béné, je perds tout, et si je le fais pour toi, un jour je t'en voudrai…

Lorraine sentit son ventre se nouer. Dans la même phrase, il avait dit *sa femme* et il avait dit *Béné*, usant à la fois du possessif et de l'affectif, signe que l'histoire de ces deux-là n'était pas terminée. Plus le fait qu'il lui préférait son métier, ce qu'aucune femme amoureuse n'était prête à entendre, et qui rappelait à Lorraine les mots de son propre père. Les hommes étaient-ils donc tous les mêmes, faisant passer leur confort et leur tranquillité avant ce qui les faisait vibrer ?

D'un autre côté, la réponse de Cyrille avait le mérite d'être franche ; Lorraine ne pouvait s'en prendre qu'à elle-même de s'être exposée à une déception certaine en abordant le sujet.

— Mais on est bien comme ça, ma Lolo, non ?

Sans manifester le moindre regret ni la moindre culpabilité, à croire qu'il n'était même pas conscient de ce que ses paroles pouvaient avoir de blessant, Cyrille la prit dans ses bras.

— On est bien, non ? répéta-t-il.

Lorraine acquiesça à contrecœur, s'empressant de noyer son ressentiment dans une pluie de baisers.

***

— C'est qui, le vieux beau qui vient de sortir ? demanda Louise en retrouvant son frère dans la cuisine.

Absorbé par la préparation d'un pot-au-feu, dans lequel il excellait désormais et qu'il avait instauré, au grand dam de sa sœur qui se voyait du coup obligée de manger à la fois du bouillon – qu'elle abhorrait –, de la viande bouillie – qui ne valait guère mieux – et des légumes, comme rituel du dimanche soir, Bastien avait entr'aperçu Cyrille lorsqu'il s'était éclipsé. Après leur conversation et la réconciliation qui avait suivi, Lorraine et son amant s'étaient rendormis, et avaient été réveillés en sursaut par les enfants qui rentraient. Si, par pudeur, Bastien avait fait mine d'ignorer la silhouette masculine qui se glissait hors de l'appartement, Louise, quant à elle, l'avait bel et bien vue. En fait, forte de ses quinze ans et de son intérêt naissant pour le sexe opposé, elle l'avait carrément maté.

— Tu sais qui c'est ? insista-t-elle en fouillant les placards à la recherche du pot de Nutella.

— Bah le mec de maman, j'imagine.

Bastien n'aimait pas les mots qu'il venait de prononcer. Il n'aimait pas l'idée que sa mère puisse coucher avec un autre homme, qui n'était pas son père.

— J'aime pas…, trancha Louise, comme un écho aux pensées de son frère.

— Oh ça va… y a pire ! commenta Bastien, toujours le nez dans ses légumes. Il est pas mal gaulé !

— T'as vraiment des goûts de tapette !

Comme toutes les filles de sa génération, Louise avait un faible pour les garçons qui affichaient une certaine fragilité derrière des pectoraux bien dessinés ; la virilité un peu sèche et noueuse de Cyrille était trop brute à son goût, d'une autre époque.

— Moi je le trouve carrément vintage, le mec ! C'est pas parce qu'il lui envoie des fleurs...

— Ça va avec le côté vintage ! Et puis ne dis pas le contraire, Loulou, toi aussi tu craquerais si un mec t'envoyait des bouquets ! observa Bastien avec justesse.

Une récente expérience, qu'il s'était bien gardé d'ébruiter, craignant les questions de sa mère et les sarcasmes de sa sœur, lui avait montré qu'une rose avait raison de n'importe quelle fille. N'importe quelle fille de son âge en tout cas, peu habituées qu'elles étaient à se faire courtiser.

— Qu'est-ce qui est vintage ? demanda Lorraine en faisant irruption dans la cuisine.

En jean, bottes et col roulé, les cheveux impeccablement noués dans un de ces chignons tortillés qu'elle affectionnait, on n'aurait pas dit qu'elle avait passé l'après-midi au lit. Mais il n'était pas question, devant les enfants, d'apparaître négligée. Et encore moins repue. Lorraine cachait derrière une apparence irréprochable un relent de culpabilité qui, si elle n'était pas vraiment justifiée, l'assaillait chaque fois qu'elle replongeait dans son quotidien familial trop peu de temps après être sortie des bras de Cyrille. Il lui fallait, entre ces deux aspects de sa vie pour le moment cloisonnés, comme un sas pour se retrouver.

— Euh..., commença Louise, se demandant si elle allait mettre les pieds dans le plat.

Outre l'envie de satisfaire sa curiosité, le fait que sa mère puisse coucher chez eux avec un homme l'énervait.

— Le blouson ! lança Bastien à tout hasard. Loulou me parlait d'un blouson qu'elle a vu chez une copine, et qui est une copie conforme de euh... celui d'Elvis Presley.

Contrairement à ce que pouvait insinuer sa sœur, Bastien mentait comme un homme, un vrai.

— Hum...

Lorraine sourit devant les efforts louables de son fils pour lui cacher la vérité. Avant de surprendre ses enfants dans la cuisine, elle n'avait pas perdu une miette de leur conversation, et du coup elle se demandait si elle devait ou non leur présenter Cyrille la prochaine fois qu'il viendrait.

— J'aime pas ! vrombit Louise en croisant les bras et en toisant sa mère d'un air renfrogné.

— Tu n'aimes pas quoi, ma Loulou ? Lorraine sentit son cœur se serrer.

— J'aime pas que tu amènes ton mec à la maison quand on est là, voilà !

Il ne manquait plus que ça ! Lorraine songea avec une nostalgie coupable aux hommes qu'aucun enfant, parce qu'ils étaient à la garde de leur mère, n'empêchait de refaire leur vie. Mais elle était une femme et elle était une mère, et Louise et Bastien attendaient d'elle qu'elle soit une mère avant tout, au détriment même de sa vie de femme.

À l'instar de la plupart de ses congénères, telle était l'équation injuste à laquelle elle était confrontée.

Cyrille observait sa femme d'un œil intrigué.

Pour la première fois depuis leur mariage, alors qu'il s'apprêtait à lui annoncer qu'il « avait un dîner avec des investisseurs étrangers » — lesdits investisseurs pouvant être remplacés à l'envi par des conseillers, des journalistes, des directeurs de cabinet, des avocats... autant d'excuses qu'il avait coutume d'invoquer lorsqu'il avait rendez-vous avec Lorraine —, et que « cela risquait de se finir tard », Bénédicte le prit de court en lui annonçant la première que, ce soir, c'était elle qui sortait. Un dîner de boulot, expliqua-t-elle non sans une certaine jubilation, auquel il n'était pas convié.

— Mais..., commença Cyrille en songeant que l'affaire était perdue d'avance et se demandant quel mensonge il allait bien pouvoir trouver pour décommander Lorraine au dernier moment.

Cela ne pouvait pas plus mal tomber. Cyrille sentait sa maîtresse insatisfaite ces derniers temps, et il était perturbé. Il s'était embarqué sans réfléchir dans son histoire avec Lorraine, la vivant au jour le jour et prenant les instants comme ils se présentaient. Sans se soucier de l'avenir, et sans imaginer une seconde que Lorraine pût elle-même s'en préoccuper. Pourtant, célibataire et amoureuse, il était logique qu'un jour elle voudrait construire sa vie de manière plus sereine, sans avoir à partager l'homme qu'elle aimait et en sachant de quoi les lendemains seraient faits. Construire sa vie avec lui. Et ce jour était arrivé.

En verbalisant ses attentes, même si, Cyrille s'en était rendu compte, elle l'avait fait du bout des lèvres comme si elle n'osait revendiquer une chose pourtant humaine et légitime, elle avait brutalement sorti Cyrille du déni dans lequel il se réfugiait. Et l'avait confronté à la réalité.

Si leur histoire devait avoir un avenir, ce ne serait pas sans certains aménagements. On ne pouvait passer toute sa vie à papillonner. Pas sans une base fixe, en tout cas, vers laquelle, chaque fois, on revenait.

Lorraine était libre, et n'avait pas cette base à laquelle se rattacher. Cyrille, lui, l'avait. La réponse qu'il lui avait faite lorsqu'elle avait suggéré d'une traite qu'il pourrait quitter sa femme pour vivre avec elle en avait été, pour l'un comme pour l'autre mais pour lui surtout, la démonstration.

Même s'il aimait Lorraine, même s'il adorait faire l'amour avec elle et les moments de complicité qu'ils partageaient, il avait désormais la certitude qu'il ne quitterait jamais Bénédicte. Parce qu'elle avait le pouvoir. Parce qu'elle avait l'argent. Parce que sans elle il ne pourrait jamais réaliser le projet auquel il tenait plus que tout, et qui serait le couronnement de sa carrière. Et parce qu'il y était habitué.

Cyrille sentait confusément qu'il n'était pas l'homme qu'il fallait à Lorraine, qu'il la menait en bateau et lui faisait perdre du temps. Mais il l'aimait assez pour n'avoir ni l'envie ni le courage d'y renoncer.

— Il n'y a pas de mais ! rétorqua suavement Bénédicte, le tirant de ses réflexions. Une fois n'est pas coutume, c'est moi qui sors. Il en va de l'avenir de la société !

Bénédicte portait une robe bleu nuit drapée que Cyrille ne lui connaissait pas et qui mettait en valeur le peu de formes qu'elle avait. L'idée l'effleura qu'elle se préparait pour un autre homme, même si le dîner était professionnel, ce dont il ne doutait pas, et il fut lui-même surpris du pincement de jalousie qu'il éprouva. Aussitôt chassé par la frustration de voir ses propres plans contrariés.

— Octave dîne chez Pierre, je lui ai dit que s'il voulait rester dormir il pouvait mais qu'il devait te prévenir.

Bénédicte posa avec application sur ses cils un mascara assorti à sa tenue, ce qu'elle ne faisait plus depuis de nombreuses années.

— Ah ! Et j'ai demandé à Azucena de laisser un poulet dans le four pour toi et les jumeaux, et une ratatouille. Vous n'allez pas mourir de faim…

Elle s'empara de son manteau et disparut dans l'entrée.

— Bon, allez, ciao ! Bonne soirée ! Et je risque de rentrer tard ! conclut-elle en reprenant avec un malin plaisir les mots dont son mari avait fait son expression préférée.

La porte claqua, laissant Cyrille abasourdi. Il composa le numéro de Lorraine, en se disant que la meilleure chose à faire était sans doute de lui dire la vérité – dans le cadre de ses nouvelles fonctions, Bénédicte avait eu une obligation dont elle avait omis de le tenir informé –, puis il se ravisa. Il n'avait pas envie de passer pour un toutou vis-à-vis d'une femme qui l'aimait, en partie, pour sa virilité.

Il se rabattit sur un texto facile et laconique, dont il ne releva même pas l'ironie : « Coincé dans une réunion qui risque de se finir tard… ne m'attends pas. Sorry. »

Puis, pris d'un remords, il envoya un autre message, « On se rattrapera ma Lolo ! Je te le promets ! », au moment même où Jules et Lucrèce, accompagnés de Rose qui les suivait partout, faisaient irruption dans la pièce.

— Papa, papa, on va au McDo ? chantonna Lucrèce en sautant au cou de son père.

La gamine savait y faire pour embobiner son papa, et c'était toujours elle que ses frères envoyaient en première ligne lorsqu'il s'agissait d'obtenir de lui ce qu'ils voulaient, dès que leur mère avait le dos tourné.

Cyrille embrassa les cheveux de sa fille, humant leur odeur d'amande et de lait, topa dans la main de son fils et, sans une pensée pour le poulet ratatouille qui lui rappelait trop les lundis de l'île de Ré, attrapa les manteaux, les écharpes et les bonnets de toute la famille et son trousseau de clefs.

— Ça marche ! Allez hop, les enfants, on y va !
— Ouiiiii ! T'es trop un cœur, mon petit papa ! minauda Lucrèce en se dandinant pour essayer

d'éviter le bonnet que son père tentait de lui enfiler. Je suis obligée de mettre ce truc ? Ça va m'aplatir les cheveux... et puis ça pique !

Sans attendre la réponse de son père, elle le fourra tant bien que mal dans sa petite poche.

Courant derrière ses enfants qui dévalaient maintenant l'escalier en criant, Cyrille se sentit rasséréné. Heureux, au fond de lui, de passer une soirée seul avec les deux petits, dont Bénédicte ne cessait de lui faire remarquer qu'il ne s'en occupait pas assez. « Tu as voulu des enfants, tu t'en occupes ! » lui répétait-elle, de plus en plus souvent depuis qu'elle s'était mise à travailler.

Ce n'est qu'une heure plus tard, lorsqu'il revint fourbu et ballonné de leur dîner de frites, de burger et de milkshakes, qu'il remarqua le texto que Lorraine lui avait envoyé en retour : « Laisse tomber. »

***

— Je crois que j'ai fait une boulette ! annonça Lorraine en franchissant la porte de la boutique le lendemain matin.

Le magasin sentait bon le sapin et les épices, clou de girofle, badiane, bâtons de cannelle, dont Maya agrémentait les couronnes fraîches qu'au moment des fêtes elle réalisait chaque année.

— Grouille, on a cinquante centres de tables à livrer avant quatorze heures pour la vente de charité du Crillon ! l'accueillit son amie sans lever le nez des branches odoriférantes de genévrier de Chine qu'elle piquait avec du houx dans une torsade de pin de Macédoine.

Cinquante centres de table à 70 euros le bout, cela faisait déjà 3 500 euros qui ne rentreraient pas dans la poche de la cause pour laquelle le charity était donné. Sans compter le reste de la décoration – somptueuse –, le dîner – réalisé par un aréopage de chefs étoilés –, et bien sûr le champagne millésimé qui coulait à flots dans ce genre de soirée. Maya ne comprenait rien à l'économie de ces pince-fesses à vocation soi-disant humanitaire qui se multipliaient, avec une accélération en fin d'année, et à vrai dire le principe la dégoûtait. Mais en bonne fille du Bazar elle ne se voyait pas refuser le chiffre d'affaires conséquent que cela lui apportait. D'où sa mauvaise humeur du matin, et le peu d'intérêt qu'elle avait porté à l'entrée en matière de Lorraine lorsqu'elle était arrivée.

Devant l'indifférence de son amie, Lorraine, qui depuis le texto qu'elle avait envoyé la veille à Cyrille dans un accès de lassitude et de colère, avait très peu dormi, éclata en sanglots.

Surprise, Maya la dévisagea et abandonna son ouvrage pour aller la prendre dans ses bras.

— Mais qu'est-ce qu'il t'arrive, ma chérie ? demanda l'Iranienne en la pressant comme une enfant contre l'oreiller soyeux de sa poitrine.

— C'est… c'est Cyrille, hoqueta Lorraine, dans un torrent de larmes maintenant ininterrompu.

— Je m'en doute, que c'est Cyrille.

Maya la serra plus fort et lui caressa les cheveux, attendant que son amie reprenne ses esprits et soit en mesure de s'expliquer.

— Hier soir il... Tu sais, on devait se voir, je m'étais même dit que je pourrais le présenter aux enfants. Ils l'ont aperçu, l'autre jour, alors autant qu'ils se connaissent, non ?

Lorraine chassa une mèche qui lui tombait devant les yeux. Des sanglots muets la secouaient encore de temps en temps, mais ils ne l'empêchaient plus de parler. Bien au contraire : plus que de se confier, on aurait dit que Lorraine avait besoin de se déverser. Elle soupira avant de continuer.

— Bon. Toujours est-il que l'occasion ne s'est pas présentée, parce qu'il a annulé au dernier moment et le pire... le pire c'est qu'il l'a fait par texto. Il n'a même pas eu les couilles de me téléphoner, tu te rends compte ? Il a un problème avec le téléphone, ce type ! Et ce texto était exactement du même carat que ceux qu'il envoie à sa femme quand il est avec moi. Il nous sert les mêmes mensonges, à sa femme et à moi, tu te rends compte, Maya ?

— Un homme sert toujours les mêmes mensonges, fit observer Maya d'un air docte. Tu ne t'imagines tout de même pas qu'ils vont en inventer des différents chaque fois ? D'abord, ils n'ont pas assez d'imagination, et puis une fois qu'ils ont rodé leur petit répertoire, c'est plus simple de le resservir à toutes les sauces. Comme ça, au moins, ils ne risquent pas de se tromper sur ce qu'ils ont raconté... Qu'est-ce qu'il t'a dit, exactement ?

Lorraine alla chercher son portable dans son sac, et montra les textos de Cyrille à son amie.

— C'est peut-être vrai... Qu'est-ce qui te dit que c'est un mensonge ?

— C'est évident, rétorqua Lorraine d'un ton où perçait une pointe de mépris.

Elle avait tellement vu Cyrille envoyer le même message à sa femme qu'elle ne pouvait pas imaginer une seule seconde que, cette fois-ci, il pût dire vrai. À force de le voir mentir à ses côtés avec une telle aisance, elle avait développé à son égard et sans s'en apercevoir une certaine défiance. Si Lorraine aimait Cyrille, elle ne lui faisait pas confiance.

— Et qu'est-ce que tu as répondu ? s'enquit Maya à qui la situation ne paraissait pas aussi grave que ça.

— Justement, c'est là que ça coince ! J'ai répondu « Laisse tomber »… Et depuis, pas de nouvelles. Évidemment…

La gorge de Lorraine recommença à se nouer. Sous le coup de la colère, elle avait dit quelque chose qu'elle regrettait, et un mot lancé ne revenait jamais. À plus forte raison quand il était écrit.

Le visage de l'Iranienne s'éclaira.

— Mais c'est parfait ! Il n'y a vraiment pas de quoi te mettre dans tous tes états, ma chérie ! Si tu veux mon avis, tu ne pouvais pas faire une meilleure réponse. D'un côté, tu montres que tu n'es pas dupe, de l'autre que tu n'apprécies pas vraiment qu'il te traite comme ça – tu n'es pas sa *femme,* justement. Et tu lui fais sentir par-dessus le marché que tu n'es pas à sa disposition. Ton « laisse tomber » ne pouvait pas mieux tomber…

— Tu crois ?

Lorraine enfila ses gants et se mit à assembler des branches de conifère.

— J'en suis certaine. Ça va l'exciter, et il ne va pas tarder à donner des nouvelles, j'en mettrais ma main à couper ! Fuis l'amour, il te suit... tu connais l'adage !
— Hum...

Lorraine n'était pas convaincue. Mais elle voulait y croire.

Depuis que Cyrille avait reçu le texto de Lorraine, il se demandait comment il devait le prendre. Si sa première réaction avait été une bouffée d'énervement – elle aurait pu *comprendre* qu'il avait une famille dont il devait s'occuper ! –, oubliant que ce n'était pas là le motif qu'il avait invoqué, il avait vite ressenti la frustration de se sentir repoussé et la peur d'être abandonné. Car le texto de Lorraine, en lui enjoignant de « laisser tomber », prouvait qu'elle était capable de le faire elle-même, laisser tomber... Et il n'allait pas prendre le risque de foutre sa vie en l'air pour une femme qui baisserait les bras à la moindre contrariété.

Du coup, la réaction animale qu'avait prédite Maya et qui aurait dû, à l'instar de tous ses congénères, stimuler chez Cyrille un mâle esprit de conquête, avait été chassée et remplacée par un désir de fuite dont il s'expliquait que c'était la meilleure solution, et qui à vrai dire le rassurait. « Laisse tomber »... Le message de Lorraine avait ouvert la brèche de ce que Cyrille voulait qualifier de raison, quand Lorraine et

Maya, lorsqu'elles en parleraient plus tard, n'y verraient que lâcheté.

Ainsi, en parfait gentleman à la limite de la victime – telle était la manière dont il avait choisi de se considérer, se complaisant de temps à autre dans un spleen et des sautes d'humeur qu'il estimait justifiés –, Cyrille ne donna aucune nouvelle, ni ne prit les appels de Lorraine, se pliant à l'injonction de sa maîtresse. Soulagé de ne pas avoir eu, lui, à prendre la décision.

L'amour qui le liait à Lorraine et qu'il pouvait, à présent qu'il était brisé, nommer et fantasmer à loisir, était impossible. Dans la douleur qu'il s'infligeait, Cyrille était à deux doigts de se prendre pour un héros, se replongeant dans la littérature du XIXe siècle avec une empathie nouvelle. Cyrille était triste, mais il se sentait grandi.

Loin de ces considérations romanesques, Lorraine, après avoir suivi quelques jours les conseils de Maya qui consistaient à attendre que le texto ait l'effet escompté, commença à l'appeler. Sans succès. Il ne répondait ni à ses coups de fils ni aux messages, dont, dans un désespoir empreint de rage, elle le bombardait. Sans autre forme de procès, Cyrille avait bel et bien laissé tomber.

— Et maintenant, je fais quoi ? demanda Lorraine à Maya un jour qu'elles étaient en train de décorer un sapin de Noël. L'ambiance des fêtes, toute à la joie familiale, réelle ou édulcorée, n'était pas faite pour arranger son humeur.

— Tu ne fais rien, qu'est-ce que tu voudrais faire ? explosa Maya. Toute cette histoire avait ébranlé ses certitudes concernant les hommes et leur mode d'emploi, qu'elle croyait si bien connaître ; et cela la contrariait.

— Je pourrais aller le voir. Je pourrais aller chez lui, ou en bas de son bureau...

— Ah oui très bonne idée ! Comme ça, tu pourras t'expliquer directement avec sa femme ! Tu la connais, tu lui as déjà parlé cet été..., ironisa l'Iranienne en tirant sur le pull qui dévoilait son petit ventre replet. Si j'ai un conseil à te donner...

— Pour ce qu'ils valent...

Les mots étaient à peine sortis de la bouche de Lorraine qu'elle les regretta. Elle était injuste envers son amie, qui avait toujours été là pour la soutenir. Maya n'y était pour rien si elle s'était amourachée d'un homme marié. Et lâche, par-dessus le marché. Enfin... presque rien.

Lorraine chassa les souvenirs qui affluaient, son regard qui avait croisé celui de Cyrille dans l'église, le bouquet qu'il lui avait fait réaliser sans qu'elle sût qu'il lui était destiné, leur premier baiser devant sa porte d'entrée, le bar au sel raté et l'omelette qui l'avait remplacé... Elle avait besoin de voir Cyrille, elle ne pouvait pas laisser cette histoire se terminer sans aucune explication. Elle ne pouvait pas la laisser se terminer tout court.

Maya encaissa sans broncher.

— Mais je l'aime, couina Lorraine d'une voix qu'elle détesta aussitôt.

— Tu l'aimes parce que tu ne peux pas l'avoir. Inconsciemment, tu le savais dès le départ : c'est parce que tu ne veux plus d'homme dans ta vie que tu en as choisi un qui était déjà pris. Ce n'est pas ce que tu m'as toujours dit ?

Maya releva une mèche qui tombait sur les yeux de Lorraine, et l'entoura de son bras.

— Allez, laisse tomber…, conclut-elle en se maudissant d'avoir choisi les mêmes mots que ceux qui avaient tout déclenché.

Lorraine se dégagea de l'étreinte de son amie avec un vague sourire, prit son manteau et chargea à l'aide d'un diable le sapin à l'arrière de la fourgonnette.

— Bon, allez, j'y vais ! dit-elle d'une voix ferme en empoignant les clefs. C'est bien beau les états d'âme, mais on a ces foutus sapins à livrer !

***

Lorsqu'il vit Lorraine se garer en bas de son bureau et sortir de la fourgonnette pour se diriger d'un pas décidé vers la réception, Cyrille eut une montée de panique. Il avait réussi à convaincre Bénédicte de dîner en tête à tête, et devait la retrouver dans le hall un quart d'heure plus tard. Exactement là où Lorraine se tenait.

Pour faire bonne mesure dans le cas d'une éventuelle rencontre malheureuse – au-delà de leur ironie, les paroles de Maya ne manquaient pas de sens et en venant au siège de la société Lorraine savait qu'elle prenait le risque de tomber nez à nez avec sa rivale –, la fleuriste prit avec elle une énorme couronne et le cahier de livraisons ; en cas d'urgence, elle pourrait toujours prétendre s'être trompée. Mais elle n'en eut pas besoin : ce fut Cyrille qui, à peine avait-elle franchi la double porte d'entrée, courut à sa rencontre, rouge de confusion ; il lui prit le coude et l'entraîna dans une salle de réunion dont il referma la porte d'un coup de pied.

— Mais qu'est-ce que tu fais là ? chuchota Cyrille en jetant vers la porte des regards inquiets.

Lorraine s'approcha de lui pour l'embrasser. Pris de court, il lui rendit son baiser, avant de la repousser.

— Je voulais te voir…, commença Lorraine en sentant sa poitrine se consteller de plaques rouges. – Vraiment pas le moment, songea-t-elle en mettant la couronne devant elle pour les cacher. – Tu ne peux pas disparaître comme ça…

Cyrille vacilla. Il aurait donné cher pour que cette conversation n'eût jamais lieu. Mais le fait de revoir Lorraine l'ébranlait, et il ne savait ni comment lui dire qu'il avait décidé d'arrêter, ni si c'était vraiment ce qu'il souhaitait.

— C'est toi qui m'as dit de laisser tomber…, hasarda-t-il pourtant d'une voix mal assurée. Et je crois que tu as raison…

— Mais ce n'est pas ce que je voulais dire ! protesta Lorraine si fort que Cyrille lui couvrit la bouche de sa main.

Le fait de sentir sous ses doigts les lèvres de Lorraine, et son souffle chaud et humide contre sa paume, vrilla les sens de Cyrille, qui regarda son entrejambe enfler d'un air dubitatif.

— Allez…, insista Lorraine, consciente de son avantage.

Elle le poussa contre la table de réunion, glissant sous sa chemise des doigts qui lui électrisèrent la peau. Cyrille était en train d'enfouir son visage entre les seins de Lorraine, se demandant quel fou il avait été pour envisager ne serait-ce qu'une seconde de se priver de leur douceur, lorsqu'une voix le rappela à l'ordre. Bénédicte le cherchait.

D'un geste preste, Cyrille se releva, referma sa chemise et attrapa au hasard une pile de documents avant de se diriger vers la sortie.

— Tu restes là jusqu'à ce qu'on soit partis, O.K. ? lâcha-t-il dans un murmure à l'intention de Lorraine. Et sans se retourner, sans un signe et sans un baiser, il éteignit la lumière avant de refermer la porte derrière lui. Je suis là ! chantonna-t-il à l'intention de sa femme. J'étais juste allé récupérer les PV d'assemblée !

Restée seule dans le noir, assise les jambes écartées sur la plaque de verre, Lorraine regarda la porte d'un air hébété. L'espace d'une seconde, elle fut tentée de sortir à son tour et de laisser la situation, ou de moins ce qu'il en restait, exploser au grand jour. Mais elle se reprit : car ce qu'elle ressentait, au-delà du chagrin et de la déception, ce qu'avait fait monter en elle, outre la peur manifeste et le repli de son amant, le ton servile sur lequel il avait répondu à Bénédicte, était un sentiment de dégoût.

Si, contrairement à ce qu'affirmait Maya, Lorraine n'avait rien contre le fait d'avoir de nouveau un homme dans sa vie, elle ne voulait en aucun cas d'un toutou.

Elle ralluma la lumière, ramassa la couronne qui, dans la feu de l'action, était tombée par terre, remit en place les branches de houx et les petites baies avant de se rafistoler elle-même. Puis elle laissa ses sanglots éclater, consciente que ces pleurs n'avaient plus rien à voir avec ceux que, jusqu'à présent, elle avait pu verser : les larmes qui coulaient sur ses joues ce soir étaient des larmes de rage.

L'heure était venue de laisser tomber, en effet.

— Tu es très en beauté, ma puce, ce soir…

Bénédicte regarda avec étonnement son mari lui verser du vin auquel elle était résolue de ne pas toucher, se servant elle-même d'eau pétillante pour accompagner son dîner. Elle conservait le souvenir honteux de cette nuit où, ivre de jalousie et de whisky, elle avait vomi ses tripes dans les toilettes, et avait décidé que plus jamais elle ne boirait une goutte d'alcool.

La dernière fois qu'elle avait bu du vin, c'était lors d'un dîner avec Victor – Victor Damrémont, elle n'avait pas eu trop de mal à retrouver son nom – pour cette histoire d'homologation. S'ils avaient assez vite réglé la question du business, sur le reste il lui avait ouvert les yeux. Sur sa vie, sur son couple. Sur sa construction.

— Regarde-toi, ma cocotte, lui avait-il dit lorsqu'il l'avait vue remplir son verre pour la cinquième fois sans attendre que lui-même s'en charge. Tu picoles comme un trou, tu ne bouffes presque rien… Il l'avait regardée dans les yeux. Qu'est-ce qui se passe ? Tu n'es pas heureuse ?

La seule mention de l'hypothèse de son bonheur, auquel elle ne croyait plus depuis belle lurette, avait fait craquer Bénédicte. Victor lui posait exactement la question que, s'il avait encore été de ce monde, son père aurait pu lui poser. Avec la même bienveillance, et la même volonté de l'aider.

— Non, c'est..., avait-elle avoué, laissant libre court à tout le chagrin que, ces derniers mois, elle avait refoulé. C'est Cyrille...

Victor lui avait alors dit une chose dont elle se souviendrait toujours. Et dont, dès le lendemain, elle avait fait son mantra.

— Ne te construis jamais par rapport à un homme, ma cocotte. Construis-toi toi-même – tu as maintenant la responsabilité d'une société, transmise par ton père et qui à cet égard fait partie de ton ADN, tu as des enfants... Construis-toi *toi* et le reste suivra. Je t'aiderai si tu veux, comme ton père l'aurait fait, je t'aiderai à mener à bien tes projets. Il lui avait pris la main, comme on scelle un pacte. Tu peux compter sur moi... mais pas te *reposer* sur moi, O.K. ?

Bénédicte avait enregistré, et s'était empressée de mettre à exécution ces conseils avisés.

Du coup, quelque chose dans l'attitude de Cyrille avait changé : ses yeux se posaient sur elle comme s'ils la voyaient, et qui plus est il se mettait à lui faire des compliments, ce dont elle ne se souvenait pas qu'il l'eût jamais fait. Non, de tout leur mariage, Cyrille ne lui avait jamais dit une chose gentille, et encore moins qu'elle était très en beauté. Et s'il lui avait en effet semblé plus attentif ces derniers temps, elle n'avait pu s'empêcher d'être surprise par l'initiative de ce dîner. Bénédicte se demandait encore ce que cela pouvait cacher.

Il n'y avait pourtant aucune malice de la part de Cyrille : depuis qu'il avait su comment Bénédicte avait retourné Damrémont, en lui faisant miroiter 20 % du profit généré par le Cyrinol s'il laissait le groupe Monthélie reprendre l'homologation à son compte et en poursuivre seul le développement et la commercialisation – arguant du fait que son concurrent n'avait ni les moyens financiers ni les équipes pour le faire lui-même, et qu'il le savait –, il voyait sa femme sous un jour nouveau. Plus mature, plus intelligente, en un mot, plus intéressante. Et plus fourbe, ce qui n'était pas pour lui déplaire : lorsqu'il avait tiqué sur les 20 % – cela pouvait représenter des sommes considérables –, elle avait rétorqué que tout dépendait de combien on partait, et qu'ils seraient les seuls à connaître les chiffres.

Elle s'était évidemment abstenue de lui faire part du reste de la conversation qu'elle avait eue avec le vieil ami de son père, et qui ne regardait qu'elle.

Ce soir, Cyrille prenait un réel plaisir dans ce tête-à-tête, qui scellait entre eux de manière tacite non seulement la fin des hostilités mais aussi et surtout le début d'une relation plus cordiale et égalitaire. Et, qui sait, un sursaut de l'amour qu'ils avaient jadis – et quoi qu'il en dise – éprouvé l'un pour l'autre. Car Cyrille ressentait du désir pour cette nouvelle femme qu'était devenue la sienne, et scrutait dans ses yeux pour voir s'il était partagé.

— Je me disais…, poursuivit Cyrille en attaquant son risotto aux scampi. Le souvenir lui vint que, plusieurs mois plus tôt, il avait partagé le même avec Lorraine, souvenir qu'il s'empressa de repousser. Ça te dirait, un petit voyage au soleil, rien que nous deux… Peut-être en février…

— Les enfants…, rétorqua Bénédicte par réflexe.

« Les enfants » avaient toujours été l'excuse, le paravent derrière lesquels elle se refugiait lorsqu'elle ne savait pas quoi répondre, ou voulait éviter une corvée. Sans s'en rendre compte, avec le temps elle avait pris cette habitude d'opposer « les enfants » à tout ce qu'on lui proposait. Ce qui lui assurait, certes, une certaine tranquillité, mais lui avait valu, elle s'en apercevait maintenant, de rater des opportunités. Or un voyage au soleil avec Cyrille, pourquoi pas ? Il y avait longtemps qu'elle en rêvait, et ils ne l'avaient jamais fait.

— On pourra demander à Azucena de s'installer à la maison pour les garder, hasarda Cyrille, comme s'il lisait dans ses pensées.

Entrée dans la famille pour s'occuper de la maison et des enfants à la naissance d'Octave, la Chilienne au prénom verdien en faisait désormais partie, et on pouvait lui laisser la fratrie les yeux fermés.

— Je ne suis pas sûre…

Bénédicte enroula une mèche de cheveux autour de son doigt. Un brin agacé que sa femme n'accueille pas sa proposition avec la joie escomptée et marque une hésitation à laquelle il ne s'attendait pas, Cyrille ne pouvait s'empêcher de trouver cela sexy. Et cette façon qu'elle avait de jouer avec ses cheveux, qu'il l'avait vue pourtant faire mille fois sans y prêter attention, le rendait fou.

— Quoi ? Tu ne veux pas partir avec moi…, demanda Cyrille avec une brusquerie qui ne parvenait pas à cacher son dépit. Merde alors…

— Ce n'est pas ça, s'empressa Bénédicte, soucieuse de ne pas casser l'ambiance de la soirée. Simplement, février… si tout se passe comme prévu, on sera en plein dans l'homologation du Cyrinol. Et je préférerais que toi comme moi nous ne nous éloignions pas trop tant que tout n'est pas bouclé.

Cyrille regarda sa femme avec admiration. Grâce à elle, il fallait être juste, il allait voir le rêve de sa carrière se réaliser ; et elle ne reculait devant aucun sacrifice pour arriver à ses fins. À leurs fins.

— Tu as raison. Disons plutôt avril, alors ? Ou début mai… Là, on est sûrs que l'affaire sera ficelée.

— Oui, c'est ça. Plutôt courant mai. Bénédicte sourit. Je vais déjà commencer à en parler à Azucena, pour lui laisser le temps de s'organiser.

Mai, songea Bénédicte. Cela lui laisserait le temps de se retourner. Car si elle mourait d'envie de faire ce voyage, elle n'était plus certaine de vouloir le faire avec son mari.

Cyrille prit la main de sa femme, qu'elle ne retira pas.

— Bon, ça n'a pas l'air de très bien marcher, notre histoire ! conclut le gynécologue après avoir consulté les résultats d'analyses de Julie. Il l'observa avec attention : vous prenez bien le citrate de clomifène entre le deuxième et le cinquième jour après le premier jour des règles ?

— Euh... oui.

Julie s'attendait à ce type d'interrogatoire, et savait que pour que son petit stratagème dure elle ne devait pas montrer la moindre hésitation. Elle s'était donc conditionnée pour se mettre dans la peau de la femme aimante impatiente de donner un héritier à son mari. Et qui ne comprenait pas pourquoi, malgré le traitement qu'elle suivait à la lettre, elle n'y arrivait pas.

— Ça fait quatre cycles maintenant... je ne comprends pas..., ajouta-t-elle afin d'accroître encore sa crédibilité.

— Hum... Le médecin tournait et retournait la feuille entre ses longs doigts manucurés. Julie se dit qu'elle aimerait bien sentir ces mains-là la caresser. Cela peut prendre un peu de temps. Néanmoins...

Il pianota sur l'opulent bureau d'acajou ; Julie gardait les yeux fixés sur ses doigts, fascinée.

— Évidemment, nous pourrions passer directement aux gonadotrophines. Il regarda Julie droit dans les yeux ; celle-ci tressaillit. Mais ce n'est pas vraiment ça notre problème, si ?

— Je… je ne comprends pas ce que vous voulez dire, bafouilla Julie après une longue minute, sentant le sang se retirer de son visage.

Le médecin ouvrit le mini-frigo caché dans un placard du même bois que le bureau, décapsula un Coca qu'il versa dans un verre et l'offrit à Julie.

— Tenez… Un peu de sucre vous fera du bien.

Abandonnant son fauteuil de l'autre côté du bureau, il vint s'asseoir à côté de sa patiente et attendit qu'elle ait repris ses esprits pour l'interroger.

— Y a-t-il quelque chose dont vous voulez me parler ? demanda-t-il du ton conciliant de celui à qui on ne la fait pas, et qui connaît déjà la réponse.

Paniquée, Julie ne savait pas quoi faire. Pourquoi avait-il fallu, au lieu de simplement « oublier » de prendre ses comprimés, ou de mal les prendre, pourquoi avait-il fallu qu'elle en rajoute une dose en se mettant en plus sous pilule ? Comment avait-elle pu imaginer que le gynécologue, grand spécialiste de l'infertilité, ne verrait pas clair dans son jeu ? Son dosage hormonal n'était en aucun cas ce à quoi il devait s'attendre ! Comment avait-elle pu se croire assez forte pour le berner ? Et c'était un ami de Patrice… Comment allait-elle s'en sortir maintenant ?

— Il faut qu'une chose soit très claire, poursuivit le médecin sans la quitter des yeux et comme s'il suivait le cheminement de ses pensées. Même si votre mari...

— Ce n'est pas mon mari ! coupa Julie, un peu brutalement.

L'homme la regarda et hocha la tête. Son instinct ne l'avait pas trompé : cette affaire-là était beaucoup plus complexe qu'il n'y paraissait.

— Pas votre mari..., répéta-t-il. Très bien. Alors disons que même si *Patrice,* qui n'est pas votre mari, nous sommes bien d'accord – il sourit, dans une tentative de la mettre à l'aise mais qui eut pour effet de la bouleverser –, et qui n'est pas à proprement parler mon *ami* mais une simple connaissance... vous savez, nous connaissons beaucoup de monde dans ce métier ! Même s'il essayait de savoir ce qui s'est dit dans ce bureau, je ne le lui dévoilerais pas. Secret professionnel. Tout ce que vous me raconterez restera entre vous et moi.

Il s'interrompit et prit la main de Julie dans la sienne, attendant qu'elle se mette à parler. Devant tant de sollicitude, Julie sentit ses forces l'abandonner et sa carapace éclater. Elle fondit en larmes.

— Je... je ne veux pas d'enfant de cet homme, de Patrice. Je ne l'aime pas, il me fait peur ! Je veux le quitter..., explosa-t-elle avant de poursuivre d'une toute petite voix. Mais je ne sais pas comment faire, il me tient... Je dois partir... j'ai peur...

— Et c'est la raison pour laquelle non seulement vous ne prenez pas votre traitement, mais que vous prenez la pilule...

Julie acquiesça entre deux sanglots. Quelle folle

elle avait été de croire que son petit manège ne serait pas découvert !

Le médecin lui tendit un Kleenex.

— Évidemment... On ne fait pas un enfant à un homme qu'on a décidé de quitter...

— Il va me tuer...

L'homme posa sur elle un regard où brillait quelque chose qui ressemblait à de la pitié. Combien en avait-il vues, des femmes que leur compagnon ou leur mari voulait engrosser à tout prix pour mieux les emprisonner ? Combien de fois s'était-il, consciemment ou à son insu, rendu complice de ces harceleurs pour nourrir la satisfaction narcissique d'être le meilleur dans son métier ? Combien de fois avait-il vu des femmes défaillir et le remercier du bout des lèvres lorsqu'il leur annonçait d'un air triomphant qu'elles allaient enfin avoir un bébé ? Il retourna à sa place de l'autre côté de la table, et fouilla dans son dossier.

— Vous m'avez bien dit que vous aviez une formation d'infirmière, n'est-ce pas ?

— Oui...

Julie renifla, puis se moucha.

— Je me mêle de ce qui ne me regarde pas mais... Une fois encore, il planta ses yeux dans ceux de sa patiente. Vous savez que si vous quittez ce type d'homme euh... Patrice, vous devrez partir loin, dans un environnement où vous serez protégée... Vous savez qu'il fera tout pour vous récupérer, et qu'il viendra vous chercher...

— Pas si je pars... si je quitte la France...

— C'est là que je voulais en venir. Vous seriez prête à tout abandonner ?

Nerveuse, Julie faisait maintenant des confettis avec son mouchoir en papier.

— Est-ce que j'ai le choix ?

— Vous voulez une réponse franche ? Non, vous n'avez pas le choix... Il sortit une plaquette d'un tiroir et la tendit à Julie. Tenez. Mon frère est chirurgien, et il organise régulièrement des missions en Mauritanie pour aller former sur place du personnel médical afin de réparer des fistules obstétricales. Je sais qu'ils ont besoin d'infirmières. Vous savez ce que sont les fistules ?

Julie fit non de la tête, invitant le médecin à développer. Son discours la passionnait déjà.

— Les petites filles. Des toutes petites filles, douze ans, parfois moins. Elles sont mariées de force, violées par leur mari, elles mettent deux jours à accoucher, elles ne comprennent pas ce qui leur arrive. Finalement elles accouchent d'un bébé mort alors on les bannit en disant qu'elles ont le mauvais œil et personne ne veut d'elles. Et elles ont des fistules, elles ont été tellement déchirées, elles sont incontinentes.

Julie sentit sa gorge se serrer. Le gynécologue poursuivit :

— Voilà. Elles ont douze ans, elles sentent mauvais, elles sont maudites. On les traite comme des bêtes, pire que des bêtes. Passées directement de l'enfance à l'état de rebuts de l'humanité. Et elles sont des millions...

— Je... je pourrais partir quand ? demanda Julie. Le médecin l'observa.

— Vous êtes sûre ? C'est moche, ce que vous allez voir là-bas...

— Elles ont besoin de moi. Et moi, j'ai besoin d'elles…

L'homme écrivit un numéro sur une feuille de papier, et le donna à Julie.

— Je vous donne la ligne directe de Paul à l'hôpital. Et son portable. Appelez-le de ma part en début de semaine, je l'aurai vu dimanche, je lui en aurai touché un mot. Il se leva. Et nous, on se revoit dans un mois, O.K. ?

Julie lui jeta un regard interrogateur.

— Bah oui ! expliqua-t-il en lui faisant un clin d'œil complice. Le temps que tout ça se mette en place, on fait comme si on continuait notre traitement, non ?

Il tendit la main à Julie, qui, dans un accès de reconnaissance, le prit dans ses bras.

— Merci, docteur ! murmura-t-elle en l'embrassant sur la joue.

Il sourit. Il y avait longtemps qu'on ne l'avait pas remercié avec autant de joie.

**

— Hou là… Je vois qu'on est entre filles ! s'exclama Bastien en déposant ses affaires de cours dans la cuisine.

Assises autour de la table, Lorraine et Julie étaient en pleine conversation autour d'une bouteille de merlot largement entamée. Louise remplissait des chouquettes de Nutella pour le dessert – sa nouvelle invention, pour changer du quatre-quarts – et Maya faisait des allées et venues entre la salle de bains et la fourgonnette garée devant la porte pour charger des cattleyas J.A. Carbone que Lorraine avait fait multiplier, et dont les fleurs fuchsia au cœur rouge profond arrivaient maintenant à maturité.

— C'est pas ton arrivée qui va changer grand-chose ! riposta Louise à son frère en lui tirant la langue.

— Même pas mal ! grommela Bastien en s'emparant de son livre de cuisine.

S'il avait été perturbé par la sexualité de son père, et s'il avait craint par capillarité des effets sur la sienne, il était désormais pleinement rassuré : depuis les vacances de la Toussaint il sortait avec la plus jolie fille de sa classe, qui répondait, comme un fait exprès, au délicat nom de Fleur. Rien que pour ça, il s'était dit qu'elle lui était prédestinée, et que sa mère ne pourrait qu'être folle de joie lorsqu'il la lui présenterait. Il partageait avec elle sa passion pour les fleurs…

— Il fait une chaleur de bête dans ta salle de bains, ma chérie ! commenta Maya en se servant un verre.

— Ces demoiselles ont besoin de ça, répondit Lorraine en faisant un signe de tête en direction de l'entrée.

Si, comme chaque fois qu'elle laissait un lot partir, qu'elle avait amoureusement cultivé, Lorraine sentait son cœur se serrer, ses orchidées et les cattleyas en particulier lui apportaient une certaine fierté. Elles étaient éclatantes et veloutées, et tenaient plusieurs mois chez qui savait s'en occuper.

— Bon, il faut que je file ! dit Julie en enfilant son manteau. Le loup m'attend. Elle embrassa sa sœur, Maya et ses neveux. Et pas un mot aux parents, hein ?

Lorraine mima le geste de fermer sa bouche à double tour, et sourit à sa sœur tandis qu'elle s'échappait. Julie lui avait raconté son entrevue avec le médecin, et sa fuite – car tel était bel et bien ce qu'elle s'apprêtait à faire – s'annonçait désormais réaliste et cadrée. Peut-être, au prix d'un courage qu'elle n'aurait pas soupçonné chez son aînée et qu'elle ne pouvait s'empêcher d'admirer, Julie allait-elle après tout s'en tirer.

— Moi aussi ! Maya serra Lorraine dans ses bras. Demain matin, c'est toi qui fais l'ouverture. Je vais livrer tes jolies demoiselles, je serai là en fin de matinée ! Au fait, poursuivit-elle à voix basse, tu as des nouvelles de notre ami ?

— C'est terminé ! rugit Lorraine d'une voix à la fois trop forte et trop précipitée. Je ne veux plus jamais entendre parler de ce connard ! Ter-mi-né !

Sans un mot, Maya serra son amie plus fort dans ses bras. Il n'y avait rien à ajouter.

Tandis que Bastien s'activait dans la préparation du dîner, des magrets grillés avec des pommes de terre sautées auxquelles ni sa sœur ni sa mère ne résistaient – ni lui, d'ailleurs ! –, Louise vint se lover sur les genoux de sa mère.

— De toute façon, je l'aimais pas…, souffla-t-elle dans son cou en l'embrassant. Enfouissant son visage dans ses cheveux pour cacher un petit sourire satisfait.

Les fêtes passèrent, que Lorraine avait toujours détestées. Et depuis son divorce plus encore.

Il fallait faire bonne figure pour les enfants, qui n'étaient pas dupes, se forcer, faire semblant, jouer le rôle de la famille unie et heureuse, même si cette famille il en manquait une partie et qu'elle ne serait plus jamais complètement une famille. Ou une famille autrement. Les fêtes de Noël rappelaient, quand toute l'année on faisait de son mieux pour l'oublier, parce qu'on était moderne et parce que c'était la vie, et parce que c'était le cas pour plus de la moitié de la population, que désormais la famille était réinventée. Que tous les schémas étaient possibles et qu'il fallait s'en accommoder.

On avait beau se raisonner, s'il y avait un moment dans l'année où l'on se prenait en pleine poire les éclats de ses rêves brisés, avec un arrière-goût d'échec, c'était bien au moment de Noël. Heureusement pour Lorraine, la période était surchargée, ce qui lui permettait de se réfugier dans le travail sans trop ressasser. Et, pour les enfants, il y avait les cadeaux.

Les fêtes passèrent donc, pendant lesquelles Lorraine ne put s'empêcher de penser à Cyrille, en famille, offrant un bijou et faisant l'amour à sa femme qui était aussi son P-DG. Plusieurs fois, elle voulut l'appeler, mais il lui suffisait de penser à la manière dont il avait rampé devant Bénédicte et l'avait plantée là en salle de réunion la petite culotte sur les chevilles pour se raviser. Même si les choses n'avaient pas été dites, ou en tout cas pas entérinées, cette histoire-là était terminée. La preuve : Cyrille, lui non plus, ne l'avait pas rappelée.

— Dis-le-lui…, suggéra Maya un matin de février, fatiguée de voir la mine de son amie, aussi sombre qu'une météo d'hiver.

— Dis-lui quoi ? demanda Lorraine pour la forme, sans détourner les yeux du bouquet de roses d'Équateur qu'elle était en train de composer.

Elle avait tout de suite compris où son amie voulait en venir, d'autant que le parfum des fleurs lui rappelait Cyrille… tout lui rappelait Cyrille.

— Dis-lui que tu le quittes.

— Tu rigoles, deux mois après ? De toute façon, on s'est déjà quittés…

Maya retira ses gants et prit le visage de son amie entre ses mains. Elle plongea ses yeux dans ceux de Lorraine.

— Je suis sérieuse, ma chérie. Ne laisse pas un non-dit te ronger. Si tu as besoin de mettre des mots sur cette rupture pour te convaincre qu'elle existe et passer à autre-chose, fais-le !

Lorraine sentit une chaleur l'envahir. Maya avait raison. Si elle voulait que cette histoire cesse de la hanter, elle devait appuyer sur la touche stop dûment nommée. Ne pas laisser le film se dérouler à vide, faute de personnages. Il faut un cadavre pour entamer un deuil.

Sans un mot, elle s'empara de son portable et appela le numéro de Cyrille. Il décrocha à la première sonnerie.

— Lorraine, qu'est-ce qui...

Son ton semblait à la fois surpris et courroucé.

— Je te quitte je ne veux plus entendre parler de toi et surtout je ne veux plus jamais, jamais tu m'entends, te revoir !

— Ça j'avais compris, railla la voix au bout du fil. Prends soin de toi, et bonne année !

Sur quoi, dans un reniflement qui ressemblait à un rire, contenu ou dépité, Lorraine n'aurait su le dire tout à fait, il raccrocha. Elle referma le clapet de son téléphone et regarda Maya.

— Voilà, c'est dit ! Elle poussa un long soupir.

— Et qu'est-ce qu'il a répondu ?

— En gros... il m'a ri au nez !

Lorraine éclata de rire à son tour, un rire nerveux où coulaient quelques larmes.

— Et tu te sens comment ?

Maya toucha sobrement le bras de son amie. Lorraine la dévisagea un moment avant de répondre.

— Mieux, dit-elle enfin, bien, même ! Tu n'imagines même pas à quel point je me sens bien !

Maya sourit. Elle n'en croyait pas un mot, mais la vie continuait.

***

— C'était qui, au téléphone ? demanda Bénédicte en voyant Cyrille raccrocher.

Depuis qu'elle avait pris de l'assurance, professionnellement comme dans la vie, Bénédicte ne s'encombrait plus de scrupules et affichait clairement sa curiosité. Au lieu de s'empoisonner l'existence de tout un tas de questions et de les ruminer, elle les posait directement : le meilleur moyen d'avoir la réponse, si tant est que c'était une réponse qu'elle souhaitait. Car parfois ses interrogations étaient uniquement destinées à montrer à son interlocuteur qu'elle n'était pas dupe et que, comme diraient les enfants, elle l'avait grillé.

— Personne, répondit Cyrille en glissant son portable dans la poche de sa veste. Il prit les deux mains de sa femme et dit sur le ton de la plaisanterie : tu ne vas pas te mettre à être jalouse, quand même ?

— Jalouse ? Il y a longtemps que je ne suis plus jalouse, tu sais !

Cyrille la regarda avec attention. Mais Bénédicte ne semblait pas éprouver la moindre jalousie, en effet, et il en fut presque vexé.

— Au fait, je ne t'ai pas dit, poursuivit Béné en passant dans son bureau, qui jouxtait celui de son mari. Nous allons accueillir un nouvel actionnaire !

— Pardon ? éructa Cyrille, manquant s'étrangler.

Il était directeur général de la boîte, et sa femme envisageait d'ouvrir le capital sans le consulter ?

— Et qui est l'heureux élu ? poursuivit Cyrille d'une voix où perçait la contrariété.

— Victor Damrémont...

Cyrille se gratta le menton.

— Victor… Il sursauta. Damrémont ? Ne me dis pas que c'est le propriétaire des labos Untermachin, là… Il s'est déjà bien sucré avec les 20 % que tu as accepté de lui octroyer sur le Cyrinol… En fin de compte, je ne suis pas sûr que cela ait été une bonne idée…

Tout à la joie de pouvoir enfin développer sans entrave son nouveau produit, Cyrille avait applaudi l'initiative de sa femme, se disant que si 20 % du profit généré par les ventes de Cyrinol pouvaient paraître considérables, il y aurait toujours moyen, par un jeu de provisions et autres déductions, de le minimiser. Mais si le type devait désormais faire partie du capital, c'était une autre affaire : il aurait accès à tous les chiffres, et il ne serait pas si facile de le berner.

Il entra dans le bureau de sa femme et ferma la porte avant de se laisser tomber dans un fauteuil. Pas la peine que tous les collaborateurs entendent leur conversation.

— Justement, contra Bénédicte pied à pied. Reprendre à notre compte l'homologation du produit, avec la molécule clef brevetée par un autre labo, même avec l'accord de cet autre labo, c'est… c'est trop compliqué. Il faut tout reprendre de zéro avec les administrations, ça mettra un temps fou… Du coup, je me suis dit que ce serait plus simple de faire entrer Victor – ou plutôt les laboratoires Unterberg – directement dans le capital…

— Mais de quoi tu parles ! On ne fait pas entrer quelqu'un comme ça dans le capital d'une société ! À plus forte raison une personne morale ! Et puis ça changera quoi ? Avec tout le respect que je te dois, on ne s'improvise pas chef d'entreprise, Bénédicte, merde !

Énervé, Cyrille tournait dans la pièce comme un lion en cage. Il avait l'impression que la situation lui échappait. Jamais il ne se serait attendu à avoir avec sa femme ce genre de discussion, elle pour qui les seuls comptes étaient ceux de la maison. Mais il devait admettre que les arguments de Bénédicte ne manquaient pas de pertinence, et cela l'agaçait d'autant plus que lui-même n'y avait pas pensé.

— Les laboratoires Unterberg mettront dans la corbeille de la mariée le brevet de la Téloméryde-D sous la forme d'un apport en industrie, en échange de quoi nous leur cédons 5 % du capital…

— 5 %, mais c'est énorme !

— C'est comme ça que ça a été valorisé par le directeur financier que tu as toi-même recruté, sourit Bénédicte d'un air satisfait.

— Ah ! parce que Loïc est au courant, en plus ! Tout le monde est au courant sauf moi, si je comprends bien !

Il sortit du bureau en claquant la porte.

Bénédicte réenfila ses escarpins qu'elle avait l'habitude d'enlever lorsqu'elle était assise à sa table de travail, tira sur la jupe de son tailleur et sortit à sa suite.

— Ne te mets pas dans des états pareils ! cria-t-elle sans se soucier des regards interrogateurs qui les suivaient. Je t'en aurais volontiers parlé, mais l'occasion ne s'est pas présentée. Bon, je t'en parle maintenant, voilà ! C'est fait !

Elle se glissa derrière lui, et commença à lui masser le cou.

— Maintenant plus rien ne s'oppose à ce qu'on mette les bouchées doubles pour lancer ton produit... tu devrais être content !

Elle l'embrassa sur le sommet du crâne, et retourna à ses dossiers. En proie à des sentiments mitigés, Cyrille grogna d'un air renfrogné. La nouvelle Bénédicte l'exaspérait tout autant que l'ancienne, mais il ne pouvait s'empêcher de l'admirer.

— Quel sale gosse tu fais, quand même !

Cyrille suivit des yeux sa démarche que les talons rendaient chaloupée, et se dit que le soir même il allait lui montrer qui était l'homme dans cette maison.

Cyrille refaisait l'amour avec Bénédicte. Lorraine ne faisait l'amour avec personne.

Toute à son travail, elle multipliait les plantations dans la salle de bains et dans la cour. À force de persuasion elle avait fini par convaincre la copropriété de l'immeuble où était la boutique de lui laisser la jouissance du patio extérieur. Elle y faisait pousser un tas de petites fleurs, bisannuelles, plantes de rocailles ou des sous-bois, dont elle faisait des timbales que les clients s'arrachaient. Ainsi, pensées, violettes, gentianes et myosotis s'épanouissaient dans les plates-bandes que Lorraine entretenait avec un véritable amour, et renouvelait de manière à toujours avoir en quantité suffisante de quoi confectionner ses bouquets, délicats et raffinés. Elle avait même réussi à obtenir un carré entier de coquelicots ; en plein cœur de Paris, il faisait sa grande fierté.

C'est là, dans la courette inondée de soleil où les abeilles butinaient, que Louise avait pris l'habitude de rejoindre sa mère. Pour discuter entre femmes, et surtout pour s'évader pendant que son frère lutinait sa Fleur à lui, qu'elle n'aimait pas beaucoup. Louise n'était pas d'un tempérament jaloux, mais assister aux débordements hormonaux de ses proches la « soûlait ».

— Qu'est-ce que tu fais, ma Loulou ? demanda Lorraine en découvrant sa fille penchée sur les myosotis.

Louise mit un doigt sur ses lèvres d'un air mystérieux.

— J'écoute ce que les myosotis me disent...

Lorraine sourit, et posa un baiser sur ses cheveux.

— Et qu'est-ce qu'ils te disent, les myosotis, ma chérie ? renchérit-elle, se prenant au jeu.

Faisant mine d'écouter de plus belle, l'adolescente se pencha si près que son oreille effleura le feuillage et ouvrit de grands yeux.

— Ils me disent... ils me disent... elle regarda sa montre... oh merde ! Ils me disent qu'on a rendez-vous avec Juju à 19 heures à la maison, et que si on ne se bouge pas rapido on va être en retard !

— C'est ce soir ?

Lorraine enlevait déjà son tablier. Elle avait complètement oublié Julie, qui pourtant avait pris le risque de lui envoyer un texto pour lui rappeler qu'elle débarquait. Louise regarda sa mère d'un air qu'elle aurait voulu affligé, mais qui donnait une grimace si comique qu'elles éclatèrent de rire toutes les deux.

— Ma pauvre petite maman, mais où as-tu donc la tête ? houspilla Louise en s'emparant de ses affaires. Bon, on y va ?

Elles filèrent dans le métro, arrivant juste à temps pour croiser Fleur qui s'envolait.

— Bonjour, madame ! rougit la jeune fille en s'éclipsant.

— Bonjour, Fleur !

Comme lorsqu'elle était enfant et qu'on ne lui prêtait pas attention, Louise tira sa mère par la main, pour qu'elle entre dans la cuisine où Bastien touillait la ratatouille qui devait accompagner le poulet. Poulet ratatouille : tel était le menu de prédilection de Bastien depuis qu'il avait rencontré Fleur, qui cuisait tout seul sans qu'il eût besoin de s'en occuper.

— *Encore* du poulet et de la ratatouille ! s'exclama Louise avec emphase. Tu sais très bien que j'aime pas, Bast ! C'est plein de légumes, la ratatouille !

— De toute façon t'aimes rien... Va voir dans ta chambre si j'y suis, tu trouveras sur ton bureau un truc que tu vas aimer !

Louise ne se fit pas prier, et revint avec un pot de Nutella d'un kilo entouré d'un ruban.

— C'est quoi ce truc ?

— Cadeau de Fleur...

Louise hésita à l'ouvrir, se demandant si son agacement pour Fleur allait l'emporter sur son amour du Nutella. Elle décida qu'elle préférait le Nutella.

— Cool..., maugréa-t-elle à contrecœur, en enlevant le ruban sans prendre la peine de le dénouer.

Bastien était en train de vérifier la cuisson du poulet quand la porte s'ouvrit à la volée. Quelques centimètres de plus et il se brûlait.

— Oups ! lâcha Julie en entrant. Je ne t'ai pas fait mal, au moins ?

Elle se précipita vers son neveu et lui ébouriffa joyeusement les cheveux.

— Salut tout le monde !

— Ben dis donc, ma Juju ! Pour une entrée, c'est une entrée ! plaisanta Lorraine en embrassant sa sœur.

Le rose aux joues, décoiffée, Julie était rayonnante.

— Il faut que je vous raconte ! Je l'ai rencontré !

— Qui ça ?

Julie rougit violemment. Il y avait longtemps que Lorraine ne l'avait pas vue dans un tel état d'excitation, et elle se demandait si elle n'était pas en train de tomber amoureuse.

— Tu n'es pas en train de tomber amoureuse, au moins ? s'enquit Louise avec son habituelle clairvoyance.

Une fois de plus, elle disait tout haut ce que sa mère espérait tout bas ; personne n'y avait songé, mais une nouvelle histoire d'amour serait radicale pour tirer Julie des griffes de son chirurgien.

— Je demande ça comme ça…, poursuivit Louise en suçant ses doigts pleins de Nutella. Parce que si tu voyais dans quel état tu es, et comment tu en parles. Je « L'ai » rencontré… On entend même les majuscules !

Julie éclata de rire en secouant ses cheveux.

— Mais non les filles, vous n'y êtes pas du tout ! Il s'agit de Paul Le Crétois, vous savez, le frère de mon gynéco avec lequel je pars en mission en Mauritanie. Et au cas où vous vous feriez des idées, je vous arrête tout de suite : il a l'âge de papa !

— Alors tu pars pour de bon ? demanda Lorraine.

Une ombre passa sur son visage. Si elle comprenait que l'éloignement – pour ne pas dire la fuite – était pour sa sœur la seule solution de s'en sortir, elle savait que Julie allait lui manquer.

— Un an, Lolo, ce n'est pas la mer à boire ! Le temps que les choses se tassent et que l'autre connard m'oublie... Elle sortit une photo de son sac. Tiens, regarde, voilà l'équipe. Et là... C'est lui.

L'homme était grand, les cheveux blancs, et une douceur brillait dans ses yeux très noirs. Un homme généreux de toute évidence, heureux d'avoir consacré sa vie à autrui. Entourant de son bras un jeune Noir en blouse verte qui devait être médecin et une infirmière en uniforme, il souriait à l'objectif.

— C'est marrant, fit remarquer Louise en observant le cliché attentivement. Vous avez le même sourire...

Le visage de Julie s'éclaira de plus belle. L'esprit ailleurs, elle sortit les assiettes et entreprit de mettre le couvert.

Loulou a raison, pensa Lorraine en suivant sa sœur du regard. Il y a quelque chose dans le sourire...

— C'est quoi, cette histoire, qu'on ne doit absolument pas contacter Julie ? tonna Christiane à peine Lorraine avait-elle décroché.

La clef dans la porte, un plein seau de Constance Printy coupées à la main, qui cette année étaient particulièrement précoces, Lorraine s'apprêtait à rejoindre la boutique quand le coup de fil de sa mère l'attrapa au vol.

— C'est rien, maman, je t'expliquerai... Je dois aller ouvrir le magasin, là...

— Non, mais moi, on ne me dit jamais rien ! Je viens de l'apprendre, figure-toi... Tout le monde est au courant depuis des mois semble-t-il, et moi je l'apprends à l'instant, et encore...

Sans lâcher le combiné, Lorraine envoya un texto à Maya pour dire qu'elle avait sa mère au bout du fil et qu'elle serait en retard, et rentra dans la cuisine, résignée. Cette conversation devait avoir lieu, et si Julie ne l'avait manifestement pas fait, c'était à elle de s'y coller.

— Oui, je disais, poursuivit Christiane d'un ton qui ne tolérait pas qu'on l'interrompe, je l'apprends à l'instant et encore c'est parce que je suis allée trifouiller dans les mails de ton père ! Sinon, wallou !

Lorraine sourit. Anticipant la réaction de sa femme, qui allait se ruer sur son téléphone pour joindre Julie et lui demander des explications, ce qui était certes légitime mais qu'il fallait à tout prix éviter, Jean avait gardé l'information pour lui.

— Tu n'as pas essayé de l'appeler, j'espère ! Lorraine craignait le pire.

— Euh… Pas vraiment…

— Maman, dis-moi la vérité ! Lorraine criait maintenant. Ne me dis pas que tu as essayé de la joindre, alors que c'est précisément ce qu'il ne faut pas faire en ce moment !

— Dis donc, ma fille ! Tu ne me parles pas sur ce ton, s'il te plaît, et d'une ! Et de deux, j'appelle Julie si ça me chante ! Je suis sa mère, quand même !

Lorraine serra fort le combiné. Ses mains tremblaient. Elle se servit un café, tout en essayant de se calmer.

— Je comprends ce que tu veux dire, maman, poursuivit-elle en faisant un effort surhumain pour se maîtriser. Mais si l'un d'entre nous contacte Julie en ce moment, on risque de tout faire capoter.

— Quoi ? rugit Christiane. Quoi, capoter ? Je suis sa mère et s'il se passe quelque chose je devrais être la première informée.

— Mais tu parles trop, maman ! C'est ça le problème ! Tu ne peux pas t'empêcher de donner ton avis sur tout même si on ne te le demande pas, alors forcément… Si tu étais capable de tenir ta langue, peut-être qu'on n'hésiterait pas à te dire les choses mais regarde… tu viens d'apprendre qu'il ne fallait pas contacter Julie et tu fais quoi ? Tu l'appelles !

— Comment ça, je ne suis pas capable de tenir ma langue ? Parce que ton père, il la tient mieux, peut-être ? S'il ne l'avait pas laissée filer, sa langue, hein, cet été, tout ce cirque ne serait jamais arrivé ! Alors qu'on n'aille pas dire que c'est moi qui ne sais pas tenir ma langue parce que vraiment… vraiment…

Comme à son habitude, Lorraine avait posé le combiné sur la table, attendant que sa mère ait fini sa diatribe. N'entendant plus de cris elle s'en empara de nouveau. Un long miaulement sourd s'en échappait.

— Maman. Ma-man… tu es là ? Qu'est-ce que tu fais ? Tu pleures ?

Lorraine était consternée. Jamais elle n'avait vu ni entendu sa mère pleurer. Christiane avalait ses couleuvres en silence, et Dieu sait si elle en avalait.

— C'est ton père, sanglota Christiane, perdant toute contenance et n'essayant même plus de le cacher.

Lorraine sentit son cœur battre plus fort. Pourvu qu'il ne soit rien arrivé à son père ! Ses yeux commencèrent à s'embuer.

— Il était toujours fourré dans son bureau, continua Christiane d'une voix étranglée. Et quand j'entrais, chaque fois, il fermait en vitesse la page qu'il venait de consulter… Je voyais bien, il n'aurait pas passé son temps à bayer aux corneilles devant son fond d'écran alors du coup… Je suis allée voir ce qu'il trafiquait, forcément, tu me connais et…

Lorraine recommença à respirer, soulagée.

— Ton père va sur Meetic, tu te rends compte ! explosa sa mère d'une voix que Lorraine ne lui connaissait pas. Tu te rends compte, répéta-t-elle entre deux hoquets.

Sidérée, une fois le premier choc passé – son père, soixante-douze ans, marié depuis près de cinquante ans, allait dragouiller des inconnues sur le Net –, Lorraine sentit monter en elle non pas de la rage, ni de la tristesse, mais une hilarité qu'elle ne parvint pas à contrôler.

— Énorme ! hulula-t-elle, riant tellement qu'elle faillit s'étrangler.

— Tu trouves ça drôle ? demanda Christiane, prise de court.

— Ouiii… excuse-moi, mais oui, vraiment… Lorraine était maintenant prise de spasmes nerveux qui l'empêchaient de respirer. Papa va sur Meetic, alors celle-là, elle est bien bonne !

— Non mais Lolo, il n'y a vraiment pas de quoi rire ! Il s'agit de ton père ! Et il s'agit de moi, je suis ta mère et il me fait ça à moi ! C'est dégueulasse !

— Maman, remets-toi. Qu'est-ce que tu veux qu'il fasse, à son âge ? O.K., c'est pas marrant de découvrir ça, mais ça mène à quoi, hein ? À rien ! Il se balade, là, il fantasme… mais c'est toi qu'il aime, tu le sais ! Si tu veux mon avis, ni toi ni moi n'aurions jamais dû le savoir. Elle est là, la vraie connerie : de s'être fait piquer !

Lorraine n'était pas très sûre de ce qu'elle avançait. Elle se souvenait de ce que son père lui avait raconté : il avait fait bien pire autrefois et ça, elle se demandait si sa mère le savait. Mais ses arguments avaient dû faire mouche, car Christiane s'était arrêtée de pleurer.

— Tu crois ? hasarda-t-elle, pas très convaincue.

— J'en suis sûre ! Tiens, et d'ailleurs, qu'est-ce qu'elle en pense, Ama ?

À l'autre bout du fil, Christiane soupira. Lorraine pouvait presque l'entendre hausser les épaules.

— Pfff, ta grand-mère, alors là... Elle est comme toi, figure-toi. Elle est partie d'un de ses longs rires muets, on aurait dit un radiateur plein d'air ! Et alors ses yeux ! Et son sourire, qui lui coupait le visage en deux ! Pour savoir ce que c'est vraiment que de se fendre la poire, il n'y avait qu'à la regarder !

Lorraine sourit. Sa mère reprenait du poil de la bête.

— Pour Juju, commença-t-elle, soucieuse de donner à sa mère une information de première main pour la consoler, et en même temps hésitant à dévoiler son secret. Pour Juju... tu me jures que tu n'en parles à personne, promis ?

— Mais non, tu me connais !

— Même pas à papa.

— Alors là, ça ne risque pas. Pour le moment, je ne lui adresse pas la parole : je fais la gueule.

— Juju va quitter Patrice...

— À la bonne heure ! Enfin !

Christiane avait retrouvé son ton guilleret.

— Vous venez quand, au fait, cet été ?

Christiane était de nouveau elle-même.

— Je ne sais pas encore, je te dirai. Bon, allez, il faut que je file. Ne t'inquiète pas trop, maman, d'accord ? Et embrasse Ama et papa pour moi !

— Ama, je veux bien, mais ton père... il ne faut tout de même pas trop m'en demander !

***

— Mais papa ! Qu'est-ce qui t'a pris de te comporter comme ça ? vilipenda Lorraine dans le téléphone.

Si elle avait fait bonne figure devant sa mère, qui avait avant tout besoin d'être rassurée, elle tenait à dire à son père sa manière de penser.

— Ah, ma rousse ! Ça fait du bien de te parler ! Ta mère n'est pas très causante ces derniers temps ! Quant à ta grand-mère…

— Tu m'étonnes ! Après ce que tu lui as fait, tu ne t'attends pas à ce que maman soit aux petits soins pour toi !

Lorraine reconnaissait bien là son père. Pas une once de culpabilité ne perçait dans sa voix, à croire qu'il ne se rendait même pas compte de ce que son comportement pouvait blesser.

— En tout cas ça ne pouvait pas mieux tomber que tu appelles. Je voulais t'annoncer une bonne nouvelle : ta rose est en pleine forme ! Les papillons s'en donnent à cœur joie, à mon avis on va avoir une très grande saison !

Ses fleurs, ses fleurs… Il n'y avait que ses fleurs qui comptaient ! En temps normal, Lorraine aurait été enchantée par la nouvelle et aurait parlé botanique avec légèreté. Mais là, elle avait un autre chat à fouetter.

— Ne change pas le sujet, s'il te plaît ! vrombit-elle d'un ton peu amène. Tu as complètement déconné, et tu ne sembles même pas t'en rendre compte !

— Quoi ? Tu ne veux tout de même pas parler de ce petit voyage virtuel et sans conséquences au pays des sexagénaires esseulées. Ne me dis pas que ta mère est toujours en train de se lamenter... C'est pour ça qu'elle fait la gueule ?

Lorraine était sidérée. Soit son père était d'une mauvaise foi qu'elle ne lui connaissait pas, et qui la consternait ; soit il était complètement à côté de la plaque. Dans un cas comme dans l'autre, il était urgent de lui remettre les points sur les « i ».

— Qu'est-ce que tu crois ? Tu crois que ça lui a fait plaisir, après les couleuvres que tu lui as fait avaler – et encore, j'imagine qu'elle n'est pas au courant de tout ! –, de découvrir qu'à soixante-douze ans, alors qu'elle pourrait légitimement espérer un peu de calme et de sérénité, tu continues d'aller courir le guilledou ? Et sous son nez, en plus !

— Faute de grives, on mange des merles ! riposta Jean, qu'au grand dam de Lorraine, la conversation semblait amuser. Elle devrait être contente, ta mère ! Si je vais courir sur Internet comme tu dis, c'est que je ne peux plus le faire en vrai...

L'argument fit mouche ; Lorraine était touchée. Dans la voix de son père, masquée par un enthousiasme probablement un peu surfait, pointait une forme de détresse. Celle de l'homme dont la virilité s'émousse et l'abandonne, et dont la libido se cantonne désormais à un chat sous pseudo sur des sites de rencontre. Triste, songea Lorraine, et dérangeant : quel que soit son âge, on n'aime pas – et on ne *devrait* pas – être exposé à la sexualité de ses parents.

— Mais tu pourrais au moins t'arranger pour ne pas te faire piquer ! argua Lorraine d'une voix suppliante. On n'aurait jamais dû en entendre parler !

Jean soupira dans le combiné. Toute joie l'avait désormais quitté ; le poids des ans se faisait cruellement sentir depuis quelque temps, et les dérivatifs ne parvenaient pas à le lui faire oublier.

— Cela ne servirait à rien, ma rousse, si je le faisais tout seul dans mon coin sans que ta mère le sache. Je vieillis, je me sens diminué... c'est une douleur que je dois partager. Et comme je n'ose pas en parler à ta mère, je me demande si inconsciemment ça n'a pas été le moyen que j'ai trouvé pour aborder le sujet. C'est dur, pour qui a été un homme à femmes, de ne plus avoir les moyens de les honorer...

Si Lorraine pouvait comprendre la position de son père, elle était en empathie avec le désarroi de sa mère. Et quoi qu'il en soit elle n'avait ni à prendre parti ni à juger. Cette histoire appartenait à ses parents, et jamais elle n'aurait dû y être mêlée. Une fois encore, toute vérité n'est pas bonne à dire et certains secrets feraient mieux de rester cachés.

— C'est votre histoire, papa... maman n'aurait pas dû m'en parler, et je n'aurais pas dû t'appeler. Alors, parle-moi de ma rose, poursuivit-elle d'un ton joyeux.

— Florissante, ma cocotte, tu verras cet été. Au fait, vous arrivez quand ?

Lorraine se détendit, soulagée. L'incident était clos, et le sourire revenu dans la voix de son père.

Depuis que les questions administratives étaient réglées, le Cyrinol avait le vent en poupe, et on prévoyait de le mettre sur le marché dès la rentrée. Les derniers tests s'étaient avérés plus que concluants, l'équipe marketing était au taquet et le packaging – un simple flaconnage blanc qui ressemblait à un galet – était presque finalisé. Dans quelques mois, Cyrille connaîtrait son heure de gloire, et verrait enfin ses efforts et sa créativité couronnés.

Galvanisé par la perspective de ses succès, Cyrille multipliait les attentions auprès de sa femme, lui envoyant des fleurs qui ne venaient pas de chez Lorraine et l'emmenant dîner souvent et au pied levé dans l'italien de la rue des Martyrs qui avait toujours été leur spot préféré.

C'est au cours d'un de ces dîners – les températures redevenant clémentes, les tables étaient dressées sur la terrasse chauffée –, alors que Cyrille lui décrivait par le menu l'éco-lodge des Maldives où il avait réservé, que Bénédicte, une fois de plus, le surprit.

— Tu verras, Béné, dit Cyrille d'un ton enthousiaste en se resservant un verre de rosé. Chaque suite a sa piscine d'eau de pluie et sa plage privée, avec un hamac pour la sieste sous les palétuviers. Il paraît que c'est l'un des plus beaux coins pour la plongée, et le chef a une étoile… Il cultive lui-même ses fruits et ses légumes en biodynamie, et on peut même pêcher et se faire griller des homards sur un ilot privé… tu m'écoutes ?

L'esprit ailleurs, bercée par le discours d'agence de voyage de son mari qu'en effet elle n'écoutait pas, Bénédicte se demandait comment elle allait lui annoncer une nouvelle qu'elle ne pouvait plus différer.

— Cyrille, il faut que je te parle…

La voix de Bénédicte coupa net les envolées lyriques de Cyrille, qui en était maintenant à lui décrire les huiles 100 % naturelles fabriquées sur place avec lesquelles ils allaient pouvoir se faire masser, et dont il envisageait de s'inspirer dans ses nouveaux projets.

— Ne me dis pas qu'on a encore un problème avec le Cyrinol ! s'exclama-t-il d'une voix blanche.

Il se mit à tapoter nerveusement sur la table, un tic que Bénédicte ne supportait pas et que, malgré ses nombreuses protestations, il ne pouvait maîtriser lorsqu'il était inquiet.

— Oh non, le Cyrinol… Bénédicte cherchait ses mots. Tout va bien avec le Cyrinol, ce n'est pas ça…

Soulagé, Cyrille cessa son pianotage et regarda sa femme avec insistance, se demandant où elle voulait l'amener.

— Non, le problème c'est… – Bénédicte détourna le regard, avant de continuer. – Le problème, c'est justement ce voyage. – Elle planta ses yeux dans ceux de son mari. – Je ne peux pas faire ce voyage.

— Comment... Mais on ne peut plus annuler ! Tout est déjà réservé et payé. Tu ne peux pas me faire ce coup-là, Béné !

Cyrille n'en croyait pas ses oreilles. Il organisait pour sa femme le voyage dont elle avait toujours rêvé, et elle lui faisait faux bond au dernier moment ? Il voulait bien admettre que ses nouvelles responsabilités à la tête des laboratoires Monthélie – car depuis qu'elle avait résolu l'histoire de l'homologation du Cyrinol, et plus encore depuis qu'elle avait fait entrer Victor Damrémont dans le capital, elle avait bel et bien pris les rennes de la société – la fassent hésiter à s'absenter, mais de là à tout annuler...

— On ne part qu'une semaine, tu sais. Et puis ce n'est pas non plus le bout du monde, je veux dire il y a du réseau, on ne perdra pas le contact avec la boîte si c'est ça qui t'inquiète...

Il voulut prendre la main de Bénédicte dans la sienne, mais elle la retira.

Elle regarda son mari, soupira, marqua une dernière hésitation et finalement se lança.

— Écoute, Cyrille, j'ai bien réfléchi. Toute cette histoire, ce voyage, tes fleurs, nos dîners... c'est de la connerie. On joue le rôle d'un couple qu'on n'est plus et...

— Mais qu'est-ce que tu racontes ! – Cyrille commençait à paniquer. – Rien n'est jamais allé aussi bien entre nous, on a même recommencé à faire l'amour ! C'est comme si notre couple entamait une deuxième lune de miel et toi... – Il posa sur sa femme un regard préoccupé. – Tu as vraiment besoin de te reposer, ma chérie. Ces derniers mois ont été durs, tu t'en es formidablement tirée… – Il tendit les doigts vers son poignet, mais ne rencontra que la mie de son pain. – Ce voyage va te faire le plus grand bien, tu verras.

Anxieux, il plongea les yeux dans ceux de sa femme, quémandant une réponse. Jamais il n'avait remarqué les cinquante nuances de gris qui s'y bousculaient.

Bénédicte ressentit une pointe d'agacement. Cyrille ne comprenait rien ou il faisait exprès de ne pas comprendre. À contrecœur et parce qu'il fallait en finir, elle décida de dire les choses encore plus clairement.

— Écoute, Cyrille, commença-t-elle en posant les mains à plat sur la table comme lorsqu'elle ouvrait une assemblée.

Cyrille tressaillit. Le ton de Béné, professionnel, et son *body language*, qu'il avait découvert depuis peu et appris à reconnaître, n'auguraient rien de bon. Ce n'était plus sa femme qui s'adressait à lui, c'était Bénédicte de Monthélie, présidente des laboratoires éponymes et accessoirement son épouse.

— Je ne peux pas faire ce voyage avec toi parce que j'ai décidé de divorcer. Je ne t'aime plus, et il ne faut pas se leurrer, tu ne m'aimes plus non plus. Les enfants sont en âge de comprendre, alors… à quoi bon se raconter des histoires ? Je reprends ma liberté et je te rends la tienne. D'ailleurs… – Elle cligna des yeux nerveusement, s'apprêtant à porter le coup de grâce. – D'ailleurs, j'aimerais que dès ce week-end tu aies pris tes affaires et commencé à déménager.

Cyrille sentit le sang se retirer de son visage, et des taches devant ses yeux commencer à papillonner. Un nerf se mit à battre derrière sa paupière, qu'il ne parvint pas à maîtriser. À vrai dire, il n'essaya même pas, occupé à se verser d'une main tremblante un verre d'eau fraîche pour éloigner tant bien que mal la nausée qui le submergeait.

— Mais tu ne peux pas…, riposta faiblement Cyrille, en se mettant à pleurer.

Bénédicte le regarda avec circonspection, mais sans émotion. C'était cela, entre autres, qui l'avait décidée. Les larmes. Depuis l'enterrement de son père, elle y avait beaucoup pensé. Un homme qui pleurait ne la rassurait ni ne la touchait, au contraire : il l'exaspérait et elle ne se sentait pas en sécurité. Cyrille ne remplissait pas son rôle, et elle n'avait plus pour lui les sentiments qui, autrefois, avaient pu sinon l'aveugler, du moins lui fermer les yeux.

La part féminine de Cyrille, qui avait tant ému Lorraine, Bénédicte n'en avait que faire. Elle avait devant elle un homme faible, et savait désormais que ce n'était pas ce qu'elle voulait.

— Tu as rencontré quelqu'un, c'est ça ? glapit Cyrille en s'essuyant les yeux. C'est ça ?

Bénédicte soupira, exaspérée.

— On peut dire ça comme ça !

— Victor…

— Qu'est-ce que tu me chantes avec Victor ! Bénédicte était maintenant en colère, comme elle pouvait l'être avec ses enfants lorsqu'ils refusaient de comprendre ce qui était pourtant une évidence. Il me faisait sauter sur ses genoux quand j'étais gamine, il pourrait être mon père ! Victor, pff… ! Elle leva les yeux au ciel. Et qu'est-ce qui te dit que c'est un homme, d'ailleurs ! Cette manie que vous avez, vous les mecs, à croire que sans vous une femme n'a point de salut !

Elle jeta sa serviette sur la table et prit son sac, avant de se dresser de toute sa hauteur devant celui qui était encore son mari, trop abasourdi pour se lever.

— La personne que j'ai rencontrée, si tu veux tout savoir... La personne que j'ai rencontrée, c'est moi. Il était temps, non ?

Sur quoi elle se dirigea vers la sortie, laissant Cyrille seul avec ses larmes, ses contradictions... et l'addition.

En recevant le texto de Cyrille lui proposant de l'emmener aux Maldives, Lorraine crut qu'il s'était trompé de destinataire. C'est d'ailleurs ce qu'elle s'empressa de répondre, furieuse, même s'il y avait désormais plusieurs mois qu'ils n'étaient plus « ensemble » – si tant est qu'ils l'avaient été –, qu'il emmène quelqu'un d'autre dans l'éco-lodge qu'elle avait repéré. Elle se souvenait comme si c'était hier du matin délicieux où, lisant la presse voluptueusement lovés sous la couette en grignotant des croissants et en sirotant leur café, elle lui avait montré l'article sur cette île des Maldives et qu'ils s'étaient dit que ce serait une bonne idée de s'y échapper.

Et maintenant, Cyrille projetait d'y aller avec une autre.

« Je crois que tu te trompes de destinataire, envoya-t-elle donc, mais j'apprécie que sans le vouloir tu me tiennes informée de ton intention d'emmener une autre femme dans notre endroit. » Elle était sur le point d'envoyer un deuxième texto traitant son ancien amant de traître, ou de quelque chose du même genre, lorsque arriva la réponse. « Si je me trompais de destinataire, je ne serais pas sur le trottoir d'en face en train de t'envoyer un texto. »

À travers la vitre où ruisselait une giboulée tardive qui faisait plus de bien aux plantations qu'au moral – l'automne avait été pourri, l'hiver froid et gris et le printemps pour ainsi dire inexistant –, Lorraine aperçut en effet, de l'autre côté de la rue, la silhouette de Cyrille à l'abri d'une porte cochère. « Bon, j'en ai marre de me mouiller... je peux entrer ? » vibra le téléphone dans la main déjà tremblante de Lorraine. Et comme celle-ci se demandait ce qu'il convenait – ou plutôt de ce qu'elle avait *envie* – de répondre, un autre texto arriva : « Je viens de quitter ma femme pour toi. »

— Alors ça ! dit Lorraine à haute voix, les yeux rivés sur l'écran de son portable dont elle se demandait si, doué d'une malice surnaturelle – les objets ont parfois leur vie propre, que l'humain ne maîtrise pas –, il n'était pas tout bonnement en train de se moquer d'elle.

— Alors quoi ? sourit Cyrille en faisant tinter le carillon de la porte et en venant la prendre dans ses bras. Tu es surprise ?

Il plongea dans les yeux de Lorraine un regard éclatant, qui n'eut pas, du moins pas immédiatement, l'effet escompté. Lorraine se raidit sous l'étreinte de l'homme qu'elle avait tout fait pour oublier... sans jamais y parvenir tout à fait.

— Tu n'es pas contente ? demanda Cyrille, vexé. Il s'était attendu à une explosion de joie, et en était pour ses frais.

Lorraine sentit le rouge lui monter aux joues et consteller son décolleté, et maudit une fois de plus ce fichu *body language* qui donnait les réponses avant même qu'elle n'ait eu le temps de les formuler. Et surtout, avant qu'elle ne décide comment elle devait les formuler, et dans quel sens elle voulait aller. Comme si son corps, n'écoutant que ses hormones que la proximité de son amant – encore plus beau que dans son souvenir avec son jean et un pull à même la peau – déchaînait, la privait de son libre arbitre.

— Putain, Cyrille, mais tu t'attendais à quoi ? Tu me traites comme une merde, tu disparais, tu remets le couvert avec bobonne – Lorraine était outrée par les mots qu'elle employait, on aurait cru entendre ses ados en pleine crise ! –... et tu as le culot d'imaginer qu'il te suffit de pousser la porte pour que je te tombe dans les bras ?

Cyrille embrassa la scène – les tremblements de Lorraine, les plaques rouges sur le visage et les seins de Lorraine, les larmes qui commençaient à perler sur les cils de Lorraine – avant de se pencher pour embrasser Lorraine. Malgré elle, celle-ci lui rendit son baiser.

— Tu fais vraiment chier, Cyrille..., protesta-t-elle une dernière fois lorsqu'elle put reprendre son souffle.

Il l'embrassa de nouveau, et l'entraîna dans la réserve en priant pour que Maya n'y débarque pas.

***

— C'est quoi, cette histoire de Maldives ? demanda Lorraine un peu plus tard.

Elle venait de fermer le magasin, où Maya, retenue par la décoration florale d'un charity printanier n'avait pas mis les pieds de la journée, et ils étaient attablés au café du coin de la rue, en train de déguster un verre de rosé. La pluie avait cessé, et le soleil inondait maintenant le trottoir, chauffant presque trop les courageux qui, malgré les intempéries et le dicton, s'asseyaient en terrasse.

— Tu sais, l'endroit qu'on avait repéré…, mentit Cyrille en lui prenant la main. Je voulais te faire une surprise, et j'avais prévu de t'y emmener.

— Avant que… Avant que tu me plantes dans la salle de réunion ?

Au souvenir de cette scène qui aurait pu encore plus mal tourner si Bénédicte était entrée, Cyrille grimaça. Conscient que ce jour-là il s'était comporté comme un sale type qu'au fond il n'était pas, et qu'il préférait oublier.

— Tu n'imagines même pas à quel point je t'ai détesté ce jour-là…, murmura Lorraine en regardant dans le vide. Et tous les jours depuis… enfin j'ai essayé.

Et c'était vrai. Ces derniers mois, Lorraine avait tout fait pour en vouloir suffisamment à Cyrille pour le chasser de ses pensées, et elle avait l'impression d'y être parvenue. Jusqu'au texto de tout à l'heure… Loin de Cyrille, elle se sentait parfaitement capable de l'oublier, mais dès qu'il s'approchait, elle était incapable de lui résister.

— Oui, avant la salle de réunion. Je voulais t'y emmener pour nos un an, poursuivit Cyrille, s'enfonçant avec aisance dans le mensonge qu'il était en train d'inventer. Tu vas voir, poursuivit-il avec enthousiasme, chaque suite a sa piscine d'eau de pluie et sa plage privée, avec un hamac pour la sieste sous les palétuviers. Il paraît que c'est l'un des plus beaux coins pour la plongée, et le chef a une étoile... Il cultive lui-même ses fruits et ses légumes en biodynamie, et on peut même pêcher et se faire griller des homards sur un îlot privé...

— Et tu habites où, en ce moment ? questionna Lorraine, tournant autour du pot afin d'aborder par la bande le sujet qui l'intéressait.

— Chez Louis et Anna. Depuis que Bénédicte m'a... depuis que j'ai quitté Bénédicte, ils m'hébergent dans leur chambre d'amis, mais il va falloir que je me trouve quelque chose.

Le lapsus n'échappa pas à la perspicacité de Lorraine, qui l'enfouit dans un coin de sa tête en décidant qu'elle n'avait rien entendu.

— Tu veux dîner avec nous ? En fait, je leur ai demandé si je pouvais te proposer de venir ce soir... ils seraient ravis !

— Non, ce soir, je ne peux pas..., dit Lorraine qui n'avait rien de prévu.

— Demain, alors ? Sûr de son coup, Cyrille lui souriait.

— Peut-être, je ne sais pas. Il faut que je réfléchisse. Je ne sais pas si j'ai envie de recommencer comme avant.

Cyrille dégagea une mèche qui dansait sur le visage de Lorraine, et lui caressa la joue.

— Ce n'est plus comme avant, ma Lolo. Je suis libre, maintenant.

— On n'est jamais libre, Cyrille, protesta Lorraine qui pourtant mourait d'envie de le croire. Il y a les personnes qui nous retiennent, et, quand elles ne sont plus là, il y a les fantômes. Et si par hasard on arrive à se débarrasser des fantômes, il reste les regrets... Elle enroula une mèche autour de son doigt. Je me demande d'ailleurs si ce n'est pas ce qu'il y a de pire, les regrets...

Lorraine consulta sa montre et dit qu'elle devait filer.

En quittant Cyrille ce soir-là, elle savait déjà que le lendemain elle dînerait avec lui sur la terrasse des Dumont. Des regrets, elle n'en voulait pas.

Bénédicte était soulagée.

Si parfois, à son insu, elle observait Cyrille au bureau avec une pointe de nostalgie, elle n'avait aucun regret ; la décision qu'elle avait prise lui semblait la seule chose à faire, dans un mariage qui se délitait. D'autant que les enfants avaient accueilli la nouvelle de la séparation de leurs parents avec philosophie et une certaine sérénité. La plupart de leurs copains étaient dans le même cas de toute façon et d'aucuns leur avaient déjà expliqué comment tirer le meilleur parti de la situation.

Du coup, l'ambiance à la maison était beaucoup plus détendue ; seule Azucena avait poussé de hauts cris, qui détestait, pour des questions religieuses, voir les familles exploser. Ce à quoi Bénédicte lui avait rétorqué, avec une assurance qui continuait de la surprendre elle-même, que les croyances de la Chilienne lui appartenaient, au même titre que la manière dont elle, Bénédicte, voulait organiser sa vie ne regardait qu'elle.

Une fois la question familiale évacuée, et les relations entre Bénédicte et Cyrille cantonnées au seul cadre de la société, Cyrille s'avéra un compagnon de travail beaucoup plus agréable qu'il ne l'avait été du temps où ils partageaient le même toit. Il faut dire que le projet Cyrinol avançait à grands pas, et que, la chose était désormais certaine, il ferait dès l'automne une entrée fracassante sur le marché.

S'ils avaient raté leur mariage, il semblait que Bénédicte et Cyrille allaient réussir leur divorce. Il avait fallu en arriver là pour que chacun se comporte véritablement en adulte.

La seule chose que Bénédicte ne voulait pas, et elle usa de ses prérogatives de présidente pour obtenir – un peu facilement et un peu lâchement, il est vrai – gain de cause, était que Cyrille fasse le voyage aux Maldives sans elle ; et *a fortiori* avec une autre. On n'est pas femme pour rien.

— J'ai peur que tu ne doives annuler ton escapade dans les îles, déclara-t-elle tout de go en entrant sans frapper dans le bureau de Cyrille ; une habitude dont elle ne s'était pas encore départie.

— Tu pourrais frapper. Cyrille enleva ses pieds de sur son bureau.

Bénédicte remarqua qu'il avait gardé ses chaussures, une attitude contre laquelle autrefois elle se serait insurgée. Plus maintenant. Maintenant, Cyrille pouvait bien se tenir comme il voulait : elle s'en fichait.

— C'est quoi, cette histoire ? reprit-il en regardant la mère de ses enfants. Et pourquoi donc ne pourrais-je pas aller aux Maldives ?

Bénédicte feuilleta son agenda.

— Réunion avec les services sanitaires le 10, tu dois être là. Le marketing le 12, l'agence de pub le 13… Ils m'ont envoyé les premiers *roughs*, tu vas adorer ! conclut Bénédicte avec un sourire triomphant. On est en plein lancement produit – *ton* produit, je te rappelle –, et je compte sur toi pour l'emmener au bout. Tu conviendras toi-même que ce n'est pas le moment d'aller jouer les jolis cœurs sur une plage de sable blanc.

Bien sûr, Bénédicte avait raison ! Cyrille en était conscient. Mais il ne voulait pas renoncer à son voyage avec Lorraine, pour de simples questions d'emploi du temps. Et puis il connaissait Béné : ce n'était certainement pas par hasard si les rendez-vous avaient été pris juste la semaine où il devait s'absenter.

— On pourrait peut-être déplacer les rendez-vous ? hasarda-t-il ; il n'y croyait pas vraiment.

— Et tout reporter aux calendes grecques ? Bénédicte posa ses mains sur le bureau et se pencha au-dessus de Cyrille. Tu veux le sortir, ce produit, oui ou non ? demanda-t-elle d'une voix froide. Parce que si tu préfères que je demande à Victor de prendre en charge le projet pour que tu puisses partir en vacances, je suis sûre qu'il se fera un plaisir de te dépanner !

Au nom de Victor, le visage de Cyrille se ferma. Il avait toujours en tête l'image de Bénédicte se préparant pour aller dîner avec le patron des laboratoires Unterberg, et ne pouvait s'ôter de l'esprit qu'il n'était peut-être pas tout à fait innocent dans la décision qu'elle avait prise de divorcer. D'ailleurs, n'était-ce pas précisément après ce dîner que Bénédicte avait commencé à changer ?

— O.K., tu as gagné ! capitula Cyrille, réduisant machinalement en confettis la première page de son journal, signe qu'il était très agacé. Je ne pars plus ! Il se leva et fit face à Bénédicte. C'est ce que tu voulais, non ?

Bénédicte ne répondit pas. Elle ramassa ses affaires et se dirigea vers la porte, incapable de dissimuler un petit sourire de contentement.

— Si tu veux un journal entier, j'en ai un dans mon bureau ! lâcha-t-elle avant de sortir.

Cyrille la suivit des yeux ; il ne pouvait pas lui en vouloir. N'importe quel P-DG aurait fait la même chose, et il le savait.

***

— J'ai réfléchi, dit Lorraine lorsqu'ils se retrouvèrent au café qui faisait le coin avec la rue de la boutique – pourquoi les cafés font-ils toujours le coin ? –, où, depuis le dîner chez Anna et Louis, ils avaient pris l'habitude de se retrouver en fin de journée. J'adorerais aller aux Maldives, mais c'est impossible pour moi de partir en mai. C'est l'un de nos plus gros mois, et je ne peux pas faire ça à Maya.

C'était la vérité, ou en tout cas une partie de la vérité. Sa loyauté envers Maya n'était pas la seule raison pour laquelle Lorraine ne pouvait pas partir : mai était l'un de ses mois préférés, qui voyait dans la cour de la maison et dans le patio de la boutique s'épanouir tout un tas de fleurs qu'elle adorait, avant les chaleurs de juin et le carnage de l'été. Et mai était le mois des fêtes et des mariages, et, plus que tout autre, le moment où elle pouvait donner libre cours à sa créativité. Sans parler des terrasses qui, à cette époque où tout poussait, avaient besoin de ses doigts de fée.

— Et puis Bastien passe son bac français cette année...

— Déjà ? répondit Cyrille, surpris. Mais Bastien avait le même âge qu'Octave, et lui aussi passerait cette année les épreuves anticipées. Et il veut faire quoi, après, il a une idée ?

— Tel que c'est parti, je ne serais pas surprise qu'il s'inscrive dans une école hôtelière. Lorraine caressa les doigts de Cyrille. C'est un passionné de cuisine, et un véritable cordon bleu, tu verras...

Les yeux de Lorraine étaient pleins d'espoir. Elle avait proposé à Cyrille de quitter la chambre d'amis des Dumont pour venir s'installer chez elle plutôt que de perdre du temps et de l'argent à chercher un appartement, et il n'avait pas encore répondu. Mais elle le savait sur le point de céder. D'autant qu'il avait rencontré les enfants, et qu'en dehors du « j'aime pas » sempiternel et réitéré de Louise dès qu'il avait eu le dos tourné, cela s'était plutôt pas trop mal passé.

— Tu ne m'en veux pas ? demanda Lorraine, plus chatte que jamais.

— Je ne t'en veux pas pour quoi ? Cyrille ne comprenait pas.

— Pour le voyage...

— Ah !

Cyrille regarda Lorraine. Au contraire, il était soulagé. Soulagé de ne pas avoir à la décevoir une nouvelle fois. Il se demanda s'il n'allait pas tout lui avouer, lui dire que lui non plus ne pouvait pas partir au mois de mai. Mais cela revenait à admettre qu'il était toujours sous l'autorité de Bénédicte ; il préféra profiter de l'aubaine pour laisser filer.

— Bien sûr que je ne t'en veux pas, murmura-t-il dans les cheveux de Lorraine avant de l'embrasser. Je sais que tu as une vie contraignante, je comprends…

Lorraine sourit. Jamais un homme ne lui avait dit qu'il la comprenait, à part son père peut-être mais cela faisait partie de son rôle de comprendre ses enfants.

— On se rattrapera une autre fois…

Ces mots… Ces mots rappelaient un souvenir à Lorraine, que dans la douceur du soir, partageant avec l'homme qu'elle aimait un Mojito parfait, elle aurait préféré oublier.

Elle voulut dire quelque chose, juste un mot pour chasser l'autre ; mais elle ne le trouva pas, et se contenta d'acquiescer.

— Une autre fois, tope là !

Espiègle, Lorraine tapa dans la main de Cyrille. Ce qui changeait de la dernière fois où elle avait entendu ces mots, c'est que désormais Cyrille était libre, et que les autres fois ne manqueraient pas.

Quinze jours plus tard, alors que Lorraine et Cyrille auraient dû être à bord d'un Airbus 380 de la compagnie Emirates à destination de Dubai, puis prendre, trois heures après, une connexion pour Malé et pour le Paradis, un camion des Déménageurs bretons se gara devant l'appartement de la rue Marcadet, et entreprit de déballer son chargement.

Pieds nus dans les premières chaussures qu'il avait trouvées – cette manie qu'avaient les déménageurs de débarquer aux aurores ! –, Cyrille surveillait les opérations avec un brin d'anxiété. Il n'avait pris que ses pièces préférées – un cabinet hollandais peint qu'il chérissait, le bureau *seventies* tout déglingué en formica bleu ciel qui le suivait depuis toujours et SON fauteuil en faux Louis XV mais en acajou véritable fabriqué par un artisan dans les Pyrénées –, mais se demandait si malgré tout ce n'était pas encore trop et comment il ferait pour les caser.

De son côté, et faisant des efforts pour ne pas le montrer, Lorraine, qui n'avait jamais mis les pieds chez Cyrille et n'avait aucune idée de ce à quoi ses meubles pouvaient ressembler, observait ce déballage d'un air consterné. Elle qui avait aménagé son intérieur comme une maison de campagne, avec des objets chinés, donnés ou récupérés qu'elle décapait, repeignait, sérusait de manière souvent décalée et dont elle adorait détourner la fonction, qu'allait-elle faire de ce bureau bringuebalant, de ce secrétaire immonde et complètement dysfonctionnel, et surtout de ce fauteuil prétentieux qui pétait plus haut que tous les culs qui s'étaient assis dessus ?

Partageant les mêmes réticences, Louise vint glisser sa main dans celle de sa mère, et assista à la scène en ruminant. Si au moins le bureau avait été rose, mais même pas ! Quelle idée, aussi, de laisser ce type et son goût de chiotte s'installer dans leur terrier ! Décidément elle ne l'aimait pas.

Seul Bastien était indifférent à l'action qui l'entourait. Réveillé à sept heures justement le matin où il n'avait pas cours, il avait commencé par pester puis avait entrepris de tester une nouvelle recette de pain perdu à la cannelle pour le petit déjeuner. Foutu pour foutu, autant bien manger.

Lorsque les déménageurs, sans avoir quitté leur chapeau – breton lui aussi – un seul instant, déballèrent un nain de jardin, et le posèrent en se marrant devant les Belles de Crécy, Lorraine s'en empara d'un bond et alla le reléguer à côté du tuyau d'arrosage. Pas cette horreur au milieu de mes fleurs, gronda-t-elle intérieurement. Louise la suivit, profitant de ce que Cyrille était entré avec les gars dans la maison pour lui glisser, désignant tout ce vide-grenier d'un air dépité :

— Ça va pas le faire, hein, maman... C'est pas nous !

Lorraine était atterrée. Depuis la première fois où Cyrille avait poussé la porte de la boutique, elle avait espéré ce moment plus que tout, avant de se résigner et de se dire qu'il n'arriverait jamais. Il arrivait pourtant, et les doutes avec, qui s'immisçaient dans ses pensées. Et tout ça pour quoi ? Pour trois malheureux meubles qu'elle aurait tôt fait de remiser dans des endroits où on ne les verrait pas trop. Ce n'étaient pas les coins et les recoins qui manquaient ! Lorraine se dit que l'émotion, le trac, la peur d'une nouvelle vie qui s'annonçait et prenait désormais toute sa réalité la faisaient surréagir. Que c'était normal, qu'il lui faudrait le temps de s'habituer à cette nouvelle configuration qui, si elle lui apportait compagnie, conformité et stabilité, la privait d'une liberté qu'elle n'avait, elle le réalisait maintenant, jamais su apprécier ni même identifier. Mais elle aimait Cyrille et elle y arriverait.

Pourtant, la phrase de Loulou ne cessait de la tourmenter.

— Alors tu es contente, susurra Cyrille en la prenant dans ses bras. Elle sursauta ; elle ne l'avait pas entendu approcher.

— Hum...

— J'ai fait mettre le meuble hollandais dans la chambre, à la place de la commode. Tu veux que je demande aux types de la mettre où ?

Penchée sur un bouton de rose dont les déménageurs avaient cassé la tige en apportant leur chargement, Lorraine se redressa vivement.

— Pardon ?

— La commode ? Tu veux la mettre où ? Je me disais qu'elle pourrait être pas mal dans le passage de l'entrée...

— La commode reste là où elle est ! trancha Lorraine d'une voix plus sèche qu'elle ne l'aurait voulu.

La scène lui rappelait son emménagement avec Arnaud, et faisait affluer des souvenirs qu'elle s'était efforcée d'oublier. Pourtant, elle repartait pour un tour, et savait que la refonte de l'environnement de chacun dans celui de l'autre était la première d'une longue et inévitable série de concessions.

— Mais ça va être moche, côte à côte ! insista Cyrille. Va voir !

Lorraine entra dans la maison. Le bureau occupait la moitié de l'entrée – « ça peut faire une console », dit Cyrille qui la suivait –, le fauteuil trônait en bout de table dans la cuisine, et dans la chambre le meuble hollandais, à touche-touche avec la commode de Lorraine, faisait face au lit. Comme pour leur rappeler, chaque matin au réveil, qu'il y avait des divergences structurelles au sein de leur couple à peine formé.

En voyant le bonnet de résine rouge du nain de jardin surgir parmi les orchidées dans la salle de bains, Lorraine fondit en larmes.

— Mais qu'est-ce que tu as, ma Lolo ? demanda Cyrille d'une voix que Lorraine trouva niaise et qu'elle ne lui connaissait pas. C'est Hercule !

« Hercule » était le coup de grâce.

Abandonnant ses casseroles, Bastien fit irruption dans la pièce. Il avait une idée.

— Dis, Cyrille, je voulais te demander un truc..., dit-il en prenant par l'épaule dans un geste aussi viril qu'il en était capable celui qui allait désormais partager leur vie. J'ai toujours aimé les nains de jardin. Tu ne me prêterais pas Hercule, pour que je le mette dans ma chambre ?

Cyrille hésita. Il s'était acheté la statuette avec son premier salaire, et au fil des ans elle était devenue son objet fétiche et son porte-bonheur. D'un autre côté, la donner à ce grand dadais sympathique auprès duquel il allait endosser le rôle de beau-père pourrait être un bon moyen de s'en faire un allié. D'autant qu'il sentait que les choses allaient être plus rudes avec sa sœur.

— Je te l'offre ! dit-il solennellement en tirant le nain de sa jungle pour le tendre à Bastien. Mais prends soin de lui : c'est mon très grand copain, Hercule !

L'adolescent sourit et donna une accolade à Cyrille, sous le regard étonné mais reconnaissant de Lorraine. Son fils avait toujours détesté les nains de jardin. Ce n'est qu'en entendant les hurlements de sa sœur qu'elle comprit ce qu'il avait derrière la tête.

— Alors là, t'es vraiment trop con, mec ! couina Louise en voyant son frère entrer dans sa chambre avec la figurine. J'en veux pas de ce truc !

— Cadeau ! clama Bastien, incapable de contenir un fou rire.

— J'aime pas ! J'aime pas, j'aime pas, j'aime pas !

Furieuse, Louise commença à jeter en direction de son frère tout ce qui lui tombait sous la main.

— Bon, allez, les enfants, ça suffit ! trancha Lorraine en entrant dans la chambre.

Slalomant entre les projectiles, elle s'empara du nain de jardin et alla le poser dans la cuisine, en haut du vaisselier.

— Allez hop ! On met Hercule là-haut et on n'en parle plus !

Et c'est ainsi que Hercule, soixante centimètres et deux kilos cinq de résine creuse verte, jaune, turquoise et rouge, fit son entrée dans la famille.

— Maman ! Ton mec a encore bouffé toutes mes céréales ! se plaignit Louise avec vigueur, en faisant irruption dans la chambre de sa mère.

Il était huit heures, Cyrille était sous la douche avec les orchidées. Lorraine avait essayé de le convaincre d'utiliser plutôt la baignoire, qui pour le moment ne contenait pas de nénuphars, mais Cyrille était un inconditionnel – pour ne pas dire un intégriste – de la trombe, et ne voulait pas y déroger. Du coup, elle avait aménagé parmi les épiphytes un espace où son compagnon pouvait se doucher sans les abîmer, donnant à l'habitacle des airs de forêt amazonienne qui semblait convenir à tout le monde. Les fleurs avaient leur pluie tropicale, et Cyrille l'impression de voyager.

— Quelles céréales ? demanda Lorraine à sa fille en enfilant un short. Et essaie de ne pas appeler Cyrille mon *mec* à tout bout de champ, Loulou. Ce n'est pas très gentil.

— Oui mais depuis qu'il est là y a plus moyen d'avoir de Choco Pops... il les bouffe tous ! Louise regarda sa mère, prête à lancer son argument massue. Du coup, poursuivit-elle d'une petite voix plaintive, à cause de lui, je n'ai plus rien pour le petit déj et je suis obligée de partir en cours le ventre vide...

Louise observa Lorraine du coin de l'œil : elle savait à quel point Lorraine était intransigeante sur le petit déjeuner, insistant toujours pour que ses enfants prennent un vrai repas avec céréales, laitage, fruits et protéines avant de partir pour le lycée. L'absence récurrente de Choco Pops allait faire mouche, Louise en était persuadée.

— Parce que en plus avec les Choco Pops il se fait la bouteille de lait... Même Bastien, il ne peut plus petit-déjeuner ! ajouta-t-elle, perfide.

Prise entre deux feux et consciente que sa fille essayait de la manipuler – les relations entre Louise et Cyrille étaient compliquées, et chacun prenait Lorraine à parti –, Lorraine soupira, et se dirigea vers la cuisine.

— Qu'est-ce que tu racontes, Loulou ? s'énervat-elle en apercevant un paquet de céréales à sa place dans le placard. Il y a un paquet entier.

— Vide ! triompha Louise en s'emparant de la boîte et en l'agitant au-dessus de sa tête. En plus il laisse les paquets vides dans les placards, comme ça on ne sait même pas qu'il faut en racheter ! Et pareil pour le lait, tiens, regarde. Elle ouvrit le réfrigérateur et en sortit une brique, qu'elle secoua au-dessus de l'évier. Vide aussi. Fait vraiment chier, ton mec, maman !

Sur quoi, contente d'elle, elle disparut dans sa chambre et revint avec ses affaires de cours.

— Faut que je file ! Louise embrassa sa mère, et ouvrit la porte d'entrée.

— Mais tu n'as rien mangé !

— Je ne *peux* pas, maman ! Y a rien à manger…, renchérit Louise avec la plus parfaite mauvaise foi.

Puis elle s'envola, laissant sa mère seule avec son agacement – les boîtes rangées vides – et sa culpabilité.

— Il n'y a plus de céréales ? demanda Cyrille la bouche en cœur et le visage rasé de frais.

L'un de ses gros « kifs », depuis qu'il était dans cette maison beaucoup plus bohème et beaucoup plus joyeuse, il fallait l'admettre, que ne l'était son propre foyer, était que Cyrille pouvait manger comme un ado et parler comme un ado sans que personne lui fasse de réflexion. Lorraine trouvait la chose plutôt sympathique, y voyant une tentative louable et même touchante de créer une connivence avec ses enfants. Jusqu'à ce matin, où elle se demanda si Cyrille n'était pas en fait foncièrement un vieil ado lui-même, auquel il convenait de s'adresser… comme à un ado. Ce qu'elle fit.

— Tu pourrais jeter les boîtes quand elles sont vides, et prévenir quand tu finis un truc et qu'il faut en racheter ! commença-t-elle. Il n'y a plus de céréales, plus de lait… À cause de toi, ce matin, les enfants n'ont pas pu prendre de petit déjeuner !

— Mais si, il y en a un paquet plein…, répondit Cyrille en ouvrant le placard.

— Vide ! tonna Lorraine, en reproduisant le geste de sa fille. Et vide, le lait. Au point où on en était…

Cyrille enlaça Lorraine, et se mit à l'embrasser. Celle-ci se dégagea.

— Non mais tu es pénible, Cy ! Je n'ai rien contre le fait que tu manges la même chose que les enfants, à la limite j'aurais même tendance à trouver ça sympathique, mais fais au moins en sorte qu'ils ne tombent pas en rade. Je ne peux pas être derrière toi aussi toute la journée !

— Je suis désolé... Cyrille regarda sa montre. Oups, il faut que je bouge, j'ai une réunion dans vingt minutes ! Ce soir au café ?

— Si tu veux..., dit Lorraine avec plus d'enthousiasme qu'elle n'aurait voulu en montrer. Mais elle aimait bien ce rituel de fin de journée, un verre en terrasse avant de rentrer. Et Cyrille le savait.

Lorsqu'il la rejoignit ce soir-là, Cyrille avait fait les courses : du lait frais, deux paquets géants de Choco Pops, des petits chèvres, le pain préféré de Lorraine, du beurre salé... Il s'était même mis d'accord par texto avec Bastien pour rapporter ce dont celui-ci avait besoin pour préparer le dîner.

Et un pot de Nutella pour Louise, auquel elle ne toucha pas, arguant avec la plus grande mauvaise foi que ce serait sympa qu'on arrête de la prendre pour un bébé.

Elle avait décidé qu'elle n'aimait plus les Choco Pops, et qu'elle arrêtait le Nutella.

***

Pour présenter les enfants, qui ne se connaissaient pas encore, Cyrille et Lorraine avaient organisé une balade en forêt, avec au programme pique-nique et vélo. « Ça me soûle ! » avait immédiatement rétorqué Louise. « Et si Fleur vient, ça me soûle encore plus ! » avait-elle ajouté à l'intention de Bastien, désignant la poche de son mini-short rose d'un air faussement innocent.

— Bah non, paraît que t'es plus un bébé, maintenant..., avait riposté son frère sans esquisser le moindre geste vers son porte-monnaie.

Un instant désarçonnée, Louise avait haussé les épaules en remontant ostensiblement la bretelle de son soutien-gorge. Être grande n'avait pas que des avantages.

Lucrèce et Jules avaient été tellement contents de voir leur père, tellement contents de faire du vélo, tellement contents de s'empiffrer des sandwichs au beurre de cacahuète et à la confiture de framboise préparés par Bastien qui était en plein dans sa période américaine, tellement contents de tout, qu'ils avaient passé la journée collés à Cyrille, et se l'étaient complètement accaparés.

Après avoir pédalé chacun de son côté en se regardant en chiens de faïence, Louise avec sa mère, Bastien calé sur le rythme de Fleur et lui tenant la main, les petits dans les roues de leur père et Octave, qui était beaucoup plus rapide, faisant des allers et retours entre les groupes, Louise piqua un sprint afin de rejoindre l'aîné de Cyrille, devant lequel elle dérapa en voulant faire demi-tour, et s'explosa. Bastien démarra pour se porter au secours de sa sœur, mais sa mère le retint : Octave était déjà en train de relever Louise et de lui tamponner précautionneusement le genou avec une lingette, et celle-ci lui souriait. La glace était brisée.

La balade se poursuivit sans incident, et, à la surprise de tous, lorsque, de retour à Paris, il fallut se quitter, Louise demanda si les enfants de Cyrille ne pouvaient pas rester dîner.

— Pas cette fois, Loulou, dit gentiment Cyrille, étonné. Mais peut-être le week-end prochain…

Il laissa sa phrase en suspens, guettant l'approbation de Lorraine ; le week-end prochain était un week-end où, normalement, ils ne devaient pas avoir les enfants.

— Si leur mère est d'accord…, sourit Lorraine, pas follement heureuse d'avoir la marmaille coup sur coup – cinq enfants, cela n'avait rien à voir avec deux ! –, mais contente que les choses se passent bien.

Si seulement ils pouvaient devenir copains, songea-t-elle, ce serait une préoccupation en moins !

— Ouiiii ! crièrent les petits. Maman sera d'accord, tu verras, papa ! Jules et Lucrèce avaient déjà tout compris des mécanismes du divorce, et de l'avantage d'avoir deux foyers et deux parents dont ils pouvaient utiliser la culpabilité pour obtenir des deux côtés tout ce qu'ils voulaient. Et on amènera Rose !

Octave ne dit rien, mais il envoya un clin d'œil à Louise. Avant de monter dans la voiture, il lui glissa discrètement son numéro de portable, qu'il avait gribouillé sur un bout de papier.

« T'as de beaux genoux, tu sais ! » Le texto arriva alors que Louise était sur le point de s'endormir. En reconnaissant le numéro qu'elle s'était empressée d'enregistrer, elle sourit et fourra le téléphone sous son oreiller.

« Un café après les cours ? Je sors à 15 h 30, je passe te prendre ? ;) »

« Trop ! Je sors à 16 h 20… :-) »

« T'inquiète, j'attendrai. »

« : p »

Une grande amitié naquit entre Louise et Octave, qui passa ses deux semaines de révisions au café avec Louise, au cinéma avec Louise, à se balader et à manger des glaces avec Louise quand ce n'était pas tout bonnement dans la chambre de Louise à essayer de la convaincre qu'il était temps de changer sa musique *girly* pour des trucs plus adultes. Ainsi Bowie remplaça Lady Gaga, Mika dégomma Shakira et les Stones – crade, j'aime pas ! avait dit Loulou la première fois qu'elle avait entendu la guitare de Keith Richards – prirent le pas sur Madonna, résolument trop vieille et trop musclée pour jouer les vierges effarouchées.

Du coup, Louise était beaucoup plus aimable avec Cyrille, et Lorraine était ravie de ne plus être prise entre deux feux, à devoir trancher en permanence entre son amour inconditionnel de mère et son désir de femme – c'était épuisant.

Quant à Bénédicte, elle pensait que son aîné révisait le bac chez son copain Pierre – c'est ce qu'Octave lui avait dit pour ne pas susciter la jalousie et les questions de sa mère –, ce qui la déculpabilisait de ne pas être elle-même plus souvent à la maison pour lui faire revoir ses textes. Mais, se disait-elle car cela l'arrangeait, les enfants étaient grands et il y avait belle lurette que ce n'était plus leurs parents qui les faisaient réciter.

— Elle a un copain, ta sœur ? demanda un jour Octave à Bastien, qui observait d'un air mortifié son reflet dans la vitre du four, se demandant comment il allait pouvoir cacher le bouton qui venait de lui pousser en plein milieu du front avant son rendez-vous avec Fleur.

— Hum…

Octave sortit de sa poche un petit tube de crème teintée.

— Tiens, dit-il en le tendant à Bastien, mets-ça. Ça va le cacher, et en plus ça va le soigner. Il ouvrit le tube, et mit un peu de crème sur le dos de sa main. Il suffit de tapoter, tu vois… comme ça. Tu veux que je le fasse ?

Bastien hésita. Mais comme ni sa mère ni sa sœur n'étaient dans les parages, et qu'il n'était pas certain de ne pas empirer les choses en étalant lui-même le produit, il accepta.

— Mais mollo, mec ! Je ne veux pas ressembler à une vieille tantouse, O.K. ?

Depuis le coming out de son père, et même si sa relation avec Fleur l'avait convaincu une fois pour toutes que l'homosexualité n'était pas héréditaire, Bastien restait sensible sur le sujet.

— T'inquiète, j'ai l'habitude ! Je viens d'une famille de pharmaciens, je te rappelle ! Alors, insista-t-il tout en tartinant le bouton et ses environs avec beaucoup de délicatesse, Louise…

— Quoi, Louise ? Ah ! Si elle a un copain ? Non, je crois pas… Depuis le connard de l'été dernier…

— Qu'est-ce qui s'est passé l'été dernier ? Octave, l'air intéressé.

— Pas grand-chose, justement. Enfin ils venaient de fêter leur un mois, et puis pendant les vacances chacun est parti de son côté et pffffuit… le type s'est évaporé.

— Ah ouais…, fit Octave, songeur. Pas cool…

— Comme tu dis, mec. Pas cool du tout…

Bastien sortit du frigo un morceau de parmesan qu'il commença à râper.

— Pourquoi ? Elle t'intéresse, ma sœur ?

Octave rougit.

— Non non c'est pas ça… euh… simplement je tiens à elle, et ça m'embêterait qu'un type lui fasse du mal, tu vois ? Je me sens, comment dire… Je me sens comme le devoir de la protéger. Il toucha le bras de Bastien. Tu comprends ?

Bastien comprenait parfaitement. C'était exactement ce qu'il ressentait à l'égard de Fleur : un besoin de veiller sur elle et de la protéger. Mais de la part d'Octave, et vis-à-vis de sa sœur, cela lui paraissait incongru.

— En même temps c'est normal, se rassura-t-il. C'est un peu comme si tu faisais partie de la famille, alors… Il regarda Octave. Tu n'es pas en train de tomber amoureux, quand même ?

Octave détourna les yeux.

— Parce que… tu ne peux pas tomber amoureux de ma sœur, mec, t'as pas le droit ce serait… ce serait incestueux !

— N'importe quoi ! se défendit Octave. Comme si j'allais tomber amoureux de la fille de la copine de mon père ! Non mais je suis pas débile, quand même ! Tu vas faire quoi avec le parmesan ?

Bastien sortit dans la cour et revint avec un bouquet de basilic.

— Pesto ! Il passa les herbes sous l'eau, et les tendit à Octave. Tu m'aides ? Il suffit d'enlever les feuilles et de les mettre dans le mixer, regarde…

C'est ainsi que Lorraine et Cyrille les trouvèrent : côte à côte dans la cuisine, l'un effeuillant le basilic et l'autre faisant griller des pignons, parlant de filles, de recettes et de cosméto.

***

Et puis se posa la question des vacances.

Bénédicte préempta d'office le mois d'août, où, comme chaque année, elle comptait emmener les enfants à l'île de Ré. Pas question de déroger à la tradition, et ce n'était pas parce que Cyrille et elle étaient séparés qu'il fallait tout changer. Au contraire : c'était précisément le moment ou jamais de maintenir des repères, afin que les enfants ne soient pas complètement déboussolés.

Cyrille voulait louer une maison la deuxième quinzaine de juillet, mais, lui qui n'avait jamais été confronté au problème de devoir trouver un point de chute pour l'été, s'aperçut assez vite que ses finances ne lui permettaient pas de louer, sans parler de la maison de ses rêves, ne serait-ce que l'équivalent de l'île de Ré. Or il ne pouvait pas faire moins : c'était une question de fierté. Et il ne pouvait pas non plus faire plus : c'était une question de budget.

Il était dans cette impasse quand Octave lui donna la solution ; ou en tout cas une ébauche de solution.

— Ça me soûle d'aller à l'île de Ré ! protesta-t-il un soir au dîner.

Il avait dit à sa mère qu'il restait dormir chez Pierre, et on avait déplié le futon de l'entrée. La porte de la cuisine était entrouverte, une brise légère apportait par vagues les effluves poivrés des roses anciennes, Cyrille avait débouché une bouteille de rosé. Un petit air de vacances planait, même si on n'y était pas tout à fait.

— Si tu crois que ça ne me soûle pas d'aller en Dordogne ! ronchonna Louise en enfournant une bouchée de clafoutis. C'était le dessert préféré d'Octave : du coup elle avait décidé qu'elle aimait.

Lorraine lança à Cyrille un regard désemparé : les vacances avaient toujours été une plaie à organiser, personne ne semblait jamais être à l'endroit où il voulait ; et c'était là que se cristallisaient toutes les joies de la famille recomposée. Entre les dates des uns, les dates des autres, qui prend les enfants quand, d'une simple corvée l'été devenait désormais un véritable casse-tête.

— Et si vous veniez tous avec nous ? suggéra Bastien, que l'idée d'emmener un copain de son âge séduisait.

Cyrille regarda Lorraine, alors que son fils, déjà, s'emballait.

— Ah ouais, ce serait cool ! Je peux dire à maman que je bosse...

— Non. Pas question que tu mentes à ta mère, non mais et puis quoi encore ?

— On peut parfaitement y aller mi-juillet, proposa Lorraine, que le fait d'être de nouveau confrontée à des problèmes d'organisation, elle qui avait été jusque-là si libre d'en faire à sa guise, exaspérait. Mais c'était, là encore, l'une des nombreuses concessions inhérentes à la vie de couple et, *in extenso*, à la vie de famille recomposée.

Louise, qui commençait à entrevoir son été sous un jour nouveau et beaucoup plus ensoleillé, renchérit :

— Oh oui ! Et puis Octave n'est pas obligé de passer tout le mois d'août à Ré, si ? Pourquoi on ne couperait pas la poire en deux, genre, on fait 15 juillet-15 août en Dordogne...

— Depuis quand tu veux rester un mois en Dordogne, toi ? la chambra son frère, sarcastique. Je croyais que ça te « soûlait »...

— Oui mais j'ai « grandi », je te rappelle...

Lorraine prit la main de Cyrille. Louise détourna le regard.

— Qu'est-ce que tu en penses ?

— Il faut que je voie avec Béné, mais pourquoi pas ? Mais tu es sûre que ça ne va pas déranger tes parents, je veux dire… Avec les petits, Octave et moi, on débarque à quatre, quand même.

— Grand-mère a toujours adoré les grandes tablées ! conclut Louise, emportant l'affaire.

Et c'était vrai. Lorsque Lorraine l'appela le lendemain, Christiane accepta sans hésiter. Non seulement elle avait hâte de faire la connaissance de ce fameux Cyrille qui avait tant fait pleurer sa fille l'été précédent, mais elle était enchantée à la perspective de pouvoir, de nouveau, mitonner des petits plats pour une grande assemblée.

***

— Tu vas être contente, Ama ! commença Christiane en entrant sans frapper dans la chambre de sa mère.

Chose qu'elle ne faisait jamais. Mais l'idée de recevoir sa fille cadette, non seulement avec l'homme qu'elle aimait mais avec toute sa famille, la réjouissait. Enfin, après les tumultes des dernières années, les choses allaient retrouver un semblant de normalité. À vrai dire, Christiane était d'un conventionnel invétéré. Se fondre dans un moule la rassurait.

— Ama ? Tu…

Réalisant que sa mère n'était pas dans la pièce, Christiane fit demi-tour, se demandant où la vieille dame avait pu passer. Elle la trouva sur la terrasse, emmitouflée dans son étole grise, un sécateur à la main et un grand panier à ses pieds.

— Mais qu'est-ce que tu fais là ? la gronda Christiane et accourant pour tenir l'escabeau où, d'un pas fragile mais décidé, Ama avait entrepris de monter. Tu n'as même pas mangé ton petit déjeuner !

D'un geste décidé, prenant appui sur l'épaule de sa fille, elle coupa plusieurs grappes de raisin vert qu'elle laissa tomber dans le panier.

— Je sais ce que tu vas dire ! Christiane aida sa mère à déplacer le tabouret. Le verjus n'attend pas, c'est ça ?

D'un geste impatient, Ama tapotait de la pointe de son pied chaussé de ballerines bleu foncé la marche sur laquelle elle se tenait. Le verjus n'attendait pas, en effet.

Christiane avança encore le tabouret, emportant du même coup, accrochée à ses cheveux blonds, la vieille dame si légère qu'il était inutile de la faire descendre. Elle voulut s'emparer d'un sécateur pour l'aider, mais Ama le lui prit des mains : depuis plus de soixante-dix ans, la cueillette du raisin vert était le privilège de l'aïeule, et sa chasse gardée.

Une heure plus tard, les deux femmes étaient dans la cuisine en train de passer les grains à la moulinette. Christiane commençait déjà à faire des projets.

— C'est bien, pour Lorraine, tu ne trouves pas ? Elle est arrivée à ses fins. Lui ou un autre, remarque...

Ama trottina vers la poubelle pour vider les peaux pressées.

— Non parce qu'elle ne pouvait pas rester comme ça, Lorraine, tu te rends compte ! Une femme toute seule, avec des enfants... ça ne se fait pas ! Et puis après, ils partent, les enfants, et qu'est-ce qu'elle serait devenue, notre Lorraine ?

Peur de la solitude, du regard des autres, goût de la conformité et même une certaine interprétation de la moralité : toutes les préoccupations de Christiane se mêlaient dans son discours. Ama l'observait avec un petit sourire amusé.

— Quoi ? Christiane s'essuya les mains sur son tablier. Je sais ce que tu penses, va ! Que toi tu t'es très bien débrouillée toute seule, sans avoir besoin de te remarier ni d'un homme à tes côtés. Mais ce n'est pas la même chose, non plus ! Nous on a toujours été là ! La maison, la famille… à l'époque on restait, on ne partait pas. Tu ne sais pas ce que c'est que d'être seule, toi, Ama !

D'où les couleuvres. Les couleuvres plutôt que la solitude, terreur absolue de Christiane, dans laquelle elle s'était juré de ne jamais sombrer.

D'un geste bref, Ama effleura la main de sa fille. Si son visage restait impassible, ses yeux lui disaient qu'elle se trompait. La solitude, elle savait parfaitement ce que c'était. Et le fait d'avoir toujours du monde autour n'y avait jamais rien changé.

Simplement, elle n'en avait pas peur.

En arrivant en Dordogne après un voyage interminable dans la Renault Espace de Cyrille – ils étaient tombés d'accord avec Bénédicte pour que l'usage de la voiture familiale revienne alternativement à celui qui avait les enfants –, Lorraine eut la surprise de voir que Julie était déjà arrivée. Et qu'elle était seule. Avec la complicité de son médecin elle avait fait croire à Patrice que l'une de leurs tentatives avait presque marché, mais s'était malheureusement soldée en un avortement spontané à la huitième semaine qui imposait à Julie de se reposer. Et où, mieux qu'au vert dans la maison familiale, pourrait-elle être dorlotée et se refaire une santé ?

Patrice avait tout d'abord rechigné, puis s'était dit que c'était peut-être pour lui l'occasion de s'offrir avec ses copains médecins la petite virée de golf dont ils ne cessaient de parler ; et, pourquoi pas, d'emmener la jeune interne qui lui faisait des yeux de biche et dont le décolleté était à se damner.

— Bon, alors évidemment, la voiture, ça fait tout de suite très installé ! commenta Christiane en guise d'accueil, en jetant à la voiture un regard mi-figue, mi-amusé.

Elle était sortie l'air affairé, enveloppée dans son grand tablier ; lorsque Christiane avait un public, elle avait besoin de grossir le trait et de pérorer, surjouant le rôle de la matriarche attentionnée, aimante et un poil envahissante qu'elle adorait endosser.

— Ma Loulou ! s'exclama-t-elle. Mais c'est que tu es une vraie petite femme, maintenant ! Puis, se tournant vers Cyrille : Alors comme ça, c'est vous le…

— C'est moi ! répondit Cyrille en prenant Lorraine par la taille, ne laissant pas à Christiane le temps de trouver un qualificatif qui avait de fortes chances de tomber à côté.

— Le quoi ? demanda Louise en embrassant sa grand-mère. Puis, sans attendre la réponse, elle prit la main d'Octave et le tira devant Christiane. Tiens, grand-mère, je te présente Octave. Et là c'est Lucrèce et Jules, ajouta-t-elle en désignant les petits qui couraient déjà derrière les papillons en s'extasiant de leur taille et de leur beauté.

— Bonjour madame ! Les yeux dans les souliers, Octave serra d'une main molle et moite celle que Christiane lui tendait. Elle s'essuya dans les plis de son tablier.

— Bonjour Octave. Tu peux m'appeler Christiane, tu sais ! sourit-elle.

Lorraine grimaça. La jovialité affectée de sa mère l'exaspérait. Pourquoi était-elle incapable d'être elle-même chaque fois qu'il y avait des invités ? Elle entremêla ses doigts dans ceux de Cyrille, et, main dans la main, ils allèrent saluer Jean dans ses rosiers.

— Ama est avec papa ? demanda Lorraine à sa mère, qui racontait déjà à Basile les nouvelles recettes qu'elle avait l'intention d'expérimenter.

— Avec papa, avec de la citronnade et sous son parasol. Ils y sont depuis un moment ! Christiane se dirigea vers la maison. Et avec ta sœur, aussi… Elle s'arrêta et se retourna. Au fait, tu savais qu'elle avait l'intention de nous quitter ?

— Je sais surtout qu'elle n'a pas le choix ! lança Lorraine avec un sourire triste. Mais ce ne sera pas long… On en parle tout à l'heure !

Christiane entra dans la cuisine.

— C'est ça ! cria-t-elle par la fenêtre ouverte, qui laissait s'échapper l'odeur caractéristique des confits d'oie, à la fois de grillé, de graisse et de sucré. Dîner dans une heure ! Confit pommes de terres sarladaises et des salades du jardin, ça vous va ?

— Tu parles comme ça me va, susurra Cyrille dans les cheveux de Lorraine, avant de la pousser doucement contre un tilleul et de l'embrasser.

Lui qui n'avait pas eu de famille et perdu, avec la mort des parents de Bénédicte, celle qu'il avait adoptée, avait été charmé par l'accueil exubérant de Christiane, et par cette grande maison de pierre jaune. Lorraine ne se rendait pas compte de sa chance, d'avoir une mère attentionnée qui cuisinait pour son arrivée son repas préféré.

Il prolongea son baiser, embrassant non seulement Lorraine mais toute sa famille avec elle. Il se sentait chez lui.

L'arbre embaumait, se mélangeant aux effluves poivrés des noyers et aux notes d'acacia du foin coupé, rappelant soudain à Lorraine son enfance, quand, avec Julie, elles se laissaient embrasser par les gars du village dans les hangars à tabac.

— *Holà*, ma rousse ! les accueillit Jean lorsqu'il les vit arriver, main dans la main, au bout du chemin. Viens par là, j'ai quelque chose à te montrer !

— Une nouvelle rose…, expliqua Lorraine à Cyrille en l'entraînant vers la serre, devant laquelle son père les attendait.

— Papa, Cyrille…, présenta Lorraine en embrassant son père.

Les deux hommes se jaugèrent, sans se départir de part et d'autre du masque engageant que, pour l'occasion, il convenait d'arborer. Ils faisaient belle figure, aurait dit Ama du temps où elle acceptait de parler.

— Venez voir ! La voix de Julie sortit de la serre, essoufflée et tout excitée.

Lorraine alla planter un baiser sur le front de sa grand-mère, qui, affalée dans son pliant à l'ombre d'un cerisier – jamais à l'ombre des noyers, c'est une ombre trop fraîche ! disait-on dans le pays, et personne dans la famille n'y avait dérogé –, semblait sommeiller. Elle ouvrit un œil de tortue, transperçant de bleu et de vivacité, avant de replonger dans ses rêves. À moins qu'elle ne fît semblant : la vieille dame n'avait pas son pareil pour se faire oublier ; les paupières scellées mais les oreilles en alerte, elle ne perdait pas une miette de ce qui se disait.

Dans la serre, trop fragile encore pour être plantée en pleine terre, s'ouvrait une rose incroyable d'un noir presque bleu, profond et velouté.

— Amour noir, déclara Jean solennellement. Je l'ai créée pour ma noiraude. Il embrassa Julie et la serra contre lui.

Des larmes d'émotion coulèrent sur les joues de Julie ; manifestement, entre elle et son père, tout était réglé.

— Tu vois, Lolo…, sourit Julie entre ses larmes, elle aussi, elle est née par FIV…

Ignorant la boutade – contrairement à ce que pouvait croire Lorraine, tout n'avait pas encore été dit entre le père et la fille et Julie essayait maladroitement d'amener le sujet sur le tapis –, Jean fit mine de se concentrer sur une rose.

Cyrille jeta à Lorraine un regard étonné, qui secoua la tête signifiant qu'elle lui expliquerait plus tard ; ce n'était ni le lieu ni l'heure d'en parler.

— Quand Julie nous reviendra de Mauritanie, sa rose aura certainement attiré le papillon et il y en aura ici des plants entiers.

Tout en rangeant ses outils, il désigna le champ où des fleurs de toutes les tailles, de toutes les odeurs et de toutes les couleurs s'épanouissaient avec ce qui ressemblait beaucoup à de la gaieté. Puis il alla cueillir une Rousse de Lorraine, pourpre et délicatement parfumée, qu'il offrit à sa cadette.

— Je suis content de te voir, ma cocotte. Il enlaça ses deux filles, et fit un clin d'œil à Cyrille. Je suis content de vous avoir tous !

Le soleil déclinait, embrasant la cime des peupliers qui, au loin, dodelinaient sur la Dordogne. La cloche du village sonna l'angélus. Ama se réveilla en sursaut, replaça sur ses épaules l'étole grise qui avait glissé, et signifia d'un regard qu'il était temps de rentrer.

***

— Alors ? Qu'est-ce que tu penses de lui ? demanda Lorraine à sa mère, lorsqu'elles se retrouvèrent dans la cuisine pour ranger la vaisselle après le dîner.

Les hommes partageaient une gnôle maison sur la terrasse, où ils avaient installé Ama qui ne rechignait jamais devant un petit verre avant d'aller se coucher. Quant aux enfants, ils avaient disparu tous les cinq dans les combles : sans doute étaient-ils en train d'exhumer les vieux jouets et les souvenirs des filles, des malles du grenier où tout était soigneusement conservé.

— Oh, lui ! Je l'aime beaucoup ! répondit Christiane en essuyant les verres. C'est toi qui es ridicule, ma chérie, avec tes airs énamourés.

Le visage de Lorraine se figea. Elle venait chercher l'approbation, les encouragements, n'importe quelle marque de sympathie de la part de sa mère, dans une situation nouvelle pour elle et dans laquelle elle avait besoin de se sentir épaulée. Après toutes ces années, après un divorce difficile et des années à se reconstruire, elle lui présentait enfin un homme qu'elle aimait, et voilà ce qu'elle récoltait : un jugement amer et sarcastique, d'une voix de vieille petite fille péremptoire. Lorraine la détestait.

— Tu sais quoi ? Tu m'emmerdes, maman ! s'emporta-t-elle, le rouge aux joues et partout sur le décolleté. Tu m'emmerdes quand j'ai pas de mec parce que je ne me conforme pas au modèle...

— Je n'ai jamais dit ça ! Christiane, d'un air pincé.

— Oh si, tu l'as dit ! Et pas plus tard que l'été dernier ! Tu as même ajouté que j'avais intérêt à me caser avant d'être trop vieille ! Lorraine sentit les yeux lui piquer, et lutta de tout son être pour ne pas pleurer. Et tu m'emmerdes maintenant que j'ai un mec, avec tes petits commentaires de cour de récréation. Mais qu'est-ce que tu as, maman ? Tu es jalouse ? Parce que je suis enfin heureuse, alors que toi, avec papa...

Lorraine regretta ses paroles à peine les avait-elle prononcées. Rappeler à sa mère les dernières incartades – même virtuelles – de son père n'était pas du meilleur goût, elle en avait conscience. Mais Christiane l'avait blessée – à force d'avaler des couleuvres, elle n'avait décidément pas son pareil pour vomir des vipères –, et elle avait besoin de la blesser en retour.

— Encore heureux que j'ai des airs énamourés, comme tu dis ! poursuivit-elle en essayant de se calmer. Parce que je l'aime. Et c'est parce que je l'aime que je suis avec lui. Cela n'a aucun sens d'être avec un homme si on ne l'aime pas. Ou plus...

— Oh, tu sais, l'amour...

— Quoi, « oh tu sais l'amour » ? singea Lorraine en imitant la voix de sa mère. C'est pas parce que tu es aigrie que tout le monde doit l'être, et ne plus croire en rien. Moi je me suis bien plantée une fois, alors maintenant je *veux* croire à l'amour. Je veux que mes enfants croient à l'amour, et que mes petits-enfants, quand j'en aurai, croient à l'amour. L'amour, c'est la vie, maman. Et la vie ne vaut pas la peine d'être vécue sans amour !

— Ben dis donc..., commenta Louise en découvrant dans la cuisine la mère et la fille qui se regardaient en chien de faïence.

Elle alla mettre la part de tarte qui restait dans une assiette, et embrassa sa mère et sa grand-mère avant de monter.

— Moi je suis d'accord avec maman : il faut croire à l'amour ! ajouta-t-elle avant de disparaître en dansant dans l'escalier.

Lorraine et Christiane échangèrent un clin d'œil complice. Louise avait pris deux fourchettes, ce qui ne leur avait échappé. Elles se remirent à essuyer les verres en silence, laissant peu à peu à l'orage le temps de s'éloigner.

Depuis que Lorraine avait raconté l'histoire du bar en croûte de sel, Cyrille, qui jusque-là faisait de son mieux pour aider Christiane, la gênant plus qu'autre chose à vrai dire, fut interdit de cuisine. « Vous savez, avait gentiment expliqué la maîtresse de maison, mis à part Bastien qui montre des dispositions particulières, la cuisine dans cette famille a toujours été une affaire de femmes. C'est à peine si Jean sait où elle se trouve, et je ne me rappelle pas que mon père, de son vivant, y ait jamais mis les pieds ! »

Du coup, les hommes avaient pris l'habitude, après le dîner, de s'installer sous la treille avec un alcool, et, sous l'œil somnolent d'Ama, de refaire le monde sous les étoiles. Cyrille retrouvait auprès de Jean une complicité qui ressemblait à celle qui l'avait liée au père de Bénédicte, et ils pouvaient rester des heures à parler botanique, et des effets des plantes sur le corps et sur le cœur.

Octave aidait Louise à débarrasser, puis ils allaient s'enfermer dans le grenier avec leurs iPod et quelques provisions sucrées jusqu'à l'extinction des feux, quand ce n'était pas plus tard. Les jumeaux avaient pris le train pour retrouver leur mère à l'île de Ré, qui s'était laissé convaincre par Octave de lui permettre de rester jusqu'au 15 août ; promis, il la rejoindrait après. Nul ne savait ce qu'il lui avait dit, mais le fait est qu'il avait réussi à négocier là où Cyrille avait échoué.

— C'est marrant, fit remarquer Julie en entrant dans la cuisine avec la nappe qu'elle venait de secouer, ça va faire une semaine que je n'ai aucune nouvelle de Patrice.

Plusieurs fois par jour, elle regardait son portable, pour le ranger d'un air presque dépité. Les harangues permanentes du chirurgien faisaient partie de sa vie, et leur absence la déboussolait.

— Plains-toi ! rétorqua Lorraine, qui ne voulait à aucun prix voir sa sœur replonger sous le joug de ce monstre.

Tout était en place pour son prochain départ, ce n'était pas le moment de reculer.

— Et puis tu peux être sûre que, quand il ne te verra pas rentrer, il va se manifester ! ajouta Christiane en se penchant vers sa fille. Tu lui as dit que tu rentrais quand, d'ailleurs ?

— Vers le 15… Mais j'ai dit qu'il était possible que je fasse un stop à Paris pour voir mon médecin, et que je le tiendrais au courant…

— Faudra pas que t'oublies de nous laisser ton portable en partant, lança Louise avant de prendre la main d'Octave qu'elle entraîna vers l'escalier. Comme ça on pourra lui envoyer des textos en lui faisant croire que c'est toi… Le temps qu'il réalise que tu ne rentreras pas, tu seras déjà loin !

Julie hocha la tête. La vérité de ce voyage se faisait de plus en plus concrète à mesure que la date du départ approchait, rendant sa rupture avec Patrice imminente et certaine. Elle qui en avait toujours rêvé et avait tout fait pour que ce moment arrive se demandait, maintenant qu'elle était au pied du mur, si tout cela était nécessaire et si elle faisait le bon choix. Parfois elle se disait qu'elle ferait mieux de faire un bébé et de tout laisser tomber.

— Tu ne vas pas te dégonfler, hein, ma vieille ? Lorraine s'approcha de sa sœur et la prit tendrement dans ses bras. Tu ne vas pas te laisser remettre le grappin dessus par ce type... Elle replaça une mèche sombre qui tombait sur le visage de Julie, avant de poursuivre, d'une voix si basse que seule sa sœur pouvait l'entendre : parfois je me dis que tu en mourrais...

Le corps de Julie se contracta. Lorraine avait raison : il lui suffisait de se rappeler les dernières brimades, dont elle n'avait parlé à personne ; maintenant que sa décision était prise de s'en aller, il n'était pas utile d'alarmer son entourage. Elles étaient allées crescendo les dernières semaines, jusqu'à ce jour où elle avait eu ses règles et où Patrice, fou de déception et de colère, l'avait poussée violemment dans le salon. Elle était tombée, et avait vu dans les yeux fous de son compagnon qu'il se retenait de ne pas la cribler de coups de pied.

Et puis il y avait l'aura du professeur Paul Le Crétois, cette force et cette bonté qu'il dégageait : Julie s'en serait voulu de décevoir un homme pareil. Non, elle ne reviendrait pas en arrière ; c'était décidé, elle partait.

— Non, t'inquiète…, murmura Julie en pressant d'un geste rassurant le bras de sa sœur. Je me tire de là…

Laissant Christiane éteindre les lumières, les deux femmes montèrent se coucher.

Avant de rejoindre Cyrille, Lorraine alla, comme chaque soir, dans la chambre d'Ama pour l'embrasser. Elle la trouva debout devant la cheminée, en train de contempler le tableau qui y était posé. Cette femme au ventre en forme de cage, dont le bébé était un oiseau et dont le visage lui ressemblait.

***

— Tu m'as fait peur, dit Ama en entendant Lorraine entrer.

Lorraine sursauta ; quelque chose ne lui paraissait pas normal, mais quoi ?

Ce n'est qu'en voyant dans le miroir les lèvres de sa grand-mère bouger qu'elle réalisa : Ama parlait.

— Ama, tu parles ?!

Les larmes aux yeux, Lorraine se précipita vers la vieille dame et voulut l'entraîner vers le fauteuil bleu qu'elle affectionnait. Ama résista.

— Mets-le là, dit-elle d'une voix incroyablement jeune et fluette, comme si le fait de ne pas s'en servir avait préservé l'organe. Le fauteuil. Devant le tableau, approche-le… Je vais te raconter…

Le cœur battant, Lorraine obtempéra. Après plus de quarante ans de silence, sa grand-mère parlait à nouveau ; cela tenait du miracle !

Ama se laissa installer face à la toile, et tapota de sa main d'oiseau la liseuse, invitant sa petite-fille à s'asseoir à ses côtés. Puis, après quelques essais de voix, elle se lança.

— Tu vois, ce tableau, commença-t-elle. Lorraine posa les yeux sur la peinture, à laquelle elle n'avait jamais véritablement prêté attention. C'est la plus belle preuve d'amour qu'on m'ait jamais montrée. Sauf que – et ça, je ne l'ai compris que plus tard –, ce n'était pas la personne que j'aimais qui me la donnait...

» Quand j'ai reçu ce tableau, se souvint Ama, j'étais dans la cuisine en train de préparer les coings pour la gelée. C'était la fin de l'été, les orages avaient commencé à éclater et ta mère aidait ton père à rentrer le tabac. Ni toi ni Julie n'étiez encore nées, même si vous n'alliez pas tarder à arriver. Ton grand-père nous avait déjà quittés, emporté par la maladie qu'il avait contractée pendant la guerre et qu'on n'avait jamais vraiment pu soigner.

Au souvenir de son mari, les yeux de la vieille dame se brouillèrent, prenant la couleur de la nuit et de ses pensées.

— Il faut que tu saches que quand ton grand-père a été appelé, c'était en janvier 1941, j'avais vingt ans et je me suis retrouvée du jour au lendemain seule pour m'occuper de la propriété. Mon père était mort l'année d'avant ; quant à ma mère, je ne l'avais pas connue : ma naissance l'avait achevée, et elle ne s'en était jamais relevée. Bref, 1941, ton grand-père est envoyé au front et je me retrouve sans homme pour me protéger et sans bras pour m'aider. Je me débrouillais comme je pouvais, avec les femmes du village on faisait pousser dans le potager de quoi se nourrir, et on essayait de maintenir le blé pour faire du pain ; au moins, grâce à ça, on n'a pas crevé de faim. Mais pour ce qui était du reste, le tabac, les champs, les noyers… tout partait à vau-l'eau, je n'étais pas équipée pour m'en occuper.

» Jusqu'au jour où débarqua dans le village, une nuit et dans le plus grand secret, une famille qui venait de Bordeaux nous dit-on sans plus de précision, et qu'il fallait cacher. Personne ne posa de question, mieux valait ne pas savoir avec certitude ce dont chacun se doutait, mais tout le monde était conscient des risques qu'il courait. En même temps, le village est tellement perdu dans les coteaux qu'on se disait qu'ici, personne ne viendrait les chercher. Il y avait les parents, deux petites filles et un garçon qui devait avoir mon âge : Ferdinand.

» Très vite, Ferdinand et son père ont commencé à m'aider avec les terres. Même si, d'après ce que j'ai compris, leur truc, c'était plutôt la vigne, c'étaient des cultivateurs, et ils savaient ce qu'ils faisaient. Le jour, ils se terraient dans un hangar à tabac désaffecté que nous avions au bord de la rivière ; à la nuit tombée, ils se mettaient au travail. On s'en sortait plutôt mieux que les autres, et c'est ça qui a dû poser un problème à un moment donné. Toujours est-il que la famille a été dénoncée, et qu'il a fallu les exfiltrer avant l'arrivée de la milice. Le père, la mère et les deux filles sont parties ; Ferdinand, lui, a décidé de rester.

» Avec la complicité des femmes du village, qui nourrissaient leurs familles grâce à mon potager et de ce fait me devaient une fière chandelle, on l'a fait passer pour un cousin un peu limité ; la raison pour laquelle il n'aurait pas été enrôlé. La chose était risquée, mais pour une raison que j'ignore, personne n'a découvert le pot aux roses, ou alors quelqu'un a fermé les yeux. Le plus étrange est que ceux qui avaient dénoncé la famille, et dont on n'a jamais su qui c'était, n'ont pas moufté. Peut-être y ont-ils trouvé un moyen de faire la paix avec leur conscience ? Ah oui parce que je ne t'ai pas dit : on a appris que la famille avait été prise le lendemain de leur départ, et avait été déportée.

» Donc : on était en 1943, Ferdinand habitait avec moi dans cette maison – c'était mon cousin après tout, il aurait été louche que je ne le prenne pas sous mon toit. Je n'avais aucune nouvelle de ton grand-père.

» Et ce qui devait arriver arriva. J'étais une jeune femme, Ferdinand un garçon robuste et attentionné. On est tombés fous amoureux. Ça va peut-être te paraître étrange mais j'ai vécu là les deux plus belles années de ma vie. C'était la guerre, nous vivions dans la peur et nous étions tout l'un pour l'autre. Il n'y a rien de mieux pour rapprocher deux êtres que l'adversité, et sur ce plan-là le moins qu'on puisse dire est que nous étions gâtés !

» On faisait tout pour rester discrets, mais nous nous aimions tellement que cela a fini par se voir.

Certaines personnes dans le village tordaient le nez, mais après tout que faisions-nous de mal ? Les autres femmes avaient des nouvelles de leurs hommes, et moi pas une seule : j'étais persuadée que ton grand-père n'allait jamais rentrer, et la seule lettre que j'attendais désormais était celle de l'armée m'annonçant son décès.

» Sauf que cette lettre-là n'est jamais arrivée.

» À la Libération, en 1945, mais bien après que les autres hommes du village étaient revenus – il était tombé gravement malade et une famille l'avait soigné jusqu'à ce qu'il soit en état de rentrer –, ton grand-père a débarqué. Un matin, nous nous levions tranquillement Ferdinand et moi, et nous l'avons trouvé juste là, sur la terrasse, en train de fumer.

» Je venais d'annoncer à Ferdinand que j'étais enceinte.

» En voyant ton grand-père, j'ai poussé un cri et je me suis évanouie. Quand j'ai repris mes esprits, j'étais dans mon lit. Ton grand-père était à mon chevet. Ferdinand avait disparu. Je ne l'ai jamais revu.

Le soir même, on a fait l'amour avec ton grand-père. Ta mère est née sept mois après.

— Mais qu'est-ce qui s'est passé ? demanda Lorraine, captivée. Et…

Ama l'interrompit d'un geste de la main.

— Attends, ce n'est pas fini…

» Vingt-trois ans plus tard, j'ai reçu ce tableau, que tu vois sur la cheminée. Il était accompagné d'une lettre, que j'ai lue une fois et que j'ai brûlée. Mais je me la rappelle mot pour mot, tellement son contenu m'a choquée.

» Ferdinand venait de mourir, ça je le savais parce qu'il était devenu un peintre assez connu et que les journaux en avaient parlé, et c'est sa sœur – l'une des petites filles que j'avais cachées – qui avait retrouvé dans ses affaires une lettre et un tableau qui m'étaient adressés. Ils dataient du tout début de 1946, et Dieu sait pourquoi il ne me les avait jamais envoyés.

» Mon tendre oiseau, disait la lettre, la paternité est une cage et je suis trop libre pour m'y laisser enfermer. Même par celle à qui je dois la vie et que j'aime plus que ma vie. Mais que devient un amour lorsqu'on commence à lui mettre des chaînes ?

» C'est l'une des raisons pour lesquelles, quand tu étais évanouie et que ton mari m'a demandé de partir et de disparaître de ta vie, la mort dans l'âme, je lui ai obéi. L'autre raison est qu'en reprenant sa place auprès de toi, qui était légitime, il faisait de moi un usurpateur. Pis, il faisait de notre enfant un bâtard, et ça, je ne pouvais l'accepter.

» Je lui ai demandé de prendre soin de toi et de notre enfant. Oui, je lui ai parlé de l'enfant, je ne pouvais pas faire autrement, n'est-ce pas ? Je m'attendais à le voir blêmir, s'emporter, je n'aurais pas été surpris qu'il me frappe. Mais il a souri, avec une immense douceur, ses yeux se sont emplis de larmes, et, tu ne me croiras jamais : il m'a remercié !

» Il m'a dit que cet enfant était un cadeau du ciel, car la maladie qu'il avait contractée l'avait rendu stérile et que, des enfants, il n'en aurait jamais.

» Voilà. Je te donne cette toile, de toi et notre enfant que je ne peux qu'imaginer. Vous brillerez dans mon ciel à jamais.

» À toi, pour toujours,
» Ton Ferdinand.

Ama pleurait à présent, de longs sanglots silencieux, des cris comme des chuchotements. Sur les joues de Lorraine, les larmes coulaient sans pouvoir s'arrêter.

— Tu vois, au bout du compte, la plus belle preuve d'amour, c'est ton grand-père qui me l'a donnée : toute sa vie, il a aimé ma fille – ta mère – comme la sienne, de la manière la plus inconditionnelle et la plus dévouée qui soit, sans jamais montrer qu'il savait qu'elle n'était pas de lui. Et tout du long pourtant, il savait...

Lorraine prit le tableau et l'observa avec attention.

— Mais le peintre, Ama. Si c'était l'amour de ta vie et le père de maman... pourquoi tu n'as jamais essayé de le retrouver ?

— Mais parce qu'il m'avait abandonnée ! s'écria la vieille dame en se redressant avec fierté. Tout ce que je savais, moi, c'est que je lui avais annoncé ma grossesse et qu'il s'était envolé. Je n'allais pas lui courir après !

Lorraine caressa les cheveux de sa grand-mère et l'aida à se coucher.

— Et c'est pour ça que tu as arrêté de parler ? Depuis cette lettre..., murmura Lorraine en bordant Ama comme un enfant.

— Il fallait bien garder le secret...

— Maman n'est pas au courant... Plus qu'une question, c'était une affirmation.

Lorraine embrassa la vieille dame, dont les yeux se fermaient.

— À quoi bon ?

Ce furent les derniers mots d'Ama, avant qu'épuisée, elle ne plonge dans un profond sommeil.

***

— Qu'est-ce qu'on fait pour maman ? demanda Lorraine à Julie, qui était encore sous le choc de ce que sa sœur venait de lui dévoiler.

Après avoir quitté la chambre de sa grand-mère, Lorraine s'était précipitée dans celle de son aînée pour tout lui raconter.

— Ça alors ! La *voilà* la constellation familiale..., dit Julie, comme pour elle-même. Papa, et maintenant grand-père...

Comme Lorraine ne voyait pas où elle voulait en venir, elle expliqua :

— Quand il y a un enfant naturel dans une famille, il y a de fortes chances que cela se reproduise dans les générations suivantes...

— Oui, enfin là ce n'est pas tout à fait le cas, rétorqua Lorraine. Enfin si, pour maman. Mais pas pour toi. Au contraire, toi tu es *tout* sauf un enfant naturel ! plaisanta-t-elle, dans le but de détendre l'atmosphère. Tu es l'enfant le moins naturel qui soit !

— O.K., mais réfléchis, Lolo : dans les deux cas, les pères sont stériles – ou l'ont été à un moment donné pour ce qui concerne papa –, et ils élèvent tous les deux les enfants d'un autre comme si c'étaient les leurs... – La voix de Julie se brisa. – Et *sans le leur dire,* dans les deux cas. C'est ça le plus extraordinaire :

même si on n'a jamais connu ses ancêtres, même si l'existence du premier enfant naturel a été gardée secrète, paf ! Le schéma se transmet de génération en génération, et il n'y a rien à faire !

— Ce *sont* les leurs, Juju ! s'exclama Lorraine en prenant les deux mains de sa sœur. Ce sont leurs enfants.

Elles s'aventuraient sur un terrain glissant, sur lequel elles n'étaient jamais allées auparavant. Et Lorraine ne savait pas dans quelle mesure Julie avait digéré la situation, et ce qu'elle pouvait entendre sur le sujet.

— Bien sûr que ce sont leurs enfants, convint Julie qui s'était pour elle-même beaucoup interrogée, afin de savoir où elle en était. Mais il n'en demeure pas moins vrai que, *génétiquement*, ils ne le sont pas. Maintenant, le tout est de savoir s'il convient de le leur dire ou pas...

Julie laissa sa phrase en suspens. Si, dans son propre cas, la révélation, qui n'avait rien changé aux sentiments qu'elle éprouvait pour Jean, avait été un déclic sur ce qu'elle devait faire de sa vie, elle n'était pas sûre qu'il en serait de même dans le cas de sa mère. À soixante-dix ans, Christiane avait déjà vécu sa vie, et ce n'est pas le fait d'apprendre aujourd'hui que son père n'était pas son père, ou en tout cas pas tout à fait, qui allait changer quoi que ce soit. D'autant que l'aïeul étant mort depuis belle lurette, il était cruel de soulever des questions que de toute façon Christiane ne serait jamais en mesure de résoudre, faute d'interlocuteur.

Au mieux, la révélation n'apporterait rien ; au pire, elle engendrerait des regrets.

— Voilà..., conclut Lorraine, laconique. Alors à ton avis, on fait quoi ?

— À mon avis, on ne fait rien du tout. On se sert du fait qu'Ama parle – ça, c'est déjà une sacrée nouvelle, non ? – pour noyer le poisson. Et on ne dit pas un mot sur le reste. Maman est trop vieille, ses deux « pères » sont morts... apprendre la vérité ne va pas changer sa vie maintenant. Au contraire : ça risque même de la lui empoisonner. Franchement, je ne vois pas l'intérêt.

Lorraine était sceptique. L'argument de Julie tenait, certes, et elle était sans doute la mieux placée pour en parler. Mais elle ne concevait pas de cacher à sa mère un aussi lourd secret, et qui la concernait directement.

— Si Ama s'est tue durant toutes ces années, c'est qu'elle pensait la même chose..., ajouta Julie.

— Mais alors pourquoi parler maintenant ?

Julie ne répondit pas. Elle avait son idée, et espérait vivement qu'elle se trompait.

— Maman !

Lorraine était dans son rêve. Elle était la fille d'un peintre, dans une villa de Ramatuelle, qui tous les matins la faisait poser pour faire son portrait en pointillés. Mais l'homme était un vieillard, et elle se demandait comment elle pouvait réellement avoir un père aussi âgé.

— Ma-man ! Réveille-toi, vite ! La voix de Louise se fit plus pressante.

Tâtant l'oreiller d'à côté pour s'assurer de la présence rassurante de Cyrille – une des grandes douceurs que Lorraine tirait de leur nouvelle vie à deux, et qui ne cessait de la bouleverser, était le fait de dormir à ses côtés –, Lorraine ouvrit les yeux et tomba nez à nez avec sa fille. Parfaitement réveillée, les yeux rouges et gonflés, Louise était allée chercher sa main sous les draps et la tirait pour l'obliger à se lever.

— Tu as fait un cauchemar, ma Loulou ? demanda Lorraine d'une voix ensommeillée.

Après les agitations de la soirée, elle s'était réfugiée dans les bras de Cyrille et ils avaient fait l'amour en silence jusqu'à ce qu'elle s'endorme, épuisée et toutes ses questions balayées. L'irruption de sa fille dans leur sommeil qui devait puer le sexe la gênait. Elle rougit, attrapa la chemise de Cyrille et se hâta hors du lit.

— C'est Ama, dit Louise en fondant en larmes. Elle est morte !

Lorraine se figea, et prit sa fille dans ses bras.

— Mais non ! Tu as dû faire un cauchemar, ma Loulou... Viens...

Lorraine entraîna sa fille vers l'escalier, et elles descendirent à pas de loup dans la cuisine, où elle fit chauffer un bol de lait. Refusant le bol de chocolat au miel que lui tendait sa mère, et qui bien des fois avait eu raison de ses mauvais rêves, Louise se mit à sangloter de plus belle.

— Il faut qu'on aille voir ! supplia Louise en reniflant.

— Mais non, on va la réveiller. Je l'ai bercée moi-même avant d'aller me coucher.

Louise huma le chocolat, et but une gorgée.

— Il faut y aller, maman, reprit-elle d'une voix plus posée. Je suis sûre que ce n'était pas un rêve. Elle est venue me voir, enfin ça devait être son âme qui venait me voir, ou un truc du genre... Elle m'a dit que le moment était venu pour elle de s'en aller. Et tu sais pas le plus incroyable, maman ? Les yeux de Louise se remirent à couler. Elle parlait ! Ama est venue me voir dans mon lit et elle m'a parlé !

Lorraine blêmit, la vue troublée. Elle croqua un morceau de chocolat pour éviter de perdre connaissance, reconnaissant les symptômes de la chaleur brutale qui l'envahissait. Louise se leva et essaya d'entraîner sa mère vers la chambre de la vieille dame.

— Attends, Loulou, réfléchis : si Ama parlait, c'est la preuve que ce ne peut être qu'un rêve. Jamais tu ne l'as entendue parler...

— Elle avait une petite voix toute fine, beaucoup plus jeune que son âge. Et moi je l'ai vue s'envoler, et je lui ai dit, j'ai *dit* les mots, maman, c'est ma propre voix qui m'a réveillée. Je lui ai dit : vas-y, Ama, tu seras mieux là-haut. Et elle s'est penchée vers moi et elle m'a embrassée...

Déconcertée par les propos de sa fille, qui ne savait pas que son arrière-grand-mère avait parlé ce soir et n'avait aucun moyen de connaître la voix qu'elle avait, qu'elle décrivait pourtant exactement comme elle-même l'avait entendue, Lorraine se leva et tendit la main à Louise.

— Bon écoute. On va voir, comme ça tu seras rassurée. Mais on ne fait pas de bruit, O.K. ?

Ama reposait tranquillement, comme Lorraine l'avait laissée. Son casque blanc dénoué sur l'oreiller.

Seul le tableau avait quitté sa place sur le manteau de la cheminée. Il était posé sur le drap à côté de la vieille dame, et on aurait dit que ses doigts immobiles le caressaient.

— Ama ? chuchota Lorraine en se précipitant vers le lit. AMA ? ! cria-t-elle, mais le cri ne la réveilla pas.

Ama était partie, exactement comme Louise l'avait décrit. Et Lorraine se retrouvait désormais seule dépositaire de son terrible secret.

***

L'enterrement d'Ama fut l'une des choses les plus émouvantes que Lorraine avait jamais vécues.

Si elle adorait cette grand-mère muette, elle s'aperçut que le village entier, malgré les inévitables jalousies et autres querelles de clocher, l'aimait et la respectait. Ils étaient tous là, massés devant la petite église romane qui faisait un angle avec la mairie, à attendre la sortie du cercueil pour accompagner à pied « la vieille », comme ils avaient coutume de l'appeler, jusqu'à sa dernière demeure.

Suspendu à la grosse cloche, un enfant de cœur sonna un glas qui aurait presque pu paraître guilleret, tout le temps que le cortège mit pour atteindre le cimetière. Ils étaient comme ça à Saint-Vincent-de-Cosse : fondamentalement joyeux malgré l'adversité. La vie reprenait toujours le dessus, et, comme chaque fois qu'un des habitants les quittait, les villageois allaient se retrouver au café autour d'une Suze à l'eau ou d'un pastis pour se consoler. Ils échangeraient des anecdotes sur la défunte, les plus vieux feraient table comble, et chacun irait de son « oh là là » nostalgique en opinant du bonnet.

L'Amérique, le seul et unique bar-tabac du village qui faisait aussi épicerie, avait déjà sorti ses tables à l'ombre des platanes. Pour son propriétaire, un parachutiste originaire du Missouri qui avait atterri là après la guerre et n'avait jamais éprouvé le besoin de rentrer au pays, un enterrement était la promesse d'une bonne journée.

Pendant la messe et l'inhumation qui suivit, Cyrille pleura beaucoup, et Lorraine lui fut reconnaissante de pouvoir poser la tête sur son épaule et se laisser aller à ses côtés. L'enterrement lui rappelait celui de François de Monthélie, et le chemin qu'il avait accompli depuis la mort de celui-ci. Succès professionnel mais échec sentimental – succès professionnel *au prix* d'un échec sentimental ? –, et famille en voie de se recomposer : Cyrille se demandait si son beau-père aurait été fier de lui, ou si au contraire il se serait senti trahi. D'aucuns pourraient considérer qu'il avait utilisé Bénédicte, avant de la laisser tomber une fois son succès assuré. Sauf que ce n'était pas lui qui l'avait laissée tomber mais elle ; une pilule qui, pour Cyrille, avait toujours du mal à passer.

— À quoi penses-tu ? demanda Lorraine en essuyant les larmes qui, de nouveau, affluaient.

— À rien, mentit Cyrille. Il mêla ses doigts à ceux de Lorraine. Ou plutôt si : j'étais en train de penser que c'est incroyable à quel point je me suis attaché à ta grand-mère, en si peu de temps. Elle va me manquer.

— Tu es un ange, dit Lorraine, émue, en lui caressant la joue.

Même dans les moments difficiles, Cyrille était capable d'assurer, et Lorraine se sentait protégée.

Quant à lui, c'est à peine s'il se rendit compte qu'il mentait : c'était sa nature, il ne pouvait pas s'en empêcher. Pour rassurer ou pour ne pas blesser, mais essentiellement pour avoir la paix, Cyrille mentait. Convaincu que toute vérité n'était pas bonne à dire, et que seule la vérité de l'instant importait.

Après une semaine de silence, les appels de Patrice reprirent, exactement le jour où Julie quittait la maison familiale pour s'envoler pour la Mauritanie.

Il avait été convenu que Lorraine et Cyrille l'accompagneraient en voiture jusqu'à Mérignac, où elle devait retrouver Paul Le Crétois et le reste de la mission, deux chirurgiens et une infirmière, qu'elle ne connaissait pas. Une fois Julie entre de bonnes mains et les adieux expédiés – les deux sœurs s'étaient dit au revoir le matin, détestant l'idée de se donner en spectacle à l'aéroport –, ils en profiteraient pour faire une virée à la plage d'Hourtin, en amoureux. Les enfants resteraient avec Christiane, afin de la consoler et de la distraire : même si elle ne disait rien, et même s'il ne s'agissait que d'une année qui passerait vite, le départ de sa fille aînée l'affectait plus qu'elle ne voulait l'admettre. Ne pas voir les siens tout en les sachant à proximité est une chose ; les savoir loin avec la quasi-impossibilité de les contacter en est une autre, beaucoup plus frustrante.

En embrassant son père qui s'était réfugié parmi ses rosiers, et qu'elle avait trouvé dans la serre en train de caresser d'un air mélancolique la rose Amour noir, Julie avait posé la question dont elle devait entendre la réponse de vive voix et de la bouche du principal intéressé, même si elle la connaissait.

— Alors c'est vrai ? avait-elle demandé doucement, prenant des mains de Jean la fleur qu'il lui tendait.

Jean avait hoché la tête, perdu dans ses pensées. Julie s'était réfugiée dans ses bras, comme elle aimait le faire lorsqu'elle était petite fille. Exactement à cet endroit, dans les rosiers.

— Mais pourquoi vous ne me l'avez pas dit ?

— Oh, tu sais... Avant l'heure, c'est pas l'heure, et après l'heure, c'est plus l'heure ! Ta mère et moi n'avons jamais trouvé le bon moment pour en parler, et puis avec le temps, on s'est dit que ce n'était plus la peine. Jean avait regardé sa fille avec intensité. Qu'est-ce que ça aurait changé, de toute manière ?

Rien, avait songé Julie. En effet, cela n'aurait – cela *n'avait* – rien changé. Elle restait et resterait toujours la fille de Jean, et lui resterait toujours son père.

— Et elle a eu lieu où ? La FIV...

Si cette dernière question avait paru incongrue à Jean, il n'en avait rien laissé paraître. À vrai dire, il comprenait : lorsque l'on part au loin, il est des choses que l'on n'aime pas laisser en suspens.

— Bordeaux...

Ils s'étaient étreints en silence, et Julie avait pu partir apaisée.

Pendant que Bastien aidait sa grand-mère à faire les pâtes de coing – une tradition familiale que personne ne goûtait vraiment, mais qui se transmettait de génération en génération et à laquelle on n'avait jamais dérogé –, Louise gérait avec le portable que sa tante lui avait abandonné l'impatience du chirurgien, qui n'allait pas tarder à se muer en colère.

« Sympa de me donner enfin des nouvelles... », s'offrit-elle le luxe d'envoyer au premier « T où » laconique de Patrice. De quoi le tenir à distance quelques heures, jugea-t-elle, fine mouche : s'il ne s'était pas manifesté pendant une semaine, c'est qu'il avait ses raisons et n'avait pas forcément envie de se justifier. Louise sourit, avant d'ajouter : « Et toi, t'étais où, au fait ? » Jamais l'ancienne Julie ne se serait permis une telle insolence ; mais la nouvelle, celle qui avait pris la décision et avait eu le courage de partir, celle que Patrice ne connaissait pas et ne rencontrerait jamais, oui.

« Julie, ne joue pas à ce petit jeu avec moi. » Le message fusa, plus vite que Louise ne l'aurait souhaité. Elle le laissa sans réponse, et éteignit le portable qu'elle jeta pour la journée dans son grand panier d'osier.

— Bon... On va le laisser mariner un peu, ce connard. Le temps qu'elle soit en sécurité dans son avion...

Octave la regarda d'un air amusé.

— Vous n'aimez pas beaucoup les hommes, dans cette famille, si ? demanda-t-il, sidéré de la désinvolture avec laquelle son amie traitait le compagnon de sa tante. Et de la manière dont elle en parlait.

— Oh si ! Au contraire ! rétorqua Louise en lui ébouriffant les cheveux d'un geste espiègle. On les adore ! Simplement, avec un grand-père coureur comme il est pas permis qui se finit sur Meetic et un père qui a viré pédé et qu'on ne voit presque jamais, sans parler de lui, là… – elle eut une moue de dégoût en direction du panier – l'autre connard de compétition, les hommes, on a compris comment ils fonctionnaient. Alors on les aime, oui, mais on n'est pas dupes : on sait qu'il faut prendre et donner, qu'il y a avec eux des choses formidables à *vivre,* mais qu'il ne faut rien espérer…

— C'est un peu désabusé, comme manière de voir les choses. Non ?

Octave posa sur Louise un regard appuyé. Cette drôle de fille, à la fois si mûre et encore si enfantine, le fascinait et l'effrayait.

Louise prit le poignet d'Octave, et l'attira près d'elle sur le lit.

— Tu veux que je te prouve comme on les aime, les hommes ?

Et sans lui laisser le temps de répondre, elle lui prit doucement le visage entre les mains, et se mit à l'embrasser.

***

Le dîner fut morne et délicieux.

Pour essayer d'oublier son chagrin, Christiane s'était surpassée : en plus des pâtes de coing pour accompagner les chèvres frais et les châtaignes grillées dans le cantou, elle avait fait revenir au verjus deux poulets jaunes de la ferme d'à côté, des pommes de terre sautées et une salade du jardin. Pour le dessert elle avait préparé une crème renversée, qu'elle-même n'aimait pas beaucoup mais dont Jean et les enfants raffolaient.

— Alors elle est bien partie ? demanda-t-elle pour la énième fois à Lorraine et Cyrille. Ils échangèrent un regard complice avant d'acquiescer.

— Mais oui, maman ! Ne t'inquiète pas ! Ta fille est entre de bonnes mains désormais, dans l'avion pour Nouakchott et en sécurité.

— Ah ! Parce que l'autre, là...

Tous les regards se tournèrent vers Louise, qui avait rallumé le portable juste avant de se mettre à table et essuyé – enfin, pas elle, Julie – une volée de bois vert qui n'augurait rien de bon. Si Patrice avait quelque chose à se reprocher, il n'éprouvait pas une once de culpabilité et était semblable à lui-même : manipulateur et exécrable.

Les messages, d'abord des textos de plus en plus rapprochés, puis des messages vocaux, allaient du simple « Reviens » à des « Maintenant » pressants et menaçants, en passant par des supplications qui ne respiraient pas la sincérité mais qui, en d'autres temps et il le savait, avaient retourné Julie et l'avaient fait se précipiter dans ses filets. « Tu me manques, mon amour », et « J'ai bossé comme un dingue et j'ai envie de toi ». À aucun moment Patrice ne demandait comment Julie allait, ni ce qu'elle faisait. Ce qui importait était ce que lui voulait et ressentait ; le reste, il s'en fichait.

— Quel gros..., commença Louise après que le portable eut fait le tour de la table.

Octave lui pressa le genou sous la nappe, qu'il assortit d'un clin d'œil. Tout le monde savait ce que

Louise pensait du chirurgien, elle l'avait suffisamment répété.

— En tout cas, elles sont très bien, tes réponses, Loulou ! la félicita Lorraine. Il faudrait peut-être envoyer un truc ce soir, non ? C'est ce qu'elle aurait fait, Julie...

— Oui, mais on n'a pas intérêt à se louper. Il est clair qu'il commence déjà à s'énerver... Je n'ai pas du tout envie de le voir débarquer, dit Jean, qui n'avait jamais digéré que Patrice dévoile à Julie un secret dont lui-même aurait dû se charger. Sinon, je ne réponds de rien, ajouta-t-il en cognant ses poings l'un contre l'autre.

Jean n'était pas un homme violent, mais il ne fallait pas le provoquer. À deux ou trois occasions, il s'était colleté avec des hommes du village – dont, à une époque, le mari de l'accorte boulangère –, et on s'en souvenait encore. Même si l'âge ne jouait pas en sa faveur, il avait toujours cette silhouette massive et impressionnante, et une force que les travaux des champs entretenaient.

— « Je dors », lut Louise à voix haute tout en tapant le message sur le portable de sa tante. Ça devrait lui permettre de passer une mauvaise nuit... et on verra ce qu'on lui balance demain matin. Qu'est-ce que vous en pensez ?

Les garçons admirent qu'un texto pareil les rendrait dingues, Lorraine et Christiane trouvèrent cela parfait ; Louise appuya sur la touche « envoyer », et le message partit comme une déclaration de guerre.

— Bon, commença Lorraine lorsqu'elle se retrouva seule avec sa mère dans la cuisine après le dîner.

Elle avait pris sa décision, et attendu que Julie soit partie pour agir contre son avis. Le secret d'Ama était trop lourd à porter, et elle estimait que sa mère lui serait reconnaissante de lui dire la vérité. D'autant que l'argument de sa sœur – ça ne changera pas sa vie de l'apprendre maintenant – pouvait s'interpréter dans les deux sens : en effet, qu'est-ce que cela changerait ?

Les hommes buvaient sur la terrasse un verre à la santé d'Ama, dont l'absence faisait plus de bruit que sa présence silencieuse n'en avait jamais fait. Depuis qu'elle était partie, c'était comme si l'âme de la maison s'était envolée.

Christiane rinçait la cocotte dans laquelle avaient cuit les poulets, ne prêtant qu'une oreille distraite à ce que sa fille racontait.

— Il faut que je te dise quelque chose d'important, maman... Lorraine entortillait ses doigts dans la nappe qu'elle était en train de plier. De grave...

— Hum... Christiane continuait à s'affairer.

— Avant de mourir, Ama m'a parlé.

Christiane leva un sourcil, mais ne réagit pas. Surprise, Lorraine regarda sa mère et se dit qu'après tout c'était peut-être sa manière à elle, mue par un sixième sens ou un de ces tours de l'inconscient, de se préparer à ce qui allait suivre. Et qui sait ? Peut-être l'avait-elle déjà deviné ?

— Elle m'a raconté une histoire, son histoire. Lorraine prit dans les siennes les deux mains de sa mère, pour l'empêcher de gesticuler et l'obliger à l'écouter. Qui est aussi la tienne...

Sans un mot, Christiane s'écarta et se mit à déambuler dans la cuisine, attrapant çà et là des verres qu'il fallait vider et la carafe qu'il fallait passer au vinaigre blanc avant de la ranger.

Puis elle fit bouillir de l'eau, qu'elle versa dans un pot sur les feuilles de verveine préalablement froissées – une habitude qu'elle avait héritée d'Ama, froisser les feuilles des plantes aromatiques pour en exhaler le goût –, et regarda sa fille avec curiosité.

— Maman t'a *parlé*. À toi..., remarqua enfin Christiane, d'une voix éteinte.

Il y avait dans son ton une grande tristesse : celle de ne pas avoir entendu elle-même la voix de sa mère une dernière fois. Non seulement elle n'avait pas été choisie – Ama avait préféré s'adresser à sa petite-fille plutôt qu'à sa fille –, mais elle avait le sentiment d'avoir été maintenue à l'écart.

Il y avait aussi l'amour que, toutes ces années, exaspérée par le mutisme de l'aïeule, Christiane avait refoulé.

Et, plus que tout, il y avait ce « maman ». C'était la première fois que Lorraine entendait sa mère appeler Ama « maman ».

— Et qu'est-ce qu'elle t'a dit de si important ? La voix de Christiane tremblait maintenant.

Lorraine observa cette femme dont la façade volait en éclats. Toute sa vie, elle avait avalé les couleuvres avec une bonne humeur inébranlable, et fait en sorte, pour se protéger et protéger les siens, que les événements glissent sur elle comme l'eau sur les plumes d'un canard. Et la voilà qui maintenant se fendillait comme une noix – Lorraine pouvait presque entendre le craquement sinistre de la douleur –, écrasée par le chagrin et les regrets.

— Elle m'a dit..., commença Lorraine d'une voix incertaine. Elle m'a dit...

Sa mère cligna des yeux, comme si elle hésitait entre le fait de les ouvrir pour *voir*, ou celui de les fermer – comme elle l'avait si souvent fait.

— C'était bizarre, tu sais, poursuivit Lorraine avec une soudaine désinvolture. Elle m'a dit : « Mais c'est normal qu'elles ne prennent pas, tes confitures, ma chérie ! Je t'ai toujours dit qu'il ne fallait jamais laver les fruits avant de les sucrer ! »

Quinze jours plus tard, alors que tout le monde était rentré à Paris et avait repris ses occupations, Patrice fit irruption dans la boutique. Livide, émacié, les traits tirés et de grands cernes sous les yeux, il avait perdu de sa superbe mais pas de son agressivité.

— Tu as vu ce qu'elle m'a envoyé ! aboya-t-il en brandissant son téléphone en direction de Lorraine, qui sortait de la réserve les bras chargés de dahlias et de feuillages.

Lorraine sursauta et poussa un cri de surprise. Si elle s'attendait à une visite de ce genre, elle n'avait pas envisagé de voir le chirurgien débarquer si vite, et au magasin. Quant au message que Julie était censée lui avoir envoyé, elle était parfaitement au courant : elle l'avait rédigé avec Louise la veille au soir, selon les instructions de sa sœur qui leur avait demandé d'attendre quinze jours avant de l'envoyer. « Je suis partie, disait le texto, et je ne reviendrai pas. Ne cherche pas à me retrouver. Je te quitte, et ne veux plus jamais entendre parler de toi. »

Par un dosage savant de textos, tantôt chaleureux, tantôt distants, et prenant soin de ne pas adopter un ton trop alarmant – la situation l'était suffisamment elle-même –, Lorraine et sa fille avaient réussi à tenir Patrice à distance pendant deux semaines. Les derniers jours avaient été difficiles cependant, car il multipliait les appels ; il était allé jusqu'à téléphoner en Dordogne en exigeant qu'on lui passe Julie, et s'était fait rembarrer par Jean qui lui avait dit que sa fille avait besoin de repos et que pour le moment elle ne souhaitait pas lui parler. Idem sur le fixe et le portable de Lorraine qui, en reconnaissant le numéro, avait rejeté l'appel.

Sentant que sa proie lui échappait, et qu'il se passait quelque chose qu'il ne maîtrisait pas, il avait sauté dans le premier train pour tenter de la récupérer. Mais avant cela, il fallait la retrouver.

— Pas moyen de lui parler, et elle me quitte par texto, non mais tu te rends compte ! *Elle* me quitte, moi ! éructa-t-il.

Il se mit à faire les cent pas, bousculant les seaux de fleurs dont il froissait en passant les pétales. Lorraine faisait tout son possible pour l'éloigner des plantes, mais l'homme dégageait une telle haine qu'elle se demandait s'il n'allait pas tout bonnement la frapper.

— Où est-elle ? reprit-il brutalement. Il vint se planter devant Lorraine, et pointa sur elle un index rageur. J'exige que tu me dises où elle est, et j'exige qu'elle rentre aujourd'hui même, tu m'entends ? Quel lavage de cerveau vous lui avez encore fait ? Je savais bien que je n'aurais jamais dû la laisser partir seule dans cette famille de dégénérés !

Maya entra à ce moment-là, insufflant à Lorraine le courage nécessaire pour donner à ce fou furieux la réponse qu'il méritait.

— Premièrement, je ne sais pas où est Julie, mentit-elle d'une voix d'un calme terrifiant.

Elle mentait d'autant plus que, tout en servant à Patrice le boniment qu'elle avait préparé, elle triturait au fond de sa poche les coins d'une lettre de Julie arrivée le matin même par la valise diplomatique, et qu'elle n'avait pas encore eu le temps de lire.

— Je sais qu'elle est restée quelques jours après notre départ pour se reposer, mais depuis je n'ai aucune nouvelle. Et deuxièmement, pourrais-tu nous dire ce que *toi* tu fichais ? Tu n'as pas donné signe de vie pendant plus d'une semaine, il me semble. Ce n'est pas ton genre... Alors ne t'étonne pas si Julie n'a pas envie de rentrer, elle n'est pas idiote.

— J'avais mes raisons, se défendit Patrice, quelque peu déstabilisé.

— Ah oui ? Et elle s'appelle comment, « vos raisons » ? railla Maya, au courant de l'histoire et qui, en voyant Patrice, avait tout de suite compris de qui il s'agissait.

Les mains dans les plis de son manteau pour en dissimuler le tremblement et le visage agité de tics, le chirurgien ne répondit pas. Mais à son expression les filles surent qu'elles avaient fait mouche, et qu'il était sur le point d'exploser.

— Le mieux, cher monsieur, poursuivit Maya d'une voix suave, c'est que vous sortiez de ma boutique et que vous alliez chercher votre Julie ailleurs. Ou plutôt non : le mieux serait que vous lui fichiez la paix.

Elle fit un pas en arrière et scruta Patrice d'un œil acéré.

— Oui, parce que je vais vous dire quelque chose : vous faites tellement peur que ça ne m'étonne pas qu'elle vous ait quitté. Au revoir, monsieur ! dit-elle en ouvrant la porte.

Complètement décontenancé à présent, et réalisant qu'il n'obtiendrait rien de ces deux harpies déchaînées – c'était comme cela qu'il considérait les femmes qui lui résistaient, et qui à vrai dire l'avaient toujours effrayé : des harpies déchaînées –, Patrice alla se réfugier dans l'anonymat de la rue des Martyrs, à point nommée. Lorraine le suivit des yeux d'un air dégoûté.

— J'espère qu'elle est en sécurité, ta sœur, et qu'il y a des gens pour la protéger. Parce que ça m'étonnerait qu'il lâche l'affaire comme ça !

— T'inquiète, la rassura Lorraine. Là où elle est, il n'ira pas la chercher. Et puis comme tu l'as fort justement fait remarquer, sourit-elle, maintenant il a *ses raisons...*

Les deux femmes partirent d'un éclat de rire, et allèrent dans la réserve chercher une bouteille de chasse-spleen.

***

En se déshabillant ce soir-là, Lorraine tomba sur la lettre de Julie, que la scène avec Patrice, et surtout le bordeaux, lui avaient fait oublier.

Elle la décacheta avec fébrilité : même si depuis que sa sœur était avec le chirurgien elle ne la voyait plus beaucoup, le fait de la savoir à des milliers de kilomètres créait chez elle un manque qu'elle ne se souvenait pas d'avoir jamais éprouvé.

En tout cas pas à l'égard de son aînée.

Kiffa, le 15 septembre

Ma Lolo,
Je ne savais pas en partant ce que j'allais trouver exactement, et ce que j'ai trouvé ici dépasse tout ce que l'on peut imaginer.

En Mauritanie, deux femmes meurent chaque jour – chaque jour – des complications d'une grossesse. Et quand je dis femmes, il s'agit souvent de gamines qui n'ont même pas l'âge de Loulou. Treize, quatorze ans, parfois moins, elles ont été mariées de force, leur grossesse n'a pas été suivie et elles peuvent mettre plusieurs jours à accoucher. J'ai recueilli une petite l'autre jour qui avait mis soixante-douze heures à expulser un bébé mort. Rares sont celles qui s'en sortent indemnes.

Quand elles ne meurent pas, elles ont ce que l'on appelle des fistules – un trou entre la vessie et le vagin, pardon pour ces détails sordides mais c'est pour que tu puisses visualiser le truc, qui s'est fait lors de l'accouchement –, qui les rend incontinentes et les relègue au ban de la société. Leur mari les abandonne, leur famille les rejette. Ce sont encore des enfants et déjà des parias.

Car cette maladie est une malédiction, et ici on ne rigole pas avec le mauvais œil. Du coup, nous devons multiplier les efforts non seulement pour soigner ces filles, mais pour les trouver. Couvertes de honte, isolées, à moins d'une sœur ou d'une amie que nous avons elle-même soignée et qui nous les amène, les gamines sont souvent très difficiles à localiser. Làdessus aussi, nous devons travailler.

Mais la récompense est à la mesure de l'horreur à laquelle nous sommes quotidiennement confrontés : le sourire des filles lorsqu'elles sont guéries, la manière dont elles parlent de l'association et dont elles encouragent les autres à venir nous voir – tu vois, je dis déjà « nous » alors que je viens à peine d'arriver –, l'éclat de la vie retrouvée est, chaque fois et pour chacun d'entre nous, un immense bonheur. Un bonheur vrai, pur, désintéressé : je ne sais pas comment t'expliquer. Ici, on parle de chirurgie de l'espoir ; on ne pourrait trouver mot plus approprié.

Quant à moi, il m'est arrivé un truc incroyable ! Je t'ai parlé de Paul Le Crétois, qui dirige la mission et dont je t'ai raconté qu'il était un peu notre père à tous. Je ne croyais pas si bien dire ! Figure-toi que dans les années soixante-dix, il était interne à Bordeaux. Passionné par les questions de procréation assistée, il a été l'un des premiers donneurs français. Il m'a dit que, si je le souhaitais, il pourrait m'aider à retrouver mon père. Mon père biologique, je veux dire.

D'un côté, maintenant que j'ai à portée de main un moyen de savoir, j'en ai très envie ; mais je me dis aussi que ce serait trahir papa, et ça, pour rien au monde je ne le ferais. Tu connais mon point de vue : il y a des secrets qu'il vaut mieux laisser là où ils sont, et ne jamais dévoiler.

Tu aurais envie de savoir, toi ? Dis-moi...

Je t'embrasse affectueusement, et embrasse les enfants. Vous me manquez !
Ta sœur qui t'aime,

Julie

P.-S. : Bientôt une nouvelle équipe de chirurgiens qui vient nous rejoindre. Il est vrai qu'ici on manque de bras... j'ai hâte !

« Je rentrerai tard, disait le texto de Cyrille. Ne m'attends pas pour dîner. »

Lorraine se rembrunit, avant de tendre son portable à Maya.

— Ça fait deux fois cette semaine, dit-elle simplement à son amie.

Maya leva la main en signe d'apaisement. Elle connaissait Lorraine : il ne lui en fallait pas plus pour se faire des films et se mettre dans tous ses états.

— Ne va pas t'imaginer des choses, ma chérie ! La voix de l'Iranienne se voulait convaincante. Tu ne m'as pas dit qu'il était en train de lancer son produit ?

Lorraine gardait les yeux fixés sur son portable. Elle lisait et relisait le message, appuyant sur l'écran lorsqu'il s'éteignait pour se flageller encore. Cela faisait maintenant plusieurs fois que Cyrille lui envoyait mot pour mot les mêmes textos que ceux qu'elle l'avait vu envoyer à sa femme lorsqu'il était avec elle. Et qu'il rentrait si tard que la dernière fois, épuisée, elle avait renoncé à l'attendre et était partie se coucher.

— Non mais je le connais ! poursuivit Lorraine. Il me sert exactement le même mensonge que…

— … ceux qu'il a servis à sa femme quand il allait te retrouver. Je sais. Tu te souviens, on en a déjà parlé.

Maya rangea un arrivage de roses du Kenya dans la chambre froide. Lorraine la suivit, désemparée.

— Alors je fais quoi ?

— Tu lui fais confiance ! Il est tout à fait possible qu'il soit effectivement retenu au bureau. Elle regarda son amie en se grattant le nez. C'est marrant, on dirait que même maintenant que tu l'as, ton mec, et que tout va plutôt bien, tu refuses de croire à votre histoire…

— Mais non…

— Mais si ! La preuve, tu l'appelles Cy, tu crois que c'est anodin ? Il a quand même quitté sa femme pour toi, ce n'est pas rien ! Et toi, tu continues de douter. Comme si au fond de toi tu n'en voulais pas !

— C'était le cas avant que je le rencontre, se défendit Lorraine. Mais plus maintenant. Lui, je l'aime !

Maya avait probablement raison. Il fallait qu'elle arrête de se faire des idées, et de voir le mal partout, comme aurait dit Ama.

— Alors si tu l'aimes, tu lui fais confiance ! Tu lui envoies un truc gentil, et tu évites de lui faire la gueule lorsqu'il rentrera ce soir. En plus, ma chérie, c'est tout bénef : s'il dit la vérité, ton message lui fera plaisir, et si par hasard il ment – ce que je ne crois pas –, il le fera culpabiliser et lui gâchera sa soirée…

Comme Lorraine la regardait d'un air effaré et pas encore tout à fait convaincu, l'Iranienne éclata de rire.

— Allez ne fais pas cette tête, il est parfaitement *clean*, ton homme ! Crois-en ta vieille Maya !

Elle s'essuya les mains sur la poitrine, enleva son tablier et alla chercher son manteau. Les soirées commençaient à devenir fraîches.

— On prend un verre avant de rentrer ? proposa la fleuriste en regardant sa montre. Doudou a son cours de yoga. Il m'a dit de ne pas l'attendre pour dîner, ajouta-t-elle avec un clin d'œil.

En fait de verre, elles vidèrent à deux une bouteille de pouilly fumé. Lorsqu'elle arriva chez elle, Lorraine était parfaitement réchauffée.

***

— Ne va pas dans les toilettes, maman ! l'accueillit Bastien lorsqu'elle jeta ses clefs sur la table de la cuisine. C'est gore !

Comme chaque soir, le couvert était mis, et une bonne odeur s'échappait de la cocotte où un osso bucco mijotait.

— Qu'est-ce qui se passe ? demanda Lorraine en enlevant le couvert de Cyrille. Où est ta sœur ?

— Justement ! Dans les toilettes ! Ça fait une demi-heure qu'elle y est. Avec Octave…

Lorraine fronça les sourcils et, se débarrassant au passage de son manteau et de ses chaussures qu'elle laissa en plan dans l'entrée, alla voir ce qui se passait.

Elle fut accueillie par des borborygmes, et se mit à tambouriner sur la porte verrouillée.

— Loulou, ça va ?

Sa fille ne répondit pas, mais la porte s'ouvrit sur un Octave au bord de la nausée, qui tenait à deux mains les longs cheveux de Louise pendant qu'elle vomissait.

— Je crois qu'elle a une gastro ou un truc..., dit Ocatve d'une voix blanche. Il faut lui tenir les cheveux sinon...

Louise se redressa, les yeux encore pleins de larmes.

— Non, ça va aller. Elle eut un dernier haut-le-cœur. Je crois que c'est passé.

Lorraine sourit à Octave et entraîna sa fille vers la salle de bains.

— Bon, je vais nettoyer tout ça et je vais la coucher. Tu restes dîner avec nous ? Ton père est coincé au bureau, il a dit qu'on commence sans lui !

— Non, c'est bon euh... merci, répondit l'ado. Je crois que je vais tenir compagnie à Loulou. Je peux rester dormir sur le futon, après ?

— Bien sûr ! Lorraine appréciait Octave, et elle était contente de le voir aussi attentionné avec sa fille. Mais dès qu'elle dormira, viens quand même manger quelque chose. Je ne voudrais pas que ton père dise que je ne te nourris pas ! plaisanta-t-elle en donnant une pichenette au garçon.

— Ouais, O.K., euh... merci ! répéta Octave, jamais très sûr de la manière dont il devait se comporter.

Depuis qu'il « sortait » avec Louise dans le plus grand secret – même Bastien n'était pas au courant –, Octave ne savait plus très bien quelle position adopter. L'idylle de son père faisait de lui plutôt un grand frère, quand ses propres sentiments le mettaient à la place du petit copain. Et puis le rôle du frère était déjà pris, se disait-il pour se rassurer. Mais tout cela demeurait un peu confus dans sa tête et à vrai dire, Octave ne savait pas sur quel pied danser.

— Eh bien j'ai l'impression que nous allons dîner tous les deux en amoureux, mon Bast ! dit Lorraine en soulevant le couvercle de la cocotte. Hmm… ça m'a l'air délicieux tout ça dis donc !

Bastien était ravi. Depuis que Cyrille était entré dans leur vie, et qu'Octave passait le plus clair de son temps rue Marcadet, il n'avait que très peu l'occasion de partager des moments seul à seul avec sa mère, et cela lui manquait. C'est pourquoi il se fit un plaisir de mettre pour elle les petits plats dans les grands.

— Tu ne bouges pas, maman, O.K. ? Tu t'installes, je te sers un verre de vin et je fais tout !

Lorraine était aux anges. Voilà au moins un garçon qui saurait s'occuper d'une femme, songea-t-elle. Octave aussi, d'ailleurs, qui prenait tellement soin de Louise. Peut-être était-ce une question de génération après tout, peut-être les adolescents d'aujourd'hui feraient-ils de meilleurs hommes que leurs pères ?

Elle voulut attraper son portable dans son sac, pour voir si Cyrille avait répondu au message compréhensif et encourageant que, suivant les conseils de Maya, elle lui avait envoyé. Mais, voyant Bastien qui se donnait tant de mal, elle se dit que ce ne serait pas gentil d'être rivée à son clavier.

— Tu veux proposer à Fleur de venir ce weekend ? demanda Lorraine à son fils, lorsqu'ils furent tous les deux attablés.

L'osso bucco était une merveille, et les pâtes fraîches qui l'accompagnaient – des linguine – al dente à souhait.

— Ah ouais ! répondit Bastien, la bouche pleine. J'osais pas te le demander, j'avais peur qu'on ne soit déjà trop nombreux, avec Octave et les jumeaux. Il râpa du parmesan sur l'assiette de sa mère, avant de finir le morceau d'une bouchée. Il est cool, Octave, tu trouves pas ?

— Très ! Lorraine se resservit. C'est vachement bon, ton truc ! Tu ne t'es jamais dit que tu pourrais en faire ton métier ? De la cuisine, je veux dire. Tu as un vrai talent, mon Bast, tu sais ?

Bastien devint écarlate. Peu habitué aux compliments, il ne savait pas comment les recevoir.

D'un geste tendre et amusé, Lorraine ébouriffa les cheveux de son fils.

— Dis, maman…, poursuivit-il d'une voix grave. Ça fait plusieurs jours qu'elle ne se sent pas bien Loulou, t'es sûre que c'est une gastro, je veux dire… t'es sûre qu'elle ne pourrait pas être enceinte ?

— Mais non. Lorraine tressaillit. Qu'est-ce que tu vas chercher ?

Bastien haussa les épaules.

— Rien. Juste une idée, comme ça…

Caché derrière sa mèche, il changea les assiettes et démoula la crème renversée.

La soirée de lancement du Cyrinol était un succès.

Bénédicte avait privatisé pour l'occasion un restaurant du huitième arrondissement qui avait appartenu à un célèbre réalisateur et producteur de cinéma, avant que des affaires pas très claires ne l'obligent à vendre. Mais le chef deux fois étoilé était resté, et c'était là ce qui importait.

Orchestre *live*, dîner placé, bar *lounge* et piste de danse : quatre-vingt-cinq invités triés sur le volet, parmi lesquels les fonctionnaires qu'il fallait – Victor Damrémont avait surpris tout le monde en invitant le ministre de la Santé, un vieux copain de classe beaucoup plus simple et jovial que ses représentants et qui s'était empressé d'accepter – et des journalistes bienveillants qui ne demandaient qu'à s'extasier sur ce produit révolutionnaire inventé pour une fois par un labo indépendant qui n'avait pas prêté allégeance à l'une des multinationales omniprésentes sur le marché. La presse aimait les *success stories* à la française, et c'était précisément ce que les laboratoires Monthélie leur offrait.

À la table d'honneur, Bénédicte présidait. Elle avait placé le ministre à sa droite comme l'exigeait le protocole, et à sa gauche son actionnaire le plus âgé, et celui grâce auquel l'aventure avait été rendue possible en un temps record, sans avoir à passer par des négociations sans fin et autres procès : Victor. Inventeur du produit, que les journaux n'allaient pas tarder à qualifier de génie et que des millions de femmes allaient encenser, Cyrille paradait de l'autre côté de la table, en face de son ex-femme qu'il avait tout le loisir d'observer. Lorraine n'était pas de la fête évidemment, Bénédicte ayant opposé un veto non négociable – « il est hors de question que tu nous amènes ta pétasse ! » –, et Cyrille avait dû une fois encore trouver une excuse de son cru pour lui dire de ne pas l'attendre pour dîner, sans toutefois lui raconter ce qu'il faisait.

Dans une robe jaune d'or qui mettait en valeur sa peau encore hâlée, les cheveux plus courts et mieux coupés auxquels une couleur réalisée par des mains expertes donnait de la matière, Bénédicte rayonnait. Publicité vivante pour le Cyrinol, songea Cyrille avec amusement, sans se douter qu'il y avait déjà plusieurs mois qu'elle en prenait. Bénédicte avait fait sien l'adage selon lequel on n'est jamais mieux servi que par soi-même, et avait testé le produit en même temps que le dernier panel de femmes y était soumis. Les résultats étaient tellement spectaculaires qu'elle ne pouvait plus s'en passer.

— Tu es magnifique, ma chérie ! la complimenta Cyrille en l'invitant à danser.

Il était sincère : la nouvelle Bénédicte, qu'il ne côtoyait plus désormais qu'au bureau, le subjuguait. Pire : il la désirait.

— Cyrinol ! s'écria Bénédicte avec grâce, scannant des yeux l'assemblée pour s'assurer que les journalistes avaient bien entendu – et noté.

Elle hésita à peine une seconde avant de prendre la main tendue de Cyrille, et de se laisser entraîner sur la piste. S'il lui paraissait incongru de danser avec son ex-mari, il était logique d'honorer son directeur général, père du produit et héros de la soirée. Un refus aurait pu donner une mauvaise image de la société, et l'image était désormais ce qu'il convenait de cultiver.

Grisé par sa réussite et les verres de billecart-salmon rosé qu'il avait enchaînés, Cyrille se permit de l'enlacer un peu trop près, laissant ses lèvres se perdre dans son cou dans une tentative pour l'embrasser. Le corps de Bénédicte se raidit, et elle recula imperceptiblement.

— Tu n'es pas en train d'essayer de m'embrasser, par hasard ? murmura-t-elle sans cesser de sourire, et faisant mine de follement s'amuser.

Mais son sourire était pour la galerie. Elle regrettait déjà d'avoir accepté cette danse, et n'attendait qu'une chose : qu'elle soit terminée.

— Pourquoi pas ? demanda Cyrille en resserrant son étreinte, suffisamment pour qu'elle ne puisse pas ignorer qu'il bandait.

Dans sa robe jaune et toute auréolée de son succès, Bénédicte était plus sexy qu'elle ne l'avait jamais été.

— Arrête ça tout de suite, Cyrille ! souffla-t-elle, furieuse sous son masque imperturbable de fond de teint et de bonheur factice. Que les choses soient claires une bonne fois pour toutes : tout est fini entre nous, en ce qui me concerne la page est tournée et tu n'as rien à espérer, O.K. ? Tu es le père de mes enfants et un excellent DG, point barre.

La musique s'arrêta, et un photographe en profita pour venir voler un cliché. Professionnelle jusqu'au bout, Bénédicte serra Cyrille par la taille et colla son visage contre le sien. Cyrille sourit machinalement. Ils avaient l'air de s'aimer.

— Pas de mais. Tu me lâches, Cyrille, c'est tout ! continua Bénédicte l'air de rien tandis que l'appareil cliquetait. D'ailleurs, j'ai rencontré quelqu'un.

Il s'inclina sur sa main, elle lui lança un baiser du bout des doigts, conscients tous les deux qu'on les observait. Puis Bénédicte se détourna et alla virevolter parmi ses invités.

Cyrille était sidéré : s'il y avait une chose qu'il n'aurait jamais imaginée, c'est que Bénédicte puisse plaire à un autre homme, aussi vite. Mais son propre désir n'en était-il pas le reflet ?

***

— C'est quoi, ça ? demanda Lorraine une semaine plus tard, lorsque les photos de la fête sortirent dans *Gala*.

Elle jeta le magazine qu'elle venait d'acheter sur la table de la cuisine, sous le regard de Cyrille, médusé. On le voyait dans un slow très serré avec son ex-femme lorsqu'elle lui avait dit que la page était tournée et qu'il n'avait rien à espérer. Et bien sûr il y avait ce gros plan de leurs visages collés, où chacun souriait béatement non pas à, mais *pour* l'objectif.

Cyrille ouvrit la bouche, puis la referma, avant d'aller prendre Lorraine dans ses bras. Elle se dégagea.

— « Je rentrerai tard », « Ne m'attends pas pour dîner », lut-elle à haute voix en lui brandissant son portable sous le nez. C'était ce soir-là ? Ou alors celui-là ? « Ne m'attendez pas, commencez sans moi »... La voix de Lorraine se brisa.

Cyrille la dévisagea en silence. Il n'aimait pas la voir pleurer, cela le dérangeait.

— Qu'est-ce que tu veux que je te dise..., commença-t-il en se demandant, effectivement, quelle nouvelle excuse il allait pouvoir trouver.

— La vérité ! explosa Lorraine. Pourquoi ne peux-tu tout simplement *pas* me dire la vérité ?

— Mais parce que tu n'aurais pas *envie* d'entendre la vérité, Lolo ! finit-il par dire en écartant les mains d'un air désolé. Pourquoi vouloir toujours tout dire, au risque de faire de la peine ? Ça sert à quoi ?

— Ça sert à se comprendre. Ça sert à vivre ensemble en confiance, c'est ça normalement un couple...

Elle rangea soigneusement son téléphone dans son sac, et se mit à faire des boulettes avec le journal.

— S'il y a des choses que tu ne peux pas me dire, continua-t-elle d'une voix blanche et sans le regarder, il vaudrait mieux que tu ne les fasses pas.

— S'il y a des choses que je ne te dis pas, c'est comme si je ne les avais pas faites. C'est le fait de dire les choses qui les rend plus réelles...

Ils se fixèrent sans se voir ; un mur d'incompréhension les séparait.

— Ça ne marchera jamais, nous deux..., laissa tomber Lorraine, d'une voix douce. Absolument consciente, au moment où elle les prononçait, que ces mots étaient la fin de tout et qu'elle ne pourrait jamais les annuler.

Elle était comme anesthésiée.

— Tu as raison. Probablement pas...

Cyrille fit le tour de la table et la prit dans ses bras. Cette fois, elle ne se dégagea pas, et enfouit son visage dans le cou de Cyrille pour en emmagasiner l'odeur.

Puis il desserra son étreinte, monta sur une chaise pour aller récupérer Hercule qui avait assisté à la scène du haut du buffet, et regagna la chambre d'amis des Dumont.

Il était au sommet de sa carrière. Et il était seul.

***

Le lendemain matin, lorsque, effondrée, mais aussi curieusement soulagée, Lorraine raconta à Maya comment, en une seule phrase – « Une seule phrase, Maya, tu te rends compte ! » –, elle avait mis un point final à son histoire avec Cyrille, Maya lui dit qu'elle s'y attendait.

— Depuis le début, tu es partie battue d'avance, ma chérie ! Et plus les obstacles tombaient, plus tu commençais à douter de l'homme lui-même, comme s'il fallait que, des obstacles, tu t'en mettes encore, alors... C'est que ça ne devait pas marcher !

— De toute façon, c'est mieux comme ça…, conclut Lorraine, avec à peine un tremblement dans la voix.

Mais ce n'était pas « mieux comme ça ». Habituellement une fervente adepte de la vérité, elle se laissait, en toute conscience mais sans pouvoir l'empêcher, glisser dans le lit du mensonge.

Un mensonge de la pire espèce : celui que l'on se raconte à soi-même.

Bastien ne s'était pas trompé : Louise était enceinte. Et elle était enceinte d'Octave. L'ironie de la situation frappa Lorraine de plein fouet, lorsqu'ils vinrent le lui annoncer, main dans la main, comme deux gamins qu'ils étaient.

— J'imagine qu'il va falloir faire le nécessaire, dit Lorraine en tournant et retournant dans sa main le test de grossesse barré de deux traits.

Elle ressentait une grande lassitude. Tout s'effilochait autour d'elle, elle n'était pas capable de construire quelque chose avec un homme parce qu'elle ne leur faisait plus confiance, et sa fille, qu'elle croyait pourtant avoir suffisamment bien élevée pour la mettre à l'abri de ce genre d'incident, se retrouvait enceinte à seize ans. Elle n'avait même pas l'énergie de se mettre en colère ; elle avait juste envie de se mettre la tête dans le sable et d'attendre que les choses se résolvent d'elles-mêmes, mais savait bien entendu qu'une fois encore c'était à elle de trouver une solution. Solution qui lui semblait d'ailleurs toute trouvée. Il n'y en avait qu'une.

— On va faire le nécessaire, répéta-t-elle les larmes aux yeux.

Le gynéco, l'hôpital, les larmes et les regards compassés : d'avance, Lorraine en était épuisée.

En voyant la détresse de sa mère, Louise vint se blottir sur ses genoux et éclata en sanglots.

— Je suis désolée, maman ! Je... ce n'était vraiment pas prévu, on a pourtant pris nos précautions... Je suis désolée.

Se balançant d'un pied sur l'autre, Octave n'en menait pas large. D'autant qu'il venait de se prendre de la part de son père une volée de bois vert, qui lui avait dit qu'il ne fallait pas compter sur lui pour le sortir « de ce merdier ». Il s'y était mis tout seul comme un grand, à vouloir jouer les grands justement. À lui de réparer.

Ce que Cyrille n'avait pas évoqué, se retenant *in extremis*, c'est que cette grossesse lui rappelait que lui-même avait épousé Bénédicte parce qu'elle était enceinte d'Octave, sans quoi il ne l'aurait peut-être jamais fait. Mais Louise et son fils étaient encore des gosses, et tout cela n'avait rien à voir. Rien à voir ? Tout se répétait, pourtant.

Sauf que ni Octave ni Louise ne voulaient réparer. Une fois le choc passé, ils en avaient parlé en adultes qu'ils devenaient brutalement, et s'étaient dit que, compte tenu du coup de foudre qu'ils avaient instantanément éprouvé, un jour serait venu de toute manière où ils se seraient mariés et auraient fait des bébés. Alors pourquoi pas maintenant... en tout cas pour le bébé.

— En fait, maman..., continua Louise en prenant son courage à deux mains. On voudrait le garder.

Elle avait failli dire « on va », mais s'était souvenue au dernier moment qu'elle était mineure et que sa mère pouvait encore décider à sa place. Mieux valait la convaincre par la méthode douce plutôt que d'entrer dans un conflit dont elle serait la perdante, inévitablement.

— Il y a plein de filles qui l'ont fait, dans ma classe... Depuis qu'il y a eu ce film, tu sais ?

Huit filles, ou neuf, ou douze, Lorraine ne savait plus exactement, qui, dans un lycée, avaient décidé d'être toutes enceintes au même moment, afin de revendiquer... quoi ? La liberté de posséder quelque chose qui serait enfin à elles – on ne peut pas dire que l'on possède une personne, pourtant c'était bien là de possession qu'il s'agissait ? Qu'elles devenaient des adultes et qu'il ne fallait plus les traiter comme des bébés, puisque désormais c'étaient elles qui les faisaient, les bébés ? Un hymne à la vie quand tout est pourri autour ? Lorraine se souvenait d'avoir été interloquée par le phénomène, sans se sentir vraiment concernée. S'il y en avait que cela amusait, de faire des bébés sans avoir les moyens de les élever...

Louise et Octave ne revendiquaient rien. L'enfant était un accident, et ils voulaient le garder. Le fait que d'autres se retrouvaient dans la même situation autour d'eux les rassurait un peu, mais n'était pas une raison pour autant.

Elle est là, la constellation, songea Lorraine en repensant à ce que lui avait expliqué Julie sur les enfants naturels. Elle est là, la *putain* de constellation.

Ama, et maintenant Louise ; sauf que l'enfant de Louise saurait qui est son père, lui.

— Vous êtes sûrs ? insista pourtant Lorraine. La situation qu'elle avait sous les yeux lui paraissait irréelle. Inconcevable. Tu vas devoir aller en cours avec ton gros ventre, Loulou, et s'il y a des complications…

— Il n'y aura pas de complications ! promit Louise avec vigueur, sentant que la partie était à moitié gagnée. C'est pas parce que j'aurai un bébé que ça va m'empêcher d'avoir mon bac et de faire des études, on va s'organiser. Les temps ont changé, maman, tu sais !

Une grossesse adolescente n'était pas pour Lorraine le signe d'un changement des temps. Pas vraiment. C'était plutôt un retour en arrière, la marque d'un certain désespoir dans une société qui périclitait, et qui allait chercher dans le fait de se reproduire la preuve qu'elle était encore vivante. Croissez et multipliez, hum…

— Mais vous ne vous rendez pas compte, les enfants ! argumenta Lorraine, en choisissant ses mots. Elle s'engageait sur un terrain glissant, et il ne s'agissait pas que ses enfants se sentent visés. Simplement sensibilisés aux implications irréversibles inhérentes au fait d'avoir un bébé. Un enfant, c'est lourd. Et c'est pour toujours. Ce n'est pas un jouet qu'on s'achète comme ça et qu'on laisse tomber quand on n'en veut plus. Ni un it-bag !

— Je vous promets que je prendrai soin d'elle ! intervint Octave d'une voix grave qu'il parvint pour une fois à ne pas laisser s'échapper dans les aigus

– sa mue n'était pas tout à fait terminée –, en tenant Louise par la taille. Enfin, d'eux.

Avec son grand corps dégingandé et sa démarche incertaine, il faisait l'homme.

Lorraine sourit. Après tout, pourquoi pas ? Si Louise était heureuse comme ça, si c'était ce qu'elle souhaitait. Elle observa sa fille, qui s'était muée en femme pratiquement sous ses yeux, et éprouva un pincement au cœur. Son bébé n'était plus un bébé.

— Alors ? Suspendue aux lèvres de sa mère, Louise ouvrait des yeux pleins d'espoir.

— On va quand même demander à Bastien ce qu'il en pense !

Louise sauta sur ses pieds et embrassa sa mère, folle de joie.

— Il est d'accord, maman, il est d'accord ! Je lui ai envoyé un texto quand j'ai vu le résultat du test, et il m'a dit qu'il était O.K. ! On va avoir un bébé à nous, maman, tu te rends compte ? On va avoir un bébé.

Comme chaque fois qu'elle était contente, elle s'éloigna en dansant dans la pièce. Octave la retint par le poignet, et l'obligea doucement à se calmer.

— Hé ! Du calme, Loulou ! Tu ne vas pas commencer à chahuter le bébé !

Lorraine contempla cette vie qui continuait.

Le soir, elle s'observa avec attention dans le miroir : sans s'en rendre compte tant l'âge est une considération dont les adolescents se sentent éloignés, sans malice et toute à sa folie et à son bonheur, Louise venait d'infliger à sa mère une blessure narcissique qu'elle redoutait. Elle lui avait donné un coup de vieux. Pendant près d'une heure, Lorraine suivit d'un doigt sans concession les fines rides qui partaient de ses yeux pour s'étirer vers les tempes, les petites stries quasiment invisibles qui ourlaient çà et là le contour de ses lèvres. Inconsciemment, elle reproduisait le geste de sa grand-mère.

Nue, elle plaqua ses mains sur son ventre dans un geste pour le lisser, sans remarquer sa fille qui venait d'entrer comme un chat et s'était assise sur la pile de linge dans le panier.

— Tu es belle, maman..., dit Louise en regardant sa mère avec admiration. Tu resteras toujours la plus belle des mamans, tu sais !

Lorraine sentit les larmes monter. Elle alla prendre Louise dans ses bras. Elle restait sa petite fille, malgré tout.

— J'imagine que ce sont les enfants qui prennent le relais…, dit Lorraine à Cyrille lorsqu'il passa la chercher au magasin pour l'emmener dans leur café préféré.

La page entre eux était bel et bien tournée, mais ils étaient heureux que les enfants leur aient donné l'occasion de remplacer la passion qui les avait tellement tourmentés par une amitié sereine et apaisée. Ce que l'un comme l'autre avaient redouté lorsqu'ils s'étaient séparés était de ne plus se voir du tout : ils ne l'auraient pas supporté.

Lorraine et Cyrille s'aimaient d'une manière profonde, sans qu'aucun d'eux ne soit capable ou n'ait le désir de s'engager, et encore moins de changer. Cyrille mentait par nature, Lorraine n'aimait que la vérité, deux extrêmes qui ne pouvaient pas s'accorder tant qu'il y avait un enjeu amoureux. L'une se serait sentie constamment flouée et trompée, l'autre frustré et surveillé. Mais une fois départis de toute velléité de possession ou d'appartenance, une fois sortis du modèle du couple comme le serinait la société, ils pouvaient donner libre cours à une tendre amitié.

Ils avaient besoin de se savoir dans le périmètre l'un de l'autre, sans pour autant le partager.

— C'est un peu pour ça que j'ai laissé faire, dit Cyrille en commandant une bouteille de château d'Armaillac. Un très bon bordeaux avec sur l'étiquette deux petits personnages qui dansaient.

Comme Lorraine ne comprenait pas, il sourit avant de continuer.

— Le bébé. Si je n'ai pas obligé mon fils à faire ce qu'il fallait et si j'ai même plaidé sa cause auprès de sa mère – Lorraine remarqua avec plaisir, même si c'était trop tard, qu'il ne disait plus Béné –, c'est que je me suis dit que… hum – il se racla la gorge – ce serait pour nous le moyen de ne pas perdre le fil, et de se retrouver. Sur d'autres bases, évidemment ! ajouta-t-il précipitamment. Il regarda Lorraine dans les yeux. Je ne pouvais me résoudre à te perdre. En fait… je ne veux pas te perdre, ma Lolo.

Lorraine savoura une gorgée de vin. Elle se sentait flotter dans un bonheur ouaté.

— C'est quand même ironique, non ? remarqua-t-elle en faisant tourner le bordeaux dans son verre. D'être obligés de se quitter pour ne pas se perdre.

Cyrille ne répondit pas. C'était la seule solution, et tous deux le savaient.

— Heureusement, il y a les enfants ! Il sourit en levant son verre. Aux enfants !

— À Louise et Octave ! Et à Bastien…

— Et au bébé !

Cyrille caressa la joue de Lorraine.

— Et à nous !

Lorraine sourit au contact du doigt de son ami sur sa joue.

— Pourquoi tu souris ? demanda Cyrille d'un air canaille. De la même voix qu'il avait, quarante ans plus tôt, pour lui soutirer quelques miettes de son goûter.

— Je me disais... c'est drôle comme les choses finissent toujours par reprendre leur place. Tu as toujours été mon meilleur ami... Elle ne finit pas sa phrase, écartant les mains pour en souligner l'évidence.

Cyrille la regarda longuement, avant de lever son verre. Les yeux dans les yeux, ils trinquèrent à la famille qu'ils formaient désormais.

Mais pas comme ils l'avaient imaginée.

Du même auteur :

Sous le nom de Valérie Gans-Mc Garry :

La Vie crumble, éditions Jean-Claude Lattès, 2000.
L'Horloge bio, éditions Jean-Claude Lattès, 2002.
Le Sac, éditions Jean-Claude Lattès, 2004.
Seule dans mon grand lit blanc, éditions Jean-Claude Lattès, 2005.
Le marié était trop beau, avec Patrick de Bourgues, éditions Jean-Claude Lattès, 2006.
Des fleurs et des épines, éditions Jean-Claude Lattès, 2015.

Sous le nom de Valérie Gans :

Julia et ses toy boys, éditions First, 2006.
Charity Bizness, Payot, 2007.
L'Enfant des nuages, Payot, 2009.
Amour, Botox et trahison, Marabout, 2009.
Petits meurtres en ligne, Marabout, 2010.
Les Toxiques, Marabout, 2011.
Le chef est une femme, Flammarion, 2012.
Cap sur la Bretagne (série « Le chef est une femme »), Flammarion, 2014.

Le Livre de Poche s'engage pour l'environnement en réduisant l'empreinte carbone de ses livres. Celle de cet exemplaire est de : **450 g éq. CO₂**
Rendez-vous sur
www.livredepoche-durable.fr

PAPIER À BASE DE
FIBRES CERTIFIÉES

Composition réalisée par NORD COMPO

Achevé d'imprimer en juin 2015 en France par
CPI BRODARD ET TAUPIN
La Flèche (Sarthe)
N° d'impression : 3011767
Dépôt légal 1ʳᵉ publication : avril 2014
Édition 05 – juin 2015
LIBRAIRIE GÉNÉRALE FRANÇAISE
31, rue de Fleurus – 75278 Paris Cedex 06

31/7815/9